Bente Sommer

KLEINE PFOTEN GROSSES GLÜCK

Rückkehr auf die Insel

Bente Sommer ist das Pseudonym einer Berliner Autorin, deren Herz für Langeoog schlägt. Die Menschen, der Strandhafer, das Meer und der salzige Wind faszinieren sie schon seit Jahren und bieten Inspiration für ihre Romane. Wenn sie gerade nicht an einer neuen Geschichte arbeitet, engagiert sich Bente Sommer für den Tierschutz und verbringt ihre Zeit in der Natur, an einem der vielen Berliner Seen und träumt vom Meer.

Clara ist mit Leib und Seele Tierärztin und liebt ihre Schützlinge über alles, auch wenn die Arbeit in der Berliner Tierklinik eher Fließbandarbeit ist. Und ihr Privatleben – nachts um zehn allein mit einer Flasche Wein auf dem Sofa – hatte sie sich auch ganz anders vorgestellt. Dann jedoch erschüttert eine schlimme Nachricht Claras Alltagstrott: Ihre Mutter ist schwer erkrankt, und Clara zögert keine Sekunde, kündigt ihren Job und nimmt kurzerhand eine Halbtagsstelle beim Inseltierarzt Dr. Breden an, um ihrer Mutter den Sommer über beizustehen. Die Rückkehr in ihre alte Heimat Langeoog verläuft dann ganz anders als erwartet. Statt hippem Großstadtleben wartet sehr geruhsames Inselleben auf Clara. Und ein äußerst mürrischer Tierarzt, der ihr mit seinen Launen das Leben schwer macht. War es doch ein Fehler, auf die Insel zurückzukehren?

Bente Sommer

KLEINE PFOTEN großes Glück

Rückkehr
auf die Insel

Roman

more
Immer mit Liebe

FSC
www.fsc.org
MIX
Papier | Fördert gute Waldnutzung
FSC® C083411

ISBN 978-3-98751-021-2

More ist eine Marke der Aufbau Verlage GmbH & Co. KG

1. Auflage 2023

Umschlaggestaltung Nicole Meyer
graphische Adaption www.buerosued.de, München
unter Verwendung von Motiven von © otsphoto / shutterstock, © winyuu / getty images © peppi18 / getty images
Satz Greiner & Reichel, Köln
Druck und Binden CPI books GmbH, Leck, Germany Printed in Germany

www.aufbau-verlage.de

Vorwort

Wer schon einmal auf Langeoog war, wird im Laufe des Buches merken, dass ich mir ein paar Freiheiten beim Erzählen genommen habe.

Zum Beispiel gibt es in meiner Geschichte ein paar mehr Kühe auf der Insel.

Viele Orte dagegen sind real. So wie der märchenhafte Inselwald, der Hafen, die Inselbahn und auch die meisten Straßen, aber natürlich wohnen in Wahrheit dort ganz andere Menschen.

Alle handelnden Figuren in dieser Geschichte sind frei erfunden, und jede Ähnlichkeit mit real existierenden Personen ist unbeabsichtigt und rein zufällig.

Den Zauber dieser Insel allerdings, den gibt es wirklich, und wer einmal dort war, kann sich ihm nicht mehr entziehen.

Berlin

»Dr. Wahlmann, Telefon für Sie.«

»Ich kann jetzt nicht«, gab ich zurück und winkte unwillig, während der riesige Kartäuserkater namens Hannibal unbeirrt weiterfauchte. Er hatte sich, nachdem es ihm geglückt war, vom Behandlungstisch zu hüpfen, bevor ich ihm die Spritze zur Narkoseeinleitung hätte geben können, unter das Waschbecken verzogen und saß jetzt mit drohend erhobener Pfote zwischen zwei Rolltischen, die Augen zu gefährlich schmalen Schlitzen gezogen.

»Es ist wieder Ihre Mutter«, sagte Lydia, die Tierarzthelferin, nun etwas lauter, und ich sah auf. In der Hand hielt sie das Mobilteil der Praxistelefonanlage.

»Ich bin gerade beschäftigt. Sagen Sie ihr noch mal, ich rufe zurück, und ich könnte für die sechste Zahnreinigung heute hier etwas Hilfe gebrauchen.« In meinen Ton hatte sich Verzweiflung geschlichen und vielleicht auch ein wenig Ungeduld, und das tat mir leid, denn ich mochte Lydia sehr gern, und sie konnte nichts, aber auch rein gar nichts dafür, dass ich Zahnreinigungen wie am Fließband durchführte. Und für meine Mutter konnte sie auch nichts.

Fakt war jedoch, dass ich mit meinen Nerven ziemlich am Ende war. Lange nach meinem eigentlichen Feierabend gegen sechs Uhr hockte ich auf allen vieren wieder einmal vor einem Tier, für das ich in diesem Augenblick der größte Feind war, und nein, so hatte ich mir mein Leben nicht vorgestellt.

Wie war ich hier gleich gelandet? Wäre mein Leben ein Film, das Bild würde jetzt ein bisschen verschwimmen und es käme eine Rückblende zu dem Tag, an dem ich mich enthusiastisch und voller Tatendrang zwei Jahre nach dem Studium bei *Vier Pfoten* vorgestellt hatte. *Vier Pfoten – die Tierärzte mit Herz.* Puh. Nach der kleinen Wald- und Wiesenpraxis, in der ich nach dem Studium erste Erfahrungen gesammelt hatte, hatte ich ganz groß durchstarten wollen.

In Wahrheit – das hatte ich in den letzten zwei Jahren herausgefunden – war *Vier Pfoten* in erster Linie eine Kette mit Filialen über ganz Berlin verteilt, die laut Internetauftritt »die Bedürfnisse moderner Tierhalter« im Blick hatte. »Wir bieten Ihnen Öffnungszeiten, die zu Ihrem Leben passen«, priesen sie vollmundig an, was für uns angestellte Tierärzte in erster Linie bedeutete, dass wir Überstunden bis manchmal auch tief in die Nacht machten, um das übliche Programm abzuspulen. Keines der Tiere kannten wir. Wir wurden am Morgen eingeteilt: einer für Kastrationen, der andere für Zahnreinigungen und der Dritte übernahm die Laufkundschaft.

Zwar war das Arbeitskonzept effizient, ging aber auch zulasten der Patientenbeobachtung, geschweige denn einer persönlichen Beziehung zu Tier und Halter.

Ein Hamsterrad.

Doch zurück zu Hannibal. »Lydia, können Sie mir bitte mal die Decke aus dem Schrank geben?«

Mit der freien Hand griff Lydia nach der schweren

grauen Wolldecke und reichte sie mir. Langsam faltete ich sie auseinander, ohne dabei Hannibal aus den Augen zu lassen.

»Ihre Mutter, sehr nette Frau übrigens, sagt, Sie hätten ihr schon vor zwei Tagen versprochen, sie zurückzurufen.« Lydia hatte den anklagenden Unterton meiner Mutter übernommen, und ich musste automatisch grinsen. Ja, das konnte meine Mutter gut. Andere davon überzeugen, wie sehr ich sie vernachlässigte.

»Ich rufe zurück. Ehrenwort! Aber jetzt brauche ich hier mal Hilfe!«

»Ja, Frau Wahlmann, ich verspreche es Ihnen ... Natürlich sage ich das Ihrer Tochter ... eindringlich ... alles Gute für Sie ... ja, danke ... Auf Wiederhören!«

Einen Moment hielt ich die Decke hoch, danach warf ich sie beherzt über den missmutigen Kater und umschlang das Wolldecken-Katzen-Knäuel sofort mit meinen Armen, stand auf und trug das rappelnde und zappelnde Gebilde zum Behandlungstisch, ohne es loszulassen.

»Was denken Sie, wo sind die Hinterbeine?«, fragte ich Lydia. Die erfahrene Tierarzthelferin deutete auf das eine Ende des länglichen Paketes und legte dann ihre große Hand beruhigend dorthin, wo sie richtigerweise den Nacken des Tieres vermutete. »Jetzt, schnell!«, wies sie mich an.

Ich zog die Decke an dieser Stelle weg und griff nach der Pfote.

Wir atmeten beide zeitgleich tief aus, als die Spritze wirkte und der Kater ruhiger wurde.

»Sie denken an das Telefonat mit Ihrer Mutter? Eine sehr nette Frau, aber ich würde es nicht schaffen, Sie noch einmal am Telefon enttäuschen zu müssen. Das würde mir das Herz brechen!« Lydia sah mich betroffen an.

Ja, so war das mit meiner Mutter.

Drei Stunden später starrte ich einen Augenblick lang auf die Kratzer an meinem Arm, die mich noch ein paar Tage länger, als mir lieb war, an Hannibals ereignisreiche Zahnreinigung erinnern würden, dann griff ich nach meinem Smartphone, tippte in der Kontaktliste den Eintrag »Ich bin deine Mutter, Kind!« an und ließ mich auf meine Couch fallen.

»Ich habe es seit Tagen versucht, Clara. Ich bin deine Mutter, Kind! Du könntest wirklich mal zurückrufen.«

Müde hob ich beide Beine auf den kleinen Hocker vor mir und streckte sie seufzend aus. Ein langer Tag. Wieder mal.

»Ich bin nicht nur deine einzige Tochter, ich habe auch einen Job.«

»Ja, weiß ich, und er tut dir nicht gut«, gab meine Mutter schlicht zurück. »Ich meine, es ist toll, dass du Tierärztin bist, aber ehrlich, diese Leute da nutzen dich bloß aus, und die große Stadt ist echt nichts für dich. Berlin.« Sie hatte den Städtenamen beinahe ausgespuckt. »Berlin. Wir sind Inselmenschen.«

»Ich mag Berlin«, sagte ich trotzig.

Vor allem sagte ich es deshalb, weil ich weder ihr noch mir eingestehen wollte, dass Berlin mir spätestens seit der Trennung von Tom vor vier Wochen so groß und weit und leer erschien, wie mir sonst nur die Salzwiesen meiner Heimatinsel vorkamen. Seinetwegen hatte ich es bei *Vier Pfoten* ausgehalten, wo ich gutes Geld für uns beide verdiente, damit er in Ruhe seine Doktorarbeit schreiben konnte. So trotzig wie ich behauptete, ich würde die Stadt mögen, hatte ich auch behauptet, dass die Beziehung mit Tom funktionierte. Tom, der Tiere am liebsten übersichtlich in Käfigen verpackt in der Pharmaforschung sah, und ich, die am liebsten jeden Labor-Beagle retten wollte. Das konnte nicht gut gehen.

Feige, wie Tom war, hatte er eines Tages, nachdem er erfolgreich seine Doktorarbeit verteidigt hatte, einfach die Wohnung zur Hälfte leer geräumt.

Bett, Kleiderschrank, Kommode, Esstisch, Stühle, Toilettenrollenhalter? Alles weg.

Wenn ich erschöpft nach vielen Stunden Arbeit nach Hause kam, blieben mir glücklicherweise immer noch meine alte Couch, auf der ich von nun an schlief, und die Küchenzeile, die zur Wohnung gehörte.

Und jetzt saß ich auf der braunen Couch, die Tom immer gehasst hatte, und griff nach der Flasche Rotwein, die mir das italienische Restaurant mitsamt Pasta und Salat geliefert hatte. Samtig floss der Wein ins Glas.

»Trinkst du zu viel?«, fragte meine Mutter, und es klang alarmiert.

»Nein«, antwortete ich knapp. »Ich trinke nur, wenn ich mit dir telefoniere. Also, was gibt es?«

Sie schluckte, dann war es sehr still.

»Mama?«, fragte ich leise und richtete mich auf. Eben war ich noch müde, jetzt dagegen ganz wach.

Wir frotzelten uns an, wir zogen uns auf, wir sagten uns, dass wir uns lieb hatten, aber wir schwiegen nicht. Nie.

»Mama?«, wiederholte ich, und mein Nacken wurde kalt, viel kälter, als das warme Frühsommerwetter eigentlich zuließ.

»Ich«, begann sie leise, »ich … ich muss dir etwas sagen. Herrje, ich weiß gar nicht wie.«

»Einfach raus damit!«

Ich hörte, dass sie tief Luft holte. »Also schön. Vor drei Wochen war ich beim … nein, das ist Quatsch. Ich sag es, wie es ist. Ich habe Krebs. Punkt. Brustkrebs. Dr. Drösig hat einen Knoten getastet, dann war ich in Emden zu ein paar Untersuchungen. Und ja, es ist Krebs. Ich muss operiert werden. Die Heilungschancen sind sehr gut. Ich werde nicht sterben oder so, falls du das denkst. Aber ich brauche ein bisschen Zeit, um mich zu erholen, Zeit für die Chemo und … ich weiß nicht, was ich machen soll.« Ihre Stimme flatterte. »Ich bin den Sommer über ausgebucht. Die drei Ferienapartments sind durchgängig vermietet, und eigentlich kann ich nicht weg. Ich –«

Rasch unterbrach ich sie. »Ich komme heim.«

»Nein, so habe ich das nicht gemeint.«

»Aber ich.« Ich stellte mein Glas Rotwein auf den Tisch. »Ich komme nach Hause. Ich kümmere mich um dich und die Apartments und –« Wie eine Welle brach die Erkenntnis, dass meine Mutter sterblich war, über mir zusammen. Tränen schossen mir in die Augen, und ich presste meine Lippen fest zusammen. *Nicht weinen, Clara, jetzt nicht weinen. Es bringt nichts, es hilft nichts, und es macht deine Mutter nur noch wahnsinniger.*

»Ich will nicht, dass du meinetwegen heimkommst.« Derselbe Trotz, der oft in meiner Stimme lag, schwang nun in ihrer mit.

»Ich kann mir keinen anderen Grund vorstellen«, sagte ich trocken und nahm einen großen Schluck aus meinem Weinglas.

»Der Tierarzt, Dr. Breden, hat eine Stelle frei. Halbtags. Das wäre vielleicht was für dich.«

»Mal sehen. In erster Linie bleibe ich so lange, wie du mich brauchst, und dann sehe ich weiter.«

»Sicher, Clara. Den Sommer über und dann nach Berlin zurück.«

»Vielleicht. Vielleicht auch ganz woandershin.«

»Ach was, ich dachte, Berlin ist so schön?«

»Ich lege jetzt auf, Mutter. Ich muss meine Kündigung schreiben.« Ich schluckte. »Du wirst wieder gesund. Ganz sicher.«

»Natürlich, mein Kind. Du kennst mich doch. Wir Langeooger sind zäh. Du auch.«

Wir lachten beide zeitgleich.

»Dr. Breden«, wiederholte ich. »Kenne ich den?«

»Ich glaube nicht. Er ist … warte mal … so vor drei Jahren auf die Insel gekommen. Nach Dr. Funk hatten wir ja lange keinen Tierarzt mehr.«

»Ist er nett?« Im Geiste sah ich eine Familie vor mir. Alle blond und blauäugig, er Tierarzt und sie … keine Ahnung. Dazu zwei Golden Retriever im Garten.

»Nett? Er ist kompetent.«

»Was?«, fragte ich verwirrt.

»Er ist ein bisschen … eigen. Er ist aber echt gut. Hat sogar die alte Katze von Helge wieder hinbekommen, nachdem sie vom Dach gefallen ist.«

»Brummi?«, fragte ich entgeistert. »Die muss doch steinalt sein. Die Katze war ja schon nicht mehr jung, als ich noch auf der Insel gelebt habe.«

»Ja, ich glaube, sie wird in diesem Jahr zweiundzwanzig, dank Dr. Breden.«

»Himmel. Der Mann ist offenbar kein Tierarzt, sondern Zauberkünstler. Oder er hat das Rezept fürs ewige Leben entdeckt.«

Mutter lachte. »Vielleicht sollte ich mal zu ihm gehen.«

»Vielleicht sollten wir alle uns von ihm behandeln lassen«, sagte ich nachdenklich und zog eine Augenbraue hoch.

»Wie dem auch sei. Ruf ihn an.«

»Mache ich, und du pass auf dich auf. Ich melde mich!«

An meinem letzten Abend in Berlin traf ich mich mit Markus und Ela, meinen beiden besten Freunden in Berlin, in unserem Lieblingsrestaurant zum koreanischen Barbecue.

Mit Markus hatte ich vier Jahre in einer WG in Friedrichshain während des Studiums gelebt, und Ela hatte ich bei *Vier Pfoten* kennengelernt. Wir hatten damals zeitgleich dort angefangen und uns angefreundet.

»Ich wette, das gibt es auf Langeoog nicht«, sagte Markus mit glänzenden Augen, als die Kellnerin mariniertes Fleisch und Gemüse in großen Schüsseln auf den Tisch stellte, das wir gleich selbst auf dem Tischgrill in der Mitte garen würden.

»Nein, leider.« Ich hob bedauernd die Schultern.

»Nur Schafe und Kühe.« Ela klang nachdenklich und nahm einen Schluck aus ihrem Glas.

»Und wie geht es deiner Mutter?« Markus beugte sich vor und legte ein paar dünne Fleischscheiben auf den Grill.

Ich hob die Schultern. »Ganz gut. Morgen Abend verbringen wir zusammen, und übermorgen geht sie ins Krankenhaus. Meine Tante, die in Emden lebt, holt sie von der Fähre ab. Das wird schon.«

Ela legte ihre Hand auf meine. »Klar wird das. Ruf mich sofort an, wenn du was weißt.«

»Mache ich. Aber, Markus, jetzt zu dir, was ist denn die große Neuigkeit, die du uns nicht am Telefon sagen wolltest?«

Natürlich interessierte mich, was Markus uns sagen wollte und warum er so ein Geheimnis daraus machte, aber ich wollte auch einfach nicht weiter über die Krankheit meiner Mutter sprechen.

In den letzten zwei Wochen, in denen ich nicht nur bei *Vier Pfoten* gekündigt und Ela in den Mietvertrag meiner Wohnung bugsiert hatte, damit sie sie übernehmen konnte, den Großteil meiner Sachen eingelagert und schon mal Koffer nach Langeoog geschickt hatte, war ich mehr als einmal nachts schweißgebadet aufgewacht, weil ich von meiner Mutter geträumt hatte.

»Also«, feierlich hob Markus sein Glas, »stoßt an auf einen der neuen Tierärzte im Berliner Zoo!«

»Nein!«, rief Ela aus.

»Markus, das ist ja großartig!«, sagte ich und hob ebenfalls meine Cola. »Das, was du immer wolltest.«

»Und das Schöne ist: Wenn noch eine Stelle frei wird, dann kann ich euch gleich mit ins Boot holen.«

Ela lächelte, und ich seufzte. »Nee, lass mal, ich bin erst mal auf meiner Heimatinsel.«

Markus zwinkerte mir zu. »Vielleicht wird sie ja, wenn deine Mutter gesund ist, wieder zu klein?«

»Möglich.« Ich stellte mein Glas wieder auf den Tisch. »Aber fürs Erste arbeite ich dann mal für Dr. Breden.«

»Das klingt nicht begeistert.« Ela hob eine Augenbraue. »Ist es nicht das, was du immer wolltest? Eine kleine Praxis. Haustiere?«

»Ja, schon. Ich …« Für einen Moment betrachtete ich mein seltsam verformtes Spiegelbild, das mich von der Rückseite des Löffels, den ich in der Hand hielt, ansah. Mein schmales Gesicht war ganz breit verzerrt, und auch das Comichafte, das dieses Abbild hatte, konnte mich nicht darüber hinwegtrösten, dass sich unter meinen grünen Augen Müdigkeit und Sorge in die Haut gegraben hatten, wie Jahresringe in den Stamm eines Baumes. »Jetzt geht es aber nicht um mich«, sagte ich rasch, »sondern um den neuen Tierarzt im Zoo!«

Markus wendete eine der Fleischscheiben und warf dann ein wenig Gemüse auf den Grill, das auf der heißen Platte zischte. Glücklich sah er aus.

»Ja, im Zoo!«, wiederholte er mit glänzenden Augen, und eine ganze Weile drehte sich unser Gespräch nur darum, was Markus dort erwarten würde, wie seine Arbeit aussehen würde und dass er wirklich lernen musste, wie man Betäubungspfeile abschießt. Vor allem über Letzteres haben wir so unbeschwert gelacht, dass ich für einen Moment vergaß, wie es meiner Mutter ging und dass dies mein Abschiedsessen war.

Die Realität holte mich erst wieder ein, als wir uns satt zurücklehnten und mich Ela mit ihrem langen Zeigefinger sanft in die Seite pikste. »Aber die Wohnung … also, Clara, wenn du zurückkommst, die Wohnung kriegst du nicht wieder. So was findet man ja gar nicht mehr auf dem Markt. Zwei riesige Zimmer, Wohnküche, Kreuzberg, Altbau – also nicht zu diesem Preis.«

»Ich will die Wohnung nicht zurück«, sagte ich leise und legte meine Serviette neben den Teller.

»Wegen Tom?« Markus beugte sich über den Tisch.

»Auch.« Ich dachte einen Moment lang nach und lächelte dann Ela zu. »Weißt du, ich bin froh, wenn du den Raum zwischen den Wänden mit schönen Erinnerungen füllst.«

»Und mehr Möbel reinstellst, als Tom mitgenommen hat«, merkte Markus trocken an.

»Und das wird schwer«, sagte ich leichthin, obwohl mir gar nicht so wirklich heiter zumute war. Markus und Ela waren so wichtige Menschen für mich geworden, und ich würde sie schrecklich vermissen. Wer wartete schon auf Langeoog? Sicher, alte Schulkameraden. Also die, die auf der Insel geblieben waren, führten ein anderes Leben als ich. Waren verheiratet, hatten Kinder. Sie waren anders erwachsen geworden, wie ich bei Besuchen zu Hause immer wieder feststellte.

Wie würde ich auf diese Insel passen, die mir schon kurz vor dem Abi viel zu klein erschienen war?

Es ist nur für den Sommer, sagte ich mir selbst. Dann kann ich weitersehen.

Ich schluckte, als ich an das Telefonat mit Dr. Breden dachte. Ja, er war einsilbig gewesen. Meine Mutter hatte nicht untertrieben.

»Hallo, Dr. Breden. Mein Name ist Clara Wahlmann. Ich bin Tierärztin, und meine Mutter hat mir –«

»Brigitte Wahlmann. Kenne ich«, unterbrach er mich sofort harsch. »Ja, habe gehört, Sie wollen die Stelle. Sie haben sie. Im Sommer ist hier viel Arbeit.«

Ich schluckte überrascht. »Ich habe die Stelle?«

»Schicken Sie mir Ihre Unterlagen per Mail. Adresse ist auf der Homepage. Sie fangen am 1. Juni an.« Zack. Aufgelegt.

Das war das schnellste Einstellungsgespräch meiner gesamten Karriere.

Langeoog

Das Zurückkommen hatte ich mir irgendwie anders vorgestellt. Im gleißenden Sonnenlicht auf blauem Meer oder so. Aber dieses Meer ist die Nordsee, und hier ist die Sonne zickig und will gebeten werden.

Während ich in Berlin im T-Shirt in den Zug stieg und die Morgensonne an diesem vorletzten Maitag warm auf meine Oberarme schien, kramte ich kurz vor Hamburg nicht nur meine Strickjacke und den schwarzen Windbreaker aus meinem Koffer, sondern tauschte auch meine dünnen Stoffschuhe gegen alte Reitstiefel.

Im Zug nach Bremen schlug feiner stetiger Regen schräg gegen die Fenster, und Nebel stieg aus den Wiesen der vorbeiziehenden Landschaft auf.

Raschen Schrittes überquerte ich den Vorplatz am Bremer Hauptbahnhof in Richtung Busterminal. Ein knapper Anschluss, aber den Bus nach Bensersiel, von wo die Fähre nach Langeoog ging, erreichte ich, kurz bevor der Fahrer den Motor anließ.

Erleichtert ließ ich mich in den Sitz fallen und fuhr mir durchs Haar.

Zurückkommen, nach Hause kommen.

Das hatte ich eigentlich nie gewollt. Zumindest nicht für länger als ein, zwei Wochen. Zuckelnd und ruckelnd fuhr der Bus an. Obwohl ich seit heute Morgen um sieben nichts mehr gegessen hatte und inzwischen fast Mittag war, verspürte ich keinen Hunger. Im Gegenteil. Zum einen nahm die Sorge um meine Mutter viel Platz in meinem Körper ein. So viel Platz, dass ich beim Essen oft das Gefühl hatte, dass Nahrung und Befürchtung nicht zeitgleich hineinpassten.

Zum anderen hatte ich ja nie nach Hause kommen wollen, und das nagte ebenfalls an mir. Langeoog war mir immer klein erschienen. Zu klein für mich und meine Zukunft. Während meine Klassenkameraden davon träumten, einen Weg und genug Arbeit zu finden, um auf der Insel zu bleiben, stand ich bei fast jedem Wetter einmal am Tag am Strand und starrte sehnsüchtig über das Watt. Die Welt, das war mir sehr klar, begann dort, wo das Wasser bei Flut an das Festland plätscherte, und sie wartete auf mich.

Und nun tauschte ich die Welt wieder gegen die Insel. Oder hatte sie mich zurückgespuckt? Diesen Gedanken verbannte ich schnell. Nicht für immer, schwor ich mir. Es ist nur, bis meine Mutter wieder gesund ist, dann suche ich mir einen Job in einer schönen kleinen Tierarztpraxis in Berlin oder ganz woanders. Hunde und Katzen und Kaninchen und Vögel. Auf keinen Fall Rinder oder Schafe. Ich bin einfach kein Landei, und ich werde auch keins, bloß weil ich jetzt für eine überschaubare Zeit zurückgehe.

Mein durchsichtiges Spiegelbild schob sich beinahe geisterhaft vor die hellgrün trübe Landschaft. Blass sah ich aus. Mit den Fingern schob ich mir mein kinnlanges blondes Haar hinter die Ohren, dann wandte ich mich wieder ab. Zu deutlich sah ich die Sorge in meinem Blick, und es reichte mir doch schon, sie zu spüren.

Zwei Stunden lang schaukelte mich der Rufbus in Richtung Küste, dann stand ich ein wenig verloren am Hafen und wartete auf die Fähre. Obwohl mir wirklich jeder Appetit fehlte, kaufte ich ein Fischbrötchen und hielt es noch in der Hand, als ich auf die Fähre stieg. Ich hatte nicht einmal abgebissen, aber es brachte wohl nichts, es weiter anzustarren. Also stopfte ich es in die kleine Plastiktüte, die mir der Imbissverkäufer gegeben hatte, und dann samt der Verpackung in meine Handtasche.

Trotzdem umkreisten mich die Möwen, als wäre ich die Beute, fast die ganze Überfahrt lang, und sie verfolgten mich noch, als ich an Land ging.

»Hast du ein Fischbrötchen in der Tasche oder was?«, begrüßte mich meine Mutter und wedelte mit ihrer Hand über unseren Köpfen nach den Vögeln, bevor sie mich in den Arm nahm.

»Du siehst gut aus!«, gab ich erstaunt zurück und hielt sie ein Stück von mir weg. Keine Frage. Klein, rund, rosa Apfelbäckchen zum Platzen, prall und über allem wippende und fliegende kleine blonde Locken, die sie mir leider nicht vermacht hatte. Meine Haare waren bedauerlicherweise völlig glatt.

»Du meinst, gar nicht wie eine Krebskranke?« Sie blinzelte mir zu, während sie mein Fahrrad aus ihrem Fahrradanhänger auslud und ich mein Gepäck stattdessen hineinstapelte. Der Schwall Touristen, der mit mir die Fähre bestiegen hatte, war bereits in den Zug zum Ortsinneren umgestiegen. Nur für uns war der Weg vom Hafen aus nach Hause näher als vom Bahnhof.

»Ach, du!« Ich tippte ihr mit dem Finger auf den Oberarm.

»Ist doch wahr! Ich fühle mich gut. Überhaupt nicht krank.«

»Das ist das Tückische«, sagte ich, und es klang düsterer, als ich wollte.

»Hör mal, Clara, tu mir einen Gefallen, ja? Bis morgen früh will ich nicht darüber sprechen. Es ist ein normaler Tag. Punkt!« Energisch schob meine Mutter ihr kleines Kinn nach vorn und sah mir fest in die Augen.

Ich kannte diesen Blick und nickte. Sie meinte es ernst.

Eine scharfe Windbö fuhr uns durchs Haar, und meine Mutter lachte. »Das hast du vermisst! Gib's zu.«

»Nicht wirklich.« Ich lachte ebenfalls. Tatsächlich hatte ich ganz vergessen, wie unpraktisch meine Frisur auf der Insel war. Früher hatte ich die Haare länger getragen, um sie zusammenbinden zu können. Ich sollte sie wieder wachsen lassen, überlegte ich, während ich aufstieg und meiner Mutter hinterherradelte. Erst am Sanddornhof vorbei, dann quer durch den kleinen Inselwald.

»Und, was gibt es Neues?«, fragte ich ein wenig atemlos. Meine Mutter war noch immer sehr flott auf dem Rad unterwegs.

Sie zuckte mit den Schultern. »Nur das Übliche. Silke ist wieder schwanger.«

»Ach! Krass!«, entfuhr es mir. Mit Silke war ich zusammen zur Schule gegangen. Zur Grundschule und gemeinsam zur Realschule. Danach ging es für mich zum Abitur nach Emden zu meiner Tante Beatrix. Silke begann im Hotel von Peters Eltern, der ebenfalls in unserer Klasse gewesen war, zu arbeiten und heiratete Peter schließlich. Und jetzt war Kind Nummer drei unterwegs. Wie schnell das ging.

»Sie würde sich bestimmt freuen, wenn du sie mal besuchst.«

»Mache ich«, gab ich leichthin zurück. Vielleicht würde ich das wirklich tun, wenn Zeit war.

»Mensch, Clara, du hast ja gar keine Kondition mehr!«

Ich rollte mit den Augen, als wir nach links auf die Straße am Wald bogen. Hier war vom Trubel der Insel wenig zu spüren. Früher gab es an dieser Straße nur eine Handvoll Häuser. Nun zog sich die Bebauung weit nach Süden. Unser Haus, das Haus, in dem ich aufgewachsen war und das schon meiner Urgroßmutter gehört hatte, war eines der ältesten auf der ganzen Insel. Reetgedeckt thronte es auf einer kleinen Anhöhe hinter den Dünen, umgeben von einem Steinmäuerchen, das einen üppigen Bauerngarten mit weißen Kletterrosen, Stockrosen, Hortensien und Sonnenblumen im Zaum hielt.

Als ich klein war, hatte meine Mutter das Haus umgebaut. Bis auf Rohre, Heizung und Strom hatte sie tatsächlich alles selbst gemacht. In der linken Haushälfte wohnten wir, den alten Stallteil rechter Hand hatte meine Mutter kurzerhand zu Ferienwohnungen ausgebaut. Wo früher Kühe Seite an Seite standen, war eine gemütliche Ferienwohnung mit zwei Schlafzimmern entstanden, und den alten Heuboden darüber hatte sie in zwei kleine Apartments umgewandelt.

Huus Rosendahl stand auf dem Blechschild am Gartentor, und darunter baumelte das *Belegt*. Schon als Kind hatte mich Rosendahl, der Mädchenname meiner Mutter, fasziniert. Wahlmann war der Name meines Vaters gewesen, den meine Mutter in Bremen kennen- und lieben gelernt hatte.

Leider hatte die Liebe meines Vaters am Ende nicht für meine Mutter und Langeoog gereicht, und er hatte uns verlassen, als ich gerade drei Jahre alt wurde. Nur wenig später kam er bei einem Autounfall in Südamerika ums Leben. Vielleicht, überlegte ich oft, habe ich meine Sehnsucht nach der Welt von ihm. Er hat es auf Langeoog nicht lange ausgehalten, und meine Mutter wusste, sie würde an keinem anderen Ort der Welt jemals glücklich werden.

»Träumst du?«, fragte sie mich und legte mir eine Hand auf meinen Unterarm, während ich vom Fahrrad stieg.

»Ja, ein bisschen.« Ich lächelte. »Ich bin jedes Mal überrascht, dass sich nichts verändert hat. Das Haus steht, wie es immer stand.«

»Natürlich«, sagte meine Mutter sanft. »Und es wird noch stehen, wenn du und ich längst vergangen sind.«

»Sag das nicht!«, rief ich erschrocken aus. »Nicht jetzt gerade.«

»Doch, gerade jetzt. Es erleichtert mich.«

Ich schüttelte ungläubig den Kopf.

»Na, komm. Schieb das Fahrrad in den Schuppen. Es soll nachher noch regnen. Ich mache uns Tee.«

Es fühlte sich sehr seltsam an, wieder in meinem alten Zimmer zu stehen und diesmal auszupacken.

Kam ich für ein paar Tage zu Besuch, hatte ich mir nie diese Mühe gemacht. Nun aber stapelte ich T-Shirts, Hosen und Pullover in die Fächer des alten Bauernschranks, warf Socken in die Kommodenschublade, und ab und an hielt ich inne und sah in den trüben Tag vor dem Gaubenfenster. Tatsächlich schlug jetzt ganz feiner Regen gegen die halbrunden Scheiben, und der schmale Streifen Meer, den ich von hier aus sehen konnte, schimmerte im selben Grau wie der Himmel.

Berlin war mir nie so grau vorgekommen. Aber vielleicht habe ich es auch einfach nicht wahrgenommen. Zwischen all den Häusern sah man eh wenig vom Himmel. Und wichtig war es auch nicht, denn das Leben spielte sich doch auf den Straßen ab, zumindest im Frühsommer.

Seufzend schob ich den leeren Koffer mit dem Fuß unter mein altes Messingbett. Alles hier kam mir vor wie eine Puppenstube. Das »Ein-Schritt-Zimmer« hatte ich es genannt, dabei war es sogar noch ein wenig größer als das Schlafzimmer meiner Mutter nebenan im Giebel.

In meinem Zimmer brauchte ich genau einen Schritt von der Tür zum Bett, vom Bett zum Schrank und vom Bett zum Schreibtisch in der Gaube.

Kein Wunder, dass ich hier wegwollte.

In dem winzigen Bad zwischen den beiden Zimmern stellte ich meinen Kosmetikbeutel auf die Ablage über dem Waschbecken.

»Clara? Tee ist fertig!«, hörte ich meine Mutter von unten rufen und riss mich von meinem noch immer blassen Spiegelbild los.

Als ich in die Küche trat, stellte meine Mutter gerade die Kanne auf den Tisch. Teetied oder Teezeit ist heilig hier. Meine Mutter machte da keine Ausnahme.

Ich glitt also auf die Küchenbank und beobachtete, wie meine Mutter in beide Tassen einen braunen Kluntje legte und mit Tee übergoss. Für einen Moment schloss ich die Augen. Das Knistern des Zuckerstücks in der Tasse und das herbe Teearoma in meiner Nase – erst jetzt war ich wirklich ganz zu Hause.

Bevor sie sich ebenfalls setzte, schob sie mir das Sahnekännchen über den Tisch und legte ihren Belegungskalender in die Mitte.

»Also, wir sind ausgebucht. Wie immer. Grün ist das Gauben-Apartment, rot ist das Giebel-Apartment und blau die große Ferienwohnung unten. An- und Abreisetage habe ich mit einem Kreuz markiert, und die Tabelle mit den Gästen habe ich dir ausgedruckt und hinten angeheftet. Wie immer. Vor zehn müssen alle raus sein. Vor vier kann keiner rein – du hast also genug Zeit zum Putzen und Bettenbeziehen. Manchmal reisen zwei Apartments am selben Tag ab, aber niemals drei.« Sie tippte mit der Fingerspitze auf den Kalender. »Und dann bin ich sicher auch schon wieder da.«

Das »wieder da« echote in meinem Kopf. Sie hatte es so energisch gesagt, dass weder in mir noch in ihr selbst der geringste Zweifel daran zu sein schien.

Ich nickte und rührte gedankenverloren in meiner Tasse. Ohne daraus zu trinken, rückte ich sie ein Stückchen nach rechts und stützte beide Ellenbogen auf den Tisch, legte mein Kinn in meine verschränkten Hände.

»Und, wie sieht es aus? Darüber haben wir noch gar nicht gesprochen.«

Meine Mutter lehnte sich ein Stückchen im Stuhl zurück und nahm einen großen Schluck Tee, bevor sie mich anlächelte. Sie wusste sofort, was ich meine. So ist das bei uns.

»Wollten wir doch auch nicht. Nicht über den Krebs reden.«

»Ich glaube, ich brauche das«, sagte ich und sah sie bittend an.

»Also schön.« Sie lehnte sich zurück. »Glück im Unglück. Der Tumor ist klein. Sie werden ihn entfernen, und danach bleibe ich in Emden bei Bea bis zum Ende des ersten Zyklus der Chemotherapie. Und um mich zu erholen.« Nun lachte sie laut. »Sofern das bei dem Putzfimmel deiner Tante möglich ist. Sie will das Haus jetzt bis in den letzten Winkel säubern, bevor ich komme. Kann auch sein, dass wir uns vorher an die Gurgel gehen.« Trotz ihrer Heiterkeit vermisste ich etwas in ihrer Stimme, in ihren Augen. Die unverhoffte Diagnose hatte sie erschüttert und ihr ein Stückchen Zuversicht gestohlen. Zuversicht, die meiner sonst so positiven Mutter aus allen Poren entströmte.

»Vielleicht kann ich mal einen Blick auf deine Untersuchungsergebnisse werfen?«

»Du bist Tierärztin, Clara.«

Missmutig verschränkte ich die Arme vor der Brust. »Auch Tiere bekommen Brustkrebs.«

»Nennt man das dann nicht Gesäuge bei denen?«

Jetzt rollte ich mit den Augen, musste aber trotzdem lachen. »Du bist furchtbar.«

»Ich weiß«, sagte meine Mutter liebevoll und griff quer über den Tisch nach meinem Arm. Einen Moment lang schwiegen wir, dann holte sie tief Luft. »Danke.« Ihre Stimme war leise.

»Schon gut«, sagte ich verlegen und umschloss ihre Hand mit meinen Fingern. »Werd gesund, ja? Ich brauche dich noch.«

»Wer soll sonst fragen, wann endlich mal Enkel durch mein Haus toben?«

»Wann fährst du gleich?«, fragte ich gespielt entnervt und tat so, als würde ich auf eine Uhr an meinem Handgelenk schauen. Eine von vielen Uhren, die meine Mutter mir gern zu Weihnachten schenkte und die ich doch nie trug.

Ich mochte den Gedanken nicht, die Zeit am Handgelenk mit mir herumzutragen. Das schien mir schrecklich. So, als würde sie dann schneller vergehen. Was natürlich Quatsch ist.

»Morgen früh mit der ersten Fähre.«

»Ich bringe dich!«, sagte ich rasch, und dann fühlte ich es doch. Immer versuchten wir beide das mit lockeren Sprüchen, jeder Menge Sarkasmus und Ironie zu umgehen, aber jetzt ließ sich dieser innere Bach nicht mehr aufhalten.

Blinzelnd wandte ich mich ab, und meine Mutter trötete lautstark in ihr Taschentuch. »Trink deinen Tee, Clara. Er hilft. Tee hilft immer.«

Ein Abschied und ein Beginn

Der nächste Morgen brachte Sprühregen und Wind von allen Seiten. »Mist«, fluchte ich, als mir eine Bö die Abschiedsworte für meine Mutter aus dem Mund riss.

»Egal«, rief sie, nahm mich in die Arme und drückte mich sehr fest.

Ich schloss die Augen. »Mir wäre wohler, wenn ich dich begleiten könnte«, sagte ich dicht an ihrem Ohr.

Energisch schob sie mich weg. »Und mir ist wohler, wenn ich weiß, dass du hier alles im Griff hast. Hast du doch, oder?«

Ich nickte energisch und wischte mir die Tränen-Regen-Mischung von der Wange. »Ruf an, ja?«

»Mache ich!« Dann umschloss sie den Griff ihres Rollenkoffers, zuckelte damit los und drehte sich kurz vor der Fähre noch einmal zu mir um, winkte mir zu.

So war sie schon immer gewesen. Tapfer und mutig. Keine Wand war zu dick oder zu tragend, um abgerissen zu werden. Notfalls zog man eben einen Stützbalken ein. Und jetzt war es der Krebs. Auch ihn würde sie herausreißen lassen, na, eher schneiden. Und sie würde heimkehren.

Was, wenn nicht?

Schnell lächelte ich den Gedanken weg und winkte zurück. Damit fange ich gar nicht erst an, sagte ich mir.

Ich sah ihr nach, wie sie mitsamt der Fähre kleiner wurde und schließlich im Nebel verschwand. Der junge Petersen, der uns mit der Kutsche zum Hafen gebracht hatte, war weg, und ich zog den Reißverschluss meiner Jacke bis zum Kinn hoch, ehe ich mich zu Fuß auf den Heimweg machte.

Trotz des Wetters tat mir das Laufen gut. Der Wind vertrieb düstere Gedanken und Befürchtungen, und der feine Nieselregen ebbte ab. Tatsächlich riss im Norden die Wolkendecke auf, und aus Grau wurde ein stellenweise dahingetupftes Blau, das ich als gutes Omen wertete. Kurz bevor die Häuser in der Straße Am Wald begannen, bog ich links in den kleinen Dünenweg ab. Ein kleiner Abstecher zum Meer würde mir jetzt guttun. Das Rauschen der Brandung war schon immer Balsam für meine Seele.

Beinahe menschenleer lag der Strand vor mir. In der Ferne zur Ortsmitte hin sah ich ein paar rote und gelbe Parkas leuchten, aber hier war ich allein.

Vielleicht zuckte ich deshalb zusammen, als eine tiefe Männerstimme nicht weit von mir laut »Athos!« rief.

Das arme Kind, dachte ich. Athos. Was für ein Name! Ob seine Geschwister wohl hießen wie die anderen Musketiere? »Athos, hierher!«

Puh, glücklicherweise klang das doch eher nach einem Hund, und ich drehte mich um.

Der Mann, der auf mich zukam, trug einen schwarzen Trenchcoat, der an den Schultern feucht vom Regen glänzte. Sein etwas zu langes hellbraunes Haar war vom Wind zerzaust, und seine Jeans waren über dem Knöchel mit Sand bespritzt.

Ein Tourist, ratterte es in meinem Kopf sofort. Zum

einen klang er nicht wie jemand von der Insel, zum anderen würde kein Einheimischer in diesem Aufzug an den Strand gehen.

»Entschuldigung!«, sagte er außer Atem und blieb vor mir stehen. »Haben Sie einen großen braunen Hund gesehen? Einen Weimaraner?«

Ich schüttelte bedauernd den Kopf.

»Ein Vogel hat ihn erschreckt, und weil er panische Angst vor Möwen hat, hat er sich losgerissen.«

»Das tut mir leid.« Nach einer kurzen Pause fügte ich hinzu: »Er hat Angst vor Vögeln?«

Jetzt legte sich ein leichtes und beinahe liebevolles Lächeln auf die Lippen des Mannes, der ungefähr Mitte dreißig sein musste. »Ja, Stadthund eben. Alles, was er kennt, sind Tauben, und schon die kann er nicht besonders gut leiden. Als Jagdhund wahrscheinlich eher ungünstig, aber als Freund ideal.«

Ich lachte. »Bis auf das Suchen …«

»Genau. Athos ist ungern allein. Ich nehme an, dass er nicht weit von hier –« Er unterbrach sich, als ein hochbeiniger Weimaraner kopfhängend aus den Dünen auf uns zutrabte. Seine Leine zog eine wellige Spur durch den Sand.

»Ich nehme an, das ist Athos?«, fragte ich, und sein Besitzer lachte. Ein schönes Lachen, schoss mir durch den Kopf. Ganz frei und mit einer großen Portion Erleichterung. Er sieht ziemlich gut aus. Der Mann. Nicht der Hund, korrigierte ich in Gedanken. Also der Hund auch … ach, Mist. Machte mich der Hundebesitzer etwa nervös?

Liebevoll tätschelte er Athos den Kopf und griff anschließend nach der Leine, an der der Hund sofort in Richtung Dünenweg zog, und sein Besitzer hielt lächelnd dagegen. »Tja, dann … danke.«

Ich hob die Schultern. Ein Sonnenstrahl hatte sich durch die Wolkendecke gezwängt und ließ ein beinahe kreisrundes Areal um uns herum für ein paar Sekunden gleißend hell aufleuchten. »Ich habe ja nichts gemacht.«

Der Mann lächelte mich warm an. »Doch, doch, Sie haben mitgefühlt.« Hastig machte er einen Schritt in Richtung seines Hundes. »Athos hat wohl noch Pläne mit mir heute.« Und an den Hund gewandt rief er: »Nicht ziehen! Athos!«

Gut erzogen war der Hund nicht, stellte ich fest, als er weiterhin energisch an der Leine zog.

»Na, dann viel Spaß noch!« Ich winkte den beiden zu, drehte mich um und schlenderte nach Hause.

Die Sonne war schon wieder weg, so, als hätte es diesen Moment in ihrer Wärme nie gegeben. Und für die letzten paar Meter blies mir der Wind wieder Regentropfen ins Gesicht.

Typischer Frühsommer auf Langeoog eben.

Schade, dachte ich, ich weiß nur den Namen des Hundes.

Das Smartphone vibrierte in meiner Hosentasche. »Und«, hörte ich Elas Stimme, »wie geht es deiner Mutter? Und bist du aufgeregt? Und warum meldest du dich gar nicht!«

Wie so oft schaffte es meine Freundin, Anteil zu nehmen, neugierig zu sein und gleichzeitig ein bisschen sauer.

»Was zuerst?«, fragte ich zurück, nahm eine Wasserflasche aus dem Kühlschrank, setzte mich an den Küchentisch und stellte das Telefon auf laut.

»Aber, Clara! Deine Mutter natürlich!«

»Sie hat die OP gut überstanden. Vorhin, als sie anrief, hatte sie schon ganz schlechte Laune, weil sie erst später Abendbrot bekommt.«

Ela lachte. »Das klingt gut.«

»Finde ich auch. Ich bin so erleichtert, ich finde gar keine Worte.« Tatsächlich war mir vorhin ein riesengroßer Stein vom Herzen gefallen, als ich ihre Nummer auf dem Display gesehen hatte.

»Und warum hast du dich nicht gemeldet?«

Ich rollte mit den Augen und nahm einen großen Schluck direkt aus der Flasche. »Ich habe hier zu tun, Ela. Heute ist ein Gästepaar früher abgereist, weil das Wetter so schlecht ist. Wenigstens wollten sie nicht ihr Geld zurück. Also habe ich das Apartment geputzt und aufgeräumt und Betten bezogen und Wäsche gewaschen …« Erschöpft legte ich die Füße auf den Stuhl neben mir.

»Wenigstens machen sie dich nicht für das Wetter verantwortlich.«

»Ja, das fehlte noch.« Seufzend rieb ich mir die Augen. Eine heiße Badewanne würde mit guttun. »Dabei gibt es gar kein schlechtes Wetter –«

»Sondern nur unpassende Kleidung, ich weiß«, fiel mir Ela ins Wort. »Und morgen ist der große Tag, ja?«

»Ja, morgen ist mein erster Tag in der Tierarztpraxis Breden.« Ich schluckte. »Jetzt, wo du es sagst, bin ich doch ein wenig aufgeregt. Ich –« Ich brach ab und schüttelte den Kopf.

»Was ist denn?«, bohrte Ela nach.

»Ach, ich weiß auch nicht. Ich komme mir hier so fehl am Platz vor.«

»Wie meinst du das?«

Wieder schluckte ich. »Ich habe heute Silke beim Einkaufen gesehen, wir waren zusammen auf der Schule. Sie ist schwanger und verheiratet, und ich kam mir … nicht erwachsen vor. Weißt du, was ich meine?«

»Nein, ehrlich nicht.« Ich konnte das Unverständnis in Elas Stimme hören.

»Sie hat mich nicht gesehen und … ich hätte sie ansprechen können, aber … ich habe es nicht. Ich habe mir gewünscht, es gäbe hinter der Tiefkühlpizza im Supermarkt einen geheimen Tunnel, der bis nach Berlin reicht.«

Ela lachte fröhlich in mein Ohr. »Und ich wünsche mir jeden Tag in der Praxis, ich könnte mich auf meine Couch beamen. Nimm das doch alles nicht so ernst, Ela. Du bleibst einen Sommer, und dann gehst du wieder.«

»Stimmt. Nur einen Sommer lang.«

»Hab Morgen erst mal einen schönen ersten Arbeitstag, und der Sommer wird schneller vorbei sein, als dir lieb ist.«

»Hast du immer noch im Juli die zwei Tage Urlaub?«, erkundigte ich mich besorgt.

»Allerdings, und ich freue mich schon total auf Strand und Sonne!«

Ich kicherte und strich mit dem Finger über das Etikett der Wasserflasche. »Strand ist da. Sonne kann ich nicht versprechen.«

Ela lachte laut auf. »Sorg dafür! Ich muss jetzt Schluss machen. Ich will noch mit Markus ins Kino.«

»Grüß ihn schön von mir!«, schaffte ich es noch, ihr zuzurufen, bevor sie auflegte. Kino. Sehnsüchtig sah ich aus dem Fenster, vor dem der Wind den großen alten Sanddornbusch ordentlich schüttelte.

»Hund, Katze, Maus?« Die junge Frau hinter dem Counter sah nicht auf, sondern schob mir ein Klemmbrett mit einem Zettel über den Tresen. »Bitte ausfüllen, nehmen Sie noch Platz, der Doktor ruft Sie auf, ja?«

»Ich – « Doch weiter kam ich nicht.

»Es mag leer aussehen«, unterbrach mich die junge Frau, die während des Sprechens emsig weiter auf den Bildschirm blickte und mit ihrer Computertastatur klapperte, »aber es kann immer sein, dass wir einen Notfall vorziehen müssen, und eigentlich öffnen wir auch erst in einer Viertelstunde.«

Ich holte tief Luft und strich mir das Haar aus der Stirn. »Sie verstehen nicht.« Diesmal sprach ich unbeirrt und etwas lauter über ihre monotone Stimme hinweg einfach weiter: »Ich bin Dr. Clara Wahlmann, die neue Tierärztin.«

»Oh!« Jetzt verstummte das Tippen, und die junge Frau sah auf. Tatsächlich breitete sich über ihr schmales Gesicht so etwas wie ein Lächeln aus. »Das freut mich aber!«, sagte sie und nickte so energisch, dass ihr Pferdeschwanz, der sehr weit oben auf ihrem Kopf war, fröhlich auf und ab tanzte. »Warum haben Sie das nicht gleich gesagt?«

»Ich bin ja nicht dazu gekommen«, gab ich zurück und zwinkerte ihr zu.

»Tut mir leid.« Nun senkte sie schuldbewusst das Kinn.

»Ich bin Nelly. Eigentlich Elenore, aber alle nennen mich Nelly. Ich arbeite am Empfang und mache die Buchhaltung. Dann gibt es noch Evelyn und Steffi, beide sind Tiermedizinische Assistentinnen. Aber Steffi ist mit ihrem Freund für vier Monate in Tokio und kommt erst im Herbst wieder.«

Tokio. Wäre ich da vielleicht auch lieber? »Freut mich. Ich bin Clara!« Ich hielt ihr meine Hand über den Tresen, und sie griff zögernd zu. »Äh … Dr. Breden besteht darauf, dass wir uns hier alle siezen. Bleibt wohl besser bei Dr. Wahlmann.«

Ich runzelte die Stirn. »Äh, was?«

»Ja, das … na, das ist so eine Eigenart von ihm.« Ihre Stimme klang mir zu betont fröhlich. »Kommen Sie mit, Dr. Wahlmann, ich zeige Ihnen die Praxis.«

Seltsam, dieses Siezen, dachte ich und folgte Nelly einen breiten Flur hinunter, von dem links drei und rechts vier Türen abgingen. Alles war weiß. Das Linoleum, die Wände, die Türen. Hier und da hing lediglich ein wenig moderne Kunst an den Wänden, aber selbst diese nur in sehr zarten Pastelltönen, also ebenfalls beinahe weiß.

»Hier links sind die beiden Behandlungsräume. Der erste wird ihrer sein. Und ganz hinten links ist das Büro von Dr. Breden.« Sie hielt inne und sah mich beschwörend an. »Wenn ich Ihnen einen Tipp geben darf: Auf keinen Fall einfach reinplatzen. Klopfen und warten, bis er etwas sagt. Da ist er sehr empfindlich.«

»Gut zu wissen«, sagte ich leise.

Nelly setzte sich wieder in Bewegung. »Hier gleich rechts sind unser Labor und das Materiallager, in dem Sie auch das Diät-Tierfutter finden, daneben die Schleuse zum

OP-Raum mit Röntgengerät und anschließendem Aufwachraum und ganz hinten unser Aufenthaltsraum.« Diese Tür öffnete sie weit und ließ mich eintreten. »Sie sehen ja. Kaffeevollautomat, Kühlschrank und hier«, sie öffnete eine weitere Tür, hinter der sich ein fensterloser Raum mit Metallspinden verbarg, »unsere Umkleide. Ich habe Ihnen schon einen Schrank beschriftet. Da hinten links in der Ecke.«

»Das ist aber nett, Nelly, vielen Dank!«

Für einen Moment sah sie mich verwundert an. »Ja, schon gut. Wir tragen hier alle blaue Poloshirts und weiße Hosen. Eine Auswahl verschiedener Größen sind in dem Wandschrank. Da ist auch die grüne OP-Wäsche drin. Noch Fragen?«

»Erst mal nicht«, sagte ich überwältigt.

Nelly lächelte mir zu. »Dann ziehen Sie sich doch um. Ich bin vorn an der Rezeption.«

»Mach ich. Und Dr. Breden kommt wann?«

Nelly warf einen Blick auf ihre Smartwatch, die nicht nur die Uhrzeit anzeigte, sondern auf der auch ein Timer mitlief. »In zehn Minuten und 54 Sekunden. 53, 52 … Ich geh jetzt lieber und heize den Kaffeeautomaten vor.« Noch einmal zwinkerte sie mir zu, dann glitt sie beinahe lautlos quer durch die Umkleide und schloss leise die Tür hinter sich.

Die haben hier einen Timer für die Ankunft des Chefs? Seltsam. Sehr seltsam. Während ich mich umzog, vergaß ich allerdings den Countdown und Nellys teilweise irritierende Bemerkungen wieder.

Obwohl die Praxis im Erdgeschoss eines der neueren Häuser im Ortskern von Langeoog war, hatte ich eine derart elegante und moderne Praxis nicht erwartet. Dr. Funks Praxis, der alte Tierarzt, für den ich früher während der Schule oft gearbeitet hatte, befand sich damals in einem reetgedeckten Haus am Waldrand. Sie war klein und vollgestellt gewesen. Durch die kleinen Sprossenfenster war bloß wenig Licht in das Praxisinnere gedrungen, so dass mir der eine große Behandlungsraum selbst bei strahlendem Sonnenschein immer ein wenig deprimierend vorgekommen war.

Hier dagegen flutete das Tageslicht durch große Fenster gegen gebrochen weiße Stoffjalousien, wurde von ihnen aufgenommen und verteilt.

Nachdenklich schlüpfte ich in die überraschend bequeme weiße Hose und fand schließlich ganz unten im Stapel auch ein Poloshirt in meiner Größe. Ich hatte gerade mein Stethoskop um den Hals gehängt, mein Namensschild befestigt und meine Handtasche eingeschlossen, als ich draußen auf dem Flur eine Tür schlagen und eine sehr laute Männerstimme hörte. Rasch durchquerte ich den Aufenthaltsraum mit der weißen Sitzgruppe unterm Fenster, auf der ich eigentlich einen Frühstückskaffee trinken wollte, und sah stattdessen neugierig hinaus auf den Flur, und für den Bruchteil einer Sekunde stockte mir der Atem.

Ein großer schlanker Mann mit etwas wirren dunklen Locken und breiten Schultern stand auf dem Gang, auf seinen Armen ein apathisch wirkender Dobermann. »Ich brauche hier Hilfe«, brüllte er. »Tür auf!« Dann fiel sein Blick auf mich. »Sie!«, schrie er, »Tür auf, aber flott!«

Ich schüttelte meine kurze Schockstarre ab, schaute sehr kurz auf den bewegungslosen Hund, der im Arm des Mannes hing, und riss die Tür zum OP-Raum auf.

Ohne ein Wort zu sagen, ging der Mann schweren, aber schnellen Schrittes an mir vorbei und legte den Hund vorsichtig auf den OP-Tisch.

»Was ist passiert?«, fragte ich atemlos und überprüfte nebenbei die Pupillen des Tieres, das nur flach atmete. Kaum Reaktion. Das könnte alles Mögliche sein. Eine Vergiftung vielleicht. Dann fiel mein Blick auf den prallen Leib des Hundes. Nein, ein akuter Bauch. Suchend sah ich mich um und fand schließlich das benötigte Zubehör, um dem Hund einen Zugang zu legen, während der Mann zurück in die Schleuse eilte und sich die Hände wusch.

»Wir sollten auf Dr. Breden warten«, schlug ich vor, während ich das Fell an der Pfote des Hundes rasierte, die Stelle desinfizierte und einen Zugang legte.

»Ich bin Dr. Breden, Sie Blitzbirne! Und beeilen Sie sich jetzt mal mit dem Zugang. Das Tier braucht Flüssigkeit.«

Ich beschloss, die Blitzbirne zu ignorieren, und biss mir überrascht auf die Unterlippe. Das war Dr. Breden? So jung? Fünf, höchstens acht Jahre älter als ich vielleicht. »Was ist denn nun passiert?«, fragte ich stattdessen laut noch einmal. Jetzt war keine Zeit für Eitelkeiten.

Dr. Breden trocknete sich die Hände ab. »Magendrehung.«

»Haben Sie ein Röntgenbild?«, fragte ich erstaunt.

»Nein, etwas viel Besseres: Erfahrung. Und das Bild macht Evelyn. EVELYN!«, brüllte der Tierarzt, und gleich noch mal: »EVELYN!«

»Na, das hätte ich auch gekonnt und wahrscheinlich durchdringender als sie«, sagte ich trocken und sah auf. »Zugang ist drin. Infusion läuft. Und ich bin Dr. Wahlmann.«

»Weiß ich, ich habe Sie ja eingestellt.«

»Sie werden sich bei mir einen anderen Ton angewöhnen müssen«, sagte ich und stand auf. Was bildete sich dieser Mann eigentlich ein? Ich hatte zwar noch nicht so viel erlebt, aber das ging eindeutig zu weit. Und wer sagt heutzutage eigentlich noch »Blitzbirne«? Was für ein arroganter Kerl!

Wie ich mir Dr. Breden vorgestellt hatte, weiß ich gar nicht so genau. Älter auf jeden Fall. Und netter.

Eine kleine ältere Tierarzthelferin betrat jetzt den OP-Saal und sah von Dr. Breden zu mir und wieder zurück.

»Ich verstehe«, murmelte sie und sah mir dann für einen Moment in die Augen. Ihre waren so grau wie ihr Haar und sehr klug. »Ah, Dr. Wahlmann, herzlich willkommen. Ich bin Evelyn. Und das ist der Hund vom alten Baumann. Ich weiß schon, Nelly hat mir alles erzählt. Dr. Breden und Dr. Wahlmann, warum waschen Sie sich nicht schon einmal für die OP, und ich mache inzwischen das Röntgenbild?«

»Sie werden mir assistieren«, herrschte mich Dr. Breden an.

Ich zog eine Augenbraue nach oben. »Sicher.«

Evelyn reckte sich, legte uns je eine Hand an die Schultern und schob uns in Richtung Schleuse.

»Sie werden sich bei mir trotzdem einen anderen Ton angewöhnen müssen, wenn wir hier friedlich miteinander arbeiten wollen, Dr. Breden.«

Während wir uns beide über die Waschbecken beugten, beobachtete ich im Augenwinkel meinen Chef. Er verzog jetzt zwar die Mundwinkel nach unten, aber wenn er lächeln würde, schoss mir durch den Kopf, wäre er ein sehr schöner Mann. Das kantige Gesicht hatte etwas ungemein Markantes, seine dunklen Locken jedoch zeichneten seine Züge weicher, versöhnlicher. Am beeindruckendsten waren allerdings seine stahlblauen Augen. Trotz lag darin und vielleicht noch etwas anderes. Er war nicht einmal meinem Blick ausgewichen.

»Wenn Sie hier arbeiten wollen, kommt es auf Ihre Leistung an. Das ist eine Praxis und keine Kindergartengruppe. Meine Praxis übrigens.«

»Trotzdem werden Sie mit mir anders sprechen müssen«, beharrte ich, richtete mich auf und sah ihn direkt an. »So wie ich das sehe, stehen hier die Tierärzte nicht gerade Schlange, um in Ihrer Praxis zu arbeiten. Also würde ich mir an Ihrer Stelle sehr genau überlegen, ob es klug ist, mit mir so umzugehen.«

»Und Ihre Mutter sagte, Sie bräuchten hier auf der Insel dringend einen Job.« Auch Dr. Breden richtete sich auf und blickte mich an. Seine Augen waren schmal geworden, und er musterte mich nun sehr genau. »Wenn ich gewusst hätte, dass Sie eine Mimose sind, hätte ich Sie nicht eingestellt.«

Ich schluckte. Wenn ich jetzt nachgebe, dachte ich, dann wird er mich immer so behandeln und glauben, ich würde mir alles gefallen lassen.

»Wenn ich gewusst hätte, dass Sie sich nicht benehmen können, hätte ich den Vertrag nie unterschrieben.«

Gespannt hielt ich den Atem an. Bestimmt würde er mir gleich sagen, dass ich ja noch in der Probezeit bin. Er wird mich rausschmeißen, und ich werde meiner Mutter auf der Tasche liegen. Oder mir sonst irgendeinen Job suchen müssen. In meinem Kopf ratterte es.

Zu meiner Überraschung sagte Dr. Breden jedoch nichts. Statt einem weiteren Wutausbruch huschte ein ganz zartes, kaum merkliches Lächeln durch seine Augenwinkel. »Ich glaube nicht, dass mein Benehmen uns nun daran hindern sollte, den Hundemagen zu entknoten.«

Nelly hatte die Sprechstunde heute Vormittag abgesagt und alle Tierbesitzer für den Nachmittag wieder einbestellt, so dass wir uns ganz auf den Dobermann konzentrieren konnten. Inzwischen hatte ich erfahren, dass der alte Baumann ein Nachbar von Dr. Breden war und morgens mit dem Hund vor der Tür meines neuen Chefs gestanden hatte, der ihn dann sofort mit in die Praxis gebracht hatte. Der Dobermann war übrigens eine ältere Dame namens Gertrud, die seit dem Tod von Baumanns Frau sein Ein und Alles war.

Dr. Breden jedenfalls war ein guter und geschickter Operateur, das musste ich neidlos anerkennen. Zugetraut hätte ich es ihm allerdings nicht, denn seine Hände waren groß wie Pranken. Trotzdem bewegten sie sich präzise durch das OP-Gebiet und knüpften feinste Nähte ohne Mühe. Nicht eine fahrige Handbewegung, nicht ein Griff ging ins Leere. Verdammt, fluchte ich innerlich, ich war hier zweifellos beim Dr. House der Tiermedizin gelandet, aber ich würde mir bei ihm eine Menge abgucken können. Der Mann verstand zumindest im OP schon mal sein Handwerk.

Eigentlich hatte ich, während Dr. Breden dem Hund den Magen auspumpte, sagen wollen, dass die Chancen schlecht standen. Gertrud war kein Junghund mehr, und der Monitor zeigte bereits Herzrhythmusstörungen. Beides verringerte die Chancen eines guten OP-Ausgangs deutlich, doch ich hatte mir auf die Lippen gebissen und stattdessen den Bauch des Hundes rasiert, um das OP-Gebiet freizulegen. Ich hatte das deutliche Gefühl, dass Dr. Breden genau das nicht würde hören wollen.

Mit äußerster Konzentration und bis auf einsilbige Anweisungen für mich arbeitete Dr. Breden schweigend. So gut ich konnte versuchte ich vorauszuahnen, wo er meine Hilfe brauchen würde, klemmte hier und da Gefäße ab, und schließlich war es geschafft: Die abgestorbene Milz war entfernt, der Magen vernäht, der Bauch wieder verschlossen.

»Das EKG sieht immer noch nicht gut aus«, sagte ich sorgenvoll und deutete auf den Monitor.

Dr. Breden nahm seufzend den Mundschutz ab. »Gut genug«, sagte er. »Wir haben getan, was wir konnten. Der Rest liegt nicht an uns. Kommen Sie, Sie haben sich einen Kaffee verdient, Dr. Wahlmann.«

Überrascht von seiner plötzlichen Freundlichkeit, hob ich eine Augenbraue auf dem Weg in den Aufenthaltsraum, wo Nelly gerade zwei dampfende Tassen für uns auf den Tisch stellte.

»Der alte Baumann ist am Telefon. Wollen Sie mit ihm sprechen?«, fragte sie und hielt das Mobilteil des Telefons hoch.

Dr. Breden schüttelte den Kopf. »Sagen Sie ihm, es ist gut gelaufen. In drei Tagen hat er Gertrud wieder.«

»Aber«, wandte ich ein und kam nicht weiter. Nelly zog leise die Tür hinter sich ins Schloss.

»Das Herz wird es schon schaffen. Ich kenne Gertrud bereits lange. Noch ist ihre Zeit nicht gekommen. Sonst hätte ich gar nicht operiert.«

»Sind Sie Hellseher?«, fragte ich und goss einen großzügigen Schluck Milch in meine Tasse.

»Ich nenne es Erfahrung.« Für einen Moment sank Dr. Breden ein wenig in sich zusammen, dann jedoch straffte er plötzlich den Rücken. »Also, ich schlage vor, Sie machen Montag und Mittwoch die Vormittagssprechstunde und assistieren mir donnerstags am OP-Tag. Freitags ist die Praxis geschlossen, da betreue ich das Großvieh der Insel. Die Notdienste am Wochenende übernehmen wir abwechselnd. Das müsste mit der vereinbarten Stundenzahl ungefähr hinkommen. Alles, was darüber ist, zahle ich Ihnen am Monatsende aus. Einverstanden?«

Ich nickte.

»Fein.« Er nahm einen Schluck aus seiner Tasse, stellte sie dann auf den Tisch und sah auf die laut tickende Bahnhofsuhr an der Wand. »Na, dann haben Sie für heute ja Feierabend, und wir sehen uns morgen im OP. Auf dem Plan steht als Erstes eine Tumoroperation bei einer Katze und danach zwei Kastrationen. Wenn bis dahin nichts mehr kommt, sind wir am frühen Mittag durch. Wollen Sie kastrieren?«

»Gern«, sagte ich automatisch und holte Luft. »Mit Großvieh habe ich nicht so viel Erfahrung, Dr. Breden. Wenn da am Wochenende im Notdienst etwas kommt – «

»Dann schlagen Sie es nach, Dr. Wahlmann. Sie haben Ihre Approbation ja nicht im Lotto gewonnen.« Dr. Breden hatte bereits eine Hand auf der Türklinke.

Ich rollte mit den Augen, was er mit einem scharfen Zischen quittierte. »Wir sind hier – «

Diesmal unterbrach ich ihn: »Keine Kindergartengruppe, ich weiß!«

Wieder war da dieses ganz feine Lächeln, das für den Bruchteil einer Sekunde durch seine Augenwinkel huschte. »Na, so langsam scheinen Sie ja anzukommen, Dr. Wahlmann.« Dann öffnete er zügig die Tür und verschwand gegenüber in seinem Büro.

Einen Moment saß ich wie betäubt in dem weißen Ledersessel und sehnte mich nach Berlin zurück, ja sogar nach *Vier Pfoten*. Sicherlich hatte mir dort oft die Herausforderung gefehlt, an der es hier nicht zu mangeln schien, aber dafür hatte ich dort sehr viele nette Kollegen gehabt, die freundlich zu mir waren. Hier dagegen ... Ein Mensch wie Dr. Breden war mir noch nicht untergekommen.

Mein neuer Arbeitsplatz. Mein neuer Chef.

Einen Sommer lang, Clara, dann bist du frei, sagte ich mir und blies in meine Kaffeetasse, bevor ich noch einen Schluck nahm.

»Na, das war ja ein Einstieg, was?«

Ich sah auf. Lautlos war Evelyn eingetreten und stellte eine Tasse unter die Maschine. Ratternd und fauchend spuckte der Vollautomat einen Schwall schwarzen Espresso in das weiße Porzellan.

»Ja, kann man wohl sagen«, gab ich langsam zurück.

»Und«, sagte Evelyn fragend, gab zwei Löffel Zucker in die Tasse und lehnte sich dann gegen die Küchenzeile, »werden Sie bleiben?«

»Bleiben?« Hatte ich eine Wahl? Nicht wirklich. »Natürlich.«

»Sie müssen sich im OP gut geschlagen haben, sonst stünden Sie jetzt bereits auf der Straße«, sagte die ältere Assistentin und rührte gedankenverloren in ihrem Gebräu.

»Ist das schon vorgekommen?«, fragte ich überrascht.

»Aber ja. Vorletzten Sommer … und letzten Sommer auch. Ein junger Tierarzt aus Dortmund. Mit besseren Referenzen als Sie übrigens.«

Ich beschloss, die Spitze um des lieben Friedens willen zu überhören, nahm den letzten Schluck aus meiner Tasse, bevor ich sie in das Spülbecken stellte. »Tja«, sagte ich leichthin, »dann werde ich wohl etwas richtig gemacht haben.«

Ich war bereits halb im Umkleideraum, als sich Evelyns spitze Stimme in meinen Rücken bohrte: »Selbst Dr. Breden wäscht seine Tasse selbst ab.«

Ich drehte mich auf dem Absatz um, zwang mich zu einem Lächeln und griff nach Schwamm und Geschirr. Wortlos und weiter lächelnd nahm ich der verblüfften Evelyn ihre leere Tasse aus der Hand. Sollte ich es mir mit ihr verderben, würde ich es hier wahrscheinlich noch schwerer haben. »Aber selbstverständlich. Wenn schon Dr. Breden hier mit gutem Beispiel vorangeht, will ich da auf keinen Fall eine Ausnahme sein.«

Himmel. Bei *Vier Pfoten* hatte einfach jeder, der gerade Zeit hatte, das gestapelte Geschirr abgespült. Egal, wer.

»Wann beginnt morgen die erste OP?«, erkundigte ich mich und legte den Schwamm zur Seite.

»Um acht. Immer um acht.« Evelyn sah mich nachdenklich an, dann drehte sie sich grußlos um und verließ den Raum.

Ich schloss die Augen. Wo, um alles in der Welt, war ich hier nur gelandet?

Hund, Katze und ein Chinchilla

»Und was macht man so abends auf Langeoog? Shantys singen?« Markus kicherte ins Telefon.

»Sehr witzig. Bist du deshalb Tierarzt geworden? Hat für eine Comedy-Karriere nicht gereicht, was?«

»Du, stell dir vor«, Markus klang ausgelassen, »heute habe ich mit dem Betäubungsgewehr geübt und ein Makakenäffchen untersucht. Ich liebe meinen Job! Und, wie viele Haustiere hast du schon verarztet?«

»Nur eins.« Ich berichtete von der Dobermanndame.

»Hui. Dr. Breden muss ein ziemlich guter Arzt sein«, sagte er.

Ich zog meine Beine auf die Couch. Wind brauste ums Haus und schlug vereinzelt dicke Tropfen gegen die Scheibe. »Ist er, aber …«

»Aber?«, hakte Markus gleich ein.

»Aber ein schwieriger Mensch.«

Einen Augenblick schwieg er. »Mensch, Clara, wenn du das sagst, muss er echt seltsam sein. Du kommst doch normalerweise mit jedem zurecht.«

»Ja, eigentlich schon. Und Evelyn, seine rechte Hand, ist auch nicht ohne. Aber Nelly vom Empfang ist nett.«

»Wenigstens das. Aber jetzt sag mal, was macht man abends auf so einer Insel? Interessiert mich!«

»Früh ins Bett gehen, wenn man allein ist.« Und es stimmte. Wäre meine Mutter hier, sie hätte mich irgendwohin mitgenommen. Wahrscheinlich wirklich zum Shanty-Singen. Unter Protest wäre ich mitgegangen, aber so?

»Ich dachte, bei euch kennt jeder jeden?«

»So einfach ist das nicht. Sicher, ich renne grüßend durch die Straßen, plaudere mal hier oder mal da, aber in der Saison sieht jeder zu, dass er seine Arbeit schafft. Die meisten vermieten Zimmer oder Wohnungen und haben noch ein paar Nebenjobs, um über die Runden zu kommen und den Winter finanziell zu überleben. Ist nicht so leicht.«

»Ja, das kann ich mir vorstellen. Und ist gar kein netter Mann in Sicht?«

Erstaunlicherweise hatte ich sofort den Mann im Trenchcoat mit dem Weimaraner im Sinn. Sein Lächeln schob sich hartnäckig in mein Bewusstsein, und ich wusste nicht mal, wie er heißt. War das Lächeln nur freundlich? Oder war das ein Flirten? War ich so eingerostet, dass ich das gar nicht mehr unterscheiden konnte? Ausweichend antwortete ich: »Ich kann mich doch nicht sofort wieder in eine Beziehung stürzen, Markus.«

»Sofort! Und kein Mensch redet von Beziehung.« Entrüstet schnaubte er in den Hörer. »Clara, du kannst ja nicht ewig Tom hinterhertrauern.«

»Tu ich doch gar nicht!« Jetzt klang ich trotziger, als ich wollte. »Außerdem habe ich gerade ganz andere Sorgen.«

»Verstehe ich«, lenkte er rasch ein. »Und wie geht es deiner Mutter?«

Ich lächelte. »Ihr geht es echt gut, glücklicherweise.

Wenn sie sich weiter so erholt, kann sie am Wochenende schon entlassen werden und zieht dann zu meiner Tante Bea.«

»Hey, das freut mich!«

»Ja, mich auch. Hör mal, ich habe am Wochenende Notdienst, und wenn … also, wenn da irgendetwas mit Großvieh ist, kann ich dich dann anrufen?«

»Na klar. Kein Problem!«

Etwas erleichtert legte ich wenig später auf. Vielleicht sollte ich am Wochenende Silke wirklich mal besuchen.

Als ich am nächsten Morgen die Praxis betrat, sah Nelly lächelnd auf. »Guten Morgen, Frau Dr. Wahlmann!« Leiser, und erst nachdem sie sich noch einmal umgesehen hatte, fügte sie hinzu: »Dr. Breden und Evelyn sind noch nicht da. Sie haben noch Zeit für einen Kaffee.«

Stimmt. Ich war fast eine Viertelstunde zu früh dran. So aufgeregt war ich. Ich kann auch nicht sagen, dass ich mich auf meinen Arbeitstag freute. Mein erster Tag, obwohl er gestern reichlich kurz war, hatte mich viel Kraft gekostet. Würde es immer so sein? Würde die Zusammenarbeit mit Dr. Breden ein ständiges Kräftemessen sein?

»Kann ich Sie etwas fragen, Nelly?«

Die junge Frau nickte. Wieder wippte ihr Pferdeschwanz energisch.

»Wie lange arbeiten Sie schon hier?«

Sie lachte laut. »Eigentlich wollen Sie wissen, wie ich es hier aushalte, oder?«

Ich lächelte zurück. »Ertappt.«

Ihr Gesicht wurde wieder ernst. »Es ist so –« Sie holte tief Luft. »Dr. Breden war der Einzige, der mir mit meiner abgebrochenen Ausbildung eine Chance geben wollte. Ich hatte bereits die Hälfte rum: Kauffrau im Gesundheitswesen. Dann wurde ich schwanger. Und obwohl ich mit dem Vater des Kindes nicht zusammenbleiben wollte, wusste ich, wir sind beide Eltern und wir wollen das zusammen machen. Ihm gehört die Kite-Schule hier am Oststrand. Aber einen Job brauchte ich auch. Dr. Breden war bereit, mir eine Chance zu geben. Ich habe mich eingearbeitet, und hier bin ich nun. Empfang und Abrechnung. So viel anders funktioniert das für Tiere auch nicht als im Krankenhaus.« Sie zuckte mit den Schultern. »Ja, ich weiß. Er ist manchmal schwierig, aber eben einfach auch ein echt guter Arzt. Manche Leute kommen sogar vom Festland zu ihm. Dafür nehme ich selbst Evelyn mit in Kauf.«

»Sie ist auch nicht von der Insel, oder?«, fragte ich vorsichtig.

»Nein. Dr. Breden hat Evelyn aus München mitgebracht. Sie hat schon in der Tierarztpraxis seines Vaters gearbeitet. Ich glaube«, Nelly kicherte, »sie ist älter als wir alle zusammen. Vielleicht ist sie ein Vampir. Wer weiß.«

Jetzt musste ich doch laut lachen.

»Aber Sie sind von hier, Dr. Wahlmann, oder?«

»Ja«, gab ich knapp zurück und starrte einen Moment lang auf die Spitze meiner weißen Turnschuhe. »Ja, hier geboren und aufgewachsen. Aber ich habe in Berlin studiert und gearbeitet.«

»Dr. Breden geht das Inselleben auch manchmal mächtig auf den Keks. Jeder kennt jeden. Irgendwie. Und … na ja … Alle wissen immer alles. Ich find's aber eher schön. Alle sind freundlich. Alle kennen meinen kleinen Alex. Ich lebe gern hier!«

»Freut mich, Nelly, die Insel ist ja auch schön.« Und es stimmte. Das jedenfalls konnte ich ohne Umschweife zugeben. »Wollen Sie auch einen Kaffee?«

Nelly schüttelte den Kopf. »Nein, danke, ich habe noch, aber lieb, dass Sie fragen.«

Ich hatte mich bereits umgedreht, als sie mir nachrief: »Und machen Sie sich nichts aus Evelyn. Sie mag Dr. Breden echt gern, und ich … na, mir kommt es immer so vor, als würde sie ihn vor irgendetwas beschützen wollen. Also, was ich sagen will, ist, dass sie es einfach nicht böse meint.«

»Ich denke drüber nach«, rief ich zurück.

In der Umkleide stellte ich meine Handtasche auf den Stuhl, nahm mir ein Ensemble grüner OP-Wäsche, schlüpfte hinein, schloss meinen Schrank ab und stellte eine Tasse unter die Kaffeemaschine.

Wie es wohl Dr. Breden aus dem anderen Ende Deutschlands hierher verschlagen hatte? Hätte ich einen Vater, der ebenfalls Tierarzt war oder ist, ich hätte doch einfach eines Tages seine Praxis übernommen, statt am anderen Ende des Landes komplett neu anzufangen. Merkwürdig, dachte ich. Sehr merkwürdig, dieser Dr. Breden. Vielleicht, schoss mir durch den Kopf, hatte ihn sein Vater auch einfach nicht gewollt, weil die Zusammenarbeit mit ihm kein Zuckerschlecken war.

Grinsend entnahm ich der Maschine die dampfende Tasse, gab einen Schluck Milch hinzu, setzte mich auf den Sessel unter dem Fenster und kramte mein Smartphone aus der Hosentasche. Dr. Breden in München war schnell gegoogelt. Wie es schien, gab es zwei Dr. Bredens in der

Isar-Praxis. Dr. Wilhelm Breden senior, der mit dem jovialen Lächeln und den grau melierten Haaren aussah, als würde er Kaffeewerbung machen, und Dr. Philipp Breden junior, allem Anschein nach und der Ähnlichkeit mit meinem Chef zu folgern, sein älterer Bruder. »Ihre Kleintiere sind bei mir in guten Händen«, stand unter seinem Foto. Ein gut aussehender Mann, dachte ich, genau wie mein Chef. Ihm fehlte bloß die sorgenvolle steile Stirnfalte.

Ich starrte noch auf das Bild, als die Tür zum Aufenthaltsraum aufgerissen wurde und mein Chef eintrat. Das plötzliche Geräusch ließ mich zusammenzucken. Nicht nur, dass ich Kaffee auf den Boden verschüttete, nein, vor Schreck rutschte mir auch mein Telefon aus der Hand.

Bevor ich allerdings meine Tasse abstellen, mich bücken und nach dem Smartphone greifen konnte, hatte mein Chef schon seine große Hand danach ausgestreckt, es hochgenommen und starrte auf das Display.

Verdammt! Scham war doch ein seltsames Gefühl. Bei mir begann es im Steißbein mit einem Kribbeln, kroch dann meinen Rücken hinauf, legte sich wie eine große Pranke um meinen Hals, bevor es endgültig in meine Wangen stieg, und ich fühlen konnte, wie sie heiß und ganz sicherlich auch rot wurden.

»Guten Morgen, Dr. Wahlmann.« In Dr. Bredens Stimme lag ein süßlicher Unterton, als er den Kopf hob. »Internet-Recherche?«

»Das geht Sie gar nichts an«, sagte ich matt und griff nach meinem Telefon, das er mir auf seinem flachen Handteller entgegenstreckte, so, als würde er damit ein Tier füttern wollen.

»Vielleicht schon, wenn ich doch offenbar im Zentrum

Ihres Interesses stehe. Sie können mich doch einfach fragen, Frau Kollegin, wenn Sie etwas wissen wollen.« Ein ironisches Grinsen tanzte jetzt um seinen rechten Mundwinkel, und die steile Falte, die sonst über seiner Nase begann und sich in seine Stirn reckte, hatte sich etwas geglättet.

»Ach, so groß ist mein Interesse dann doch wieder nicht«, sagte ich lasch und ärgerte mich, dass mir nichts Schlagfertigeres einfiel.

»Dann schlage ich vor, dass wir mit der Arbeit beginnen.«

Nachdem Dr. Breden im kleinen Umkleideraum nebenan verschwunden war, sank ich ein wenig in mich zusammen und atmete aus. *Peinlich, Clara, sehr peinlich!*

Die nicht mehr ganz junge, aber von unserer Inselfloristin Frau Kracht heiß geliebte Perserdame Lucy lag in Narkose vor uns. Ein Tierarzt in Bremen hatte die Diagnose Eierstocktumor gestellt, als Frau Kracht mit Lucy ihre Schwester besucht hatte. Obwohl der Tierarzt gleich hatte operieren wollen, bestand Frau Kracht darauf, das Tier sofort zu Dr. Breden zu bringen, so gut war sein Ruf auf der Insel.

Zügig, aber auf keinen Fall nachlässig hatte Dr. Breden in den letzten Minuten den Bauch des Tieres geöffnet. Seit unserem kleinen Wortwechsel im Aufenthaltsraum hatten wir beide nichts gesagt.

Betroffen starrten wir auf die Eingeweide der zarten Perserdame. Nein, das war nicht nur ein Eierstocktumor, der Krebs war überall. Kein Organ hatte er verschont.

»Verdammt«, sagte Dr. Breden leise, schob die Nierenschale mit dem Operationsbesteck zur Seite und griff stattdessen nach Nadel und Faden. »Verdammt! Hätte der

Kollege –« Er brach ab, aber ich wusste, was er hatte sagen wollen. »Das lehrt mich«, Dr. Breden lachte bitter auf, »mich nicht auf die Untersuchungsergebnisse von anderen zu verlassen.«

»Soll ich zumachen?«, fragte ich leise.

»Nein. Eiserne Regel: Wer aufmacht, macht auch zu. Immer. Ich halte nichts davon, das abzuwälzen. Es gehört dazu, bis zur letzten Naht.«

»Soll ich dann mit Frau Kracht sprechen? Ich kenne sie schon lange und –«

»Nein. Meine Patientin. Mein Gespräch. Ich verabscheue es, wenn Kollegen das abwälzen, so wie –« Er brach ab. »Geben Sie mir mal den anderen Nadelhalter«, blaffte er, statt seinen Satz zu Ende zu bringen.

Rasch reichte ich das gewünschte Instrument an. Im Schein der OP-Lampe blitzte der Stahl auf. Eine Klemme war so gut wie die andere. Sein Wunsch war also nur Ablenkung.

So wie? Wen hatte er gemeint? Seinen Vater? Auch ich war frisch nach dem Studium oft mit schwierigen Gesprächen alleingelassen worden und hatte mir geschworen, dass niemals jemandem anzutun.

Mit einem kleinen Seufzer legte Dr. Breden schließlich die Instrumente zur Seite. Gemeinsam versorgten wir das Tier mit einem Halstrichter, damit es nicht an der frischen Naht leckte.

»Evelyn!«, rief Dr. Breden laut und sagte leiser, als sie eintrat: »Wir überwachen Lucy, bis sie wieder ganz da ist. Ich spreche mit Frau Kracht.«

»Nichts zu machen?«, fragte Evelyn und sah nachdenklich auf das Tier.

Dr. Breden schüttelte lediglich den Kopf. »Und dann bereiten Sie alles für die beiden Kastrationen vor. Dr. Wahlmann wird operieren.«

»Wie Sie meinen!«, gab Evelyn zurück, und ein zweifelnder Blick streifte mich.

Dr. Breden lachte. »Mich von Ihrem Können zu überzeugen, ist einfach. Evelyn dagegen …« Die OP-Tür fiel hinter ihm ins Schloss.

Die Kastrationen hätte ich im Schlaf machen können. Einzig die Narkose bei dem jungen Mops Baily, der so überzüchtet war, dass er schon hechelte, wenn er einfach nur durch den Raum lief, war etwas herausfordernder.

»Eine Schande«, sagte mein Chef kopfschüttelnd und strich dem Tier über den Kopf, nachdem ich fertig war. »Spätestens in einem Jahr werde ich ihn nach Hamburg zu Dr. Schumann überweisen müssen, der seine verengten Atemwege freikratzen kann wie kein Zweiter. Ein normales Leben wird Baily trotzdem nie haben. Aber er sieht ja so niedlich aus.« Angewidert schnaubte er durch die Nase. »Menschen! Pah.«

»Ja, wir sind die schlimmsten –«, doch weiter kam ich mit meinem Satz nicht, denn Nelly unterbrach uns. »Draußen sitzen noch zwei Notfälle. Ein Chinchilla mit Haarausfall und ein Hund mit Schwäche und Appetitlosigkeit.«

Dr. Breden sah auf die Uhr. »Das passt mir gar nicht. Ich habe noch einen Termin auf Baltrus' Pferdehof.«

»Gehen Sie ruhig«, sagte ich. »Ich mache das.«

Mein Chef blickte mich stirnrunzelnd an. »Die Kastrationen waren gute Arbeit«, sagte er schlicht. »Na, dann packe ich zusammen.«

Ich nickte. »Nelly, schicken Sie mir den Chinchilla in den Behandlungsraum. Ich bin gleich da.«

Die Chinchilladame Martha kam in Begleitung eines Mädchens und seiner Mutter.

Ängstlich hielt die Kleine die Transportbox, in der sich das Tier befand, fest.

Langsam beugte ich mich zu ihr nach vorn. »Ich bin Clara, die Tierärztin, und du?«

»Emma. Können Sie Martha helfen, bitte?«

»Das hoffe ich sehr. Magst du mir die Box mal geben?«

Emma drehte sich zu ihrer Mutter um, die ihr lächelnd zunickte.

Vorsichtig nahm ich Emma, die ebenso strohblond war wie ich selbst, die Box aus der Hand und stellte sie auf den Behandlungstisch.

»Brauchen Sie Hilfe?«, fragte Evelyn durch die halb offene Tür.

»Allerdings. Evelyn, würde Sie das Tier bitte festhalten, damit ich es untersuchen kann?«

Wortlos reichte sie erst mir ein paar Handschuhe und streifte sich dann selbst welche über, bevor sie Martha am Nacken packte und auf den Tisch setzte. Langjährige Erfahrung mit den unterschiedlichsten Tieren sprach aus ihrem Griff, wie ich neidlos anerkennen musste.

Rasch hörte ich Herz und Lungen ab, aber das eigentliche Problem hatte ich auf den ersten Blick gesehen. Martha biss sich selbst und riss sich dabei Teile ihres Fellkleides aus.

»Lebt Martha allein?«, fragte ich Emma freundlich.

Die hellblauen Augen des Kindes begannen verdächtig

feucht zu schimmern, und ihre Mutter legte ihr eine Hand auf die Schulter und antwortete statt ihrer Tochter. »Ja, gerade schon. Dr. Breden hat Marthas Schwester vergangene Woche einschläfern müssen. Ein Tumor.«

»Ich glaube«, sagte ich langsam, »Martha beißt sich selbst, weil sie trauert und weil sie sich einsam fühlt. Chinchillas leben eigentlich nicht allein. Sie braucht Gesellschaft.«

»Und dann hört das Fellbeißen auf?«, fragte Emmas Mutter.

»Sehr wahrscheinlich. Geben Sie den Tieren ein wenig Zeit, sich einzugewöhnen, und falls das Problem weiterbesteht, kommen Sie gern wieder.«

»Das Fellbeißen kann auch andere Gründe haben«, sagte Evelyn, nachdem Emma und ihre Mutter mitsamt Martha in der Box den Behandlungsraum verlassen hatten.

»Natürlich«, entgegnete ich betont freundlich, »aber das Naheliegendste ist meist auch der Grund. Schicken Sie mir in ein paar Minuten den nächsten Notfall herein, Evelyn. Danke!«

Wenig später und noch während ich Marthas Untersuchung in dem überraschend modernen Abrechnungssystem dokumentierte, öffnete Evelyn die Tür und ließ den nächsten Patienten eintreten.

Diesen Hund kannte ich. Ein schlanker Weimaraner versteckte sich hinter den Beinen seines Herrchens.

»Ah«, sagte ich lächelnd und stand auf. »Athos, nicht wahr?«

Auch das Herrchen starrte mich für ein paar Sekunden lang verblüfft an und lächelte dann. »Genau! Sie erinnern sich?«

»Wie könnte ich so ein schönes Tier vergessen?«, sagte ich leichthin.

»Ja, der Hund ist mein größter Trumpf«, antwortete er augenzwinkernd, dann streckte er mir seine Hand entgegen. »Athos kennen Sie ja schon. Mein Name ist Paul Krämer.«

»Dr. Clara Wahlmann«, stellte auch ich mich vor.

»Sie sind neu in der Praxis? Ich war vor ein paar Wochen schon mal hier, aber bei Dr. Breden.«

»Ich arbeite den Sommer über hier. Was fehlt denn Athos? Er schien mir ganz gesund am Strand.« Jetzt dagegen waren seine Augen matt. Ich bückte mich und hielt ihm meine Hand hin, die er zart beschnüffelte.

»Ja, ich weiß es nicht so recht. Streng genommen bin ich vielleicht gar kein Notfall, aber ich mache mir Sorgen.« Unglücklich sah Herr Krämer auf Athos hinab.

»Ach was, ich sehe mir Athos gern an. Sie sagten, Sie waren schon einmal hier? Ich schau mal ins System.«

Tatsächlich fand ich unter »Paul Krämer« Athos' Akte. »Verdacht auf Magen-Darm-Infektion«, hatte mein Chef dokumentiert. »Diät empfohlen – wenn nicht besser, Nierenwerte checken.« Stirnrunzelnd sah ich auf den Monitor. Wie kam Dr. Breden auf Nierenwerte? Würde ich ihn fragen, ich wüsste, was er antworten würde: »Erfahrung«.

Vielleicht sollte ich darauf vertrauen. Bisher hatte er immer richtiggelegen.

Vorsichtig hob Paul Krämer den Hund inzwischen auf den Untersuchungstisch, wo er sich sofort brav hinlegte.

Ich tätschelte dem Tier über den Kopf. »Was macht Ihnen denn Sorgen? Er scheint mir ein wenig schwach zu sein. Und Durchfall hat er immer noch?«

»Ich kann es gar nicht so genau in Worte fassen.« Paul Krämer fuhr sich gedankenverloren durch das etwas zu lange Haar. Ein wirklich gut aussehender Mann, dachte ich verzückt. *Reiß dich zusammen, Clara! Mehr Professionalität!*

»Athos ist schnell erschöpft, ab und an hat er Durchfall, dann wieder ist er ganz normal. Heute Morgen wollte er nicht spazieren gehen, und das ist wirklich ein Zeichen dafür, dass etwas nicht stimmt. Oder er wird einfach alt? Athos ist acht. Ich dachte immer … Wir hätten noch ein paar gute Jahre zusammen.«

»Ich sehe ihn mir mal an«, sagte ich beruhigend und hörte Herz und Lunge ab, tastete den Bauch ab. Geduldig ließ Athos alles über sich ergehen und leckte mir nach dem Fiebermessen sogar die Hand. »Soweit scheint mir alles erst einmal in Ordnung zu sein, aber ich würde gern seine Blutwerte überprüfen.«

»Ja, sicher. Machen Sie, was Sie für richtig halten, Dr. Wahlmann.«

Und als hätte Evelyn unsere Unterhaltung gehört oder mein Ansinnen erahnt, trat sie nach einem kurzen Klopfen ein. »Brauchen Sie Hilfe?«

»Bereiten Sie bitte alles für eine Blutentnahme vor. Ich nehme an, wir können Nieren- und Leberwerte hier in der Praxis bestimmen?«

Evelyn nickte zustimmend, suchte die entsprechenden Röhrchen heraus und legte sie mir zusammen mit den anderen Utensilien in eine Pappierenschale.

Entweder Athos war doch besser erzogen, als ich zu Anfang dachte, oder aber er war so matt – zumindest ließ er die Blutentnahme ohne zu murren über sich ergehen. Erleichtert drückte ich den Tupfer auf die Punktionsstelle, während Evelyn mit den Röhrchen in Richtung Tür ging.

»Die Ergebnisse haben wir in einer halben Stunde«, sagte ich und streifte meine Handschuhe ab.

»Eher in einer Dreiviertelstunde«, korrigierte mich Evelyn und hob bedauernd die Schultern. »Ich muss erst die Geräte hochfahren.«

»Kein Problem.« Paul Krämer griff sich noch einmal ins Haar und sah erst seinen Hund an und danach mich. »Meinen Sie nicht, das könnte das Alter sein?«

Ich schüttelte ganz leicht den Kopf und lenkte dann im Plauderton ab: »Wohnen Sie hier auf Langeoog oder machen Sie Ferien hier?«

Paul Krämer lächelte, und darin lag Erleichterung. »So ein bisschen was von beidem. Athos und ich haben bis September ein kleines Haus hinter den Dünen gemietet, um ungestört arbeiten zu können. Die Mischung aus Meer, Natur, Trubel und schlechtem Wetter ist ideal, wissen Sie?«

»O ja, ich weiß genau, was Sie meinen.« Ich mochte seine braunen Augen und die Fältchen, die sich bildeten, wenn er so wie jetzt lächelte.

»Und Sie, Frau Dr. Wahlmann, sind kürzlich erst auf die Insel gezogen? Oder leben Sie schon länger hier?«

»Auch ein bisschen was von beidem«, gab ich zurück und strich mir übers Kinn. »Ich bin hier geboren und komme meist im Sommer, um meine Mutter zu besuchen. Diesmal nur ein bisschen länger, und da kam mir die freie Stelle in dieser Tierarztpraxis gerade recht.«

»Ein Glück für Sie und für mich.« Nach einer kurzen Pause, in der er seinem Hund eine Hand auf den Kopf legte, setzte er hinzu: »Und Athos natürlich.«

Nun flirtet er aber eindeutig mit mir!, oder? Wie lange hatte ich eigentlich nicht mehr geflirtet? Ich kam mir mehr als nur ein wenig eingerostet vor, als ich verlegen abwinkte.

»Und was arbeiten Sie so?«, fragte ich rasch. »Ich kann mir beim besten Willen keinen Beruf vorstellen, der so nach dieser von Ihnen beschriebenen Mischung verlangt.«

»Ach so, ja, das war ein wenig kryptisch.« Herr Krämer lachte. »Ich bin Übersetzer. Gerade arbeite ich an der Neuübersetzung französischer Gedichte aus dem 18. Jahrhundert ins Deutsche. Das ist eine kleine Herausforderung.«

»Das kann ich mir sehr gut vorstellen! Was für eine spannende Arbeit!«

»Nicht so spannend wie Ihre, Dr. Wahlmann. Sie retten Leben. Ich wälze oft genug nur sehr viele Wörterbücher an einem Vormittag.« Noch einmal zwinkerte er mir zu, und ich lachte.

»Meist rette ich keine Leben. Oft genug kuriere ich bloß Bindehautentzündungen, verabreiche Wurmkuren oder impfe am laufenden Band. Das ist nun –«

Lautlos war Evelyn hinter Herrn Krämer getreten und streckte mir ein Blatt Papier entgegen. »Die Laborwerte. Es ging doch schneller als gedacht.«

»Danke, Evelyn.« Ich nahm den Zettel entgegen und sah auf die Ergebnisse. Dr. Breden hatte den richtigen Riecher gehabt. Die Nierenwerte sahen nicht gut aus.

»Und?«, fragte Herr Krämer. Berechtigte Besorgnis lag in seinem Ton.

»Leider gefallen mir Athos' Nierenwerte nicht so richtig, Herr Krämer. Es sieht so aus, als wären seine Nieren beeinträchtigt.«

»Das klingt nicht gut. Woher kommt das?«

Ich sah einen Moment auf den Hund, der die Augen geschlossen hatte und auf dem Boden neben Herrn Krämer lag. »Es kann das Alter sein, aber oft ist nicht ganz klar, wie solche Krankheiten entstehen. Ich würde Sie bitten, mir am Montag eine Urinprobe von Athos mitzubringen, und ich werde mit Dr. Breden wegen eines Ultraschalls Rücksprache halten, damit wir uns Athos' Organe einmal ansehen können. Bis dahin«, ich warf Athos noch einen nachdenklichen Blick zu, »bis dahin sorgen Sie dafür, dass er immer ausreichend Wasser trinkt, und ich gebe Ihnen ein Medikament gegen Übelkeit mit. Ich nehme an, dass Athos deshalb nicht genug frisst.« Ich holte Luft. »Wenn wir dann am Montag genau wissen, wie es um Athos steht, können wir ihn therapieren.«

Die Sorge in Paul Krämers Augen war noch nicht vollständig der Erleichterung gewichen. Das konnte ich genau sehen.

»Und dann wird er wieder gesund?«

Ich schüttelte ganz leicht den Kopf. »Wir werden sehen.«

Einen Moment lang war es sehr still im Raum. Ich hätte dem sympathischen Herrn Krämer und Athos, der zu seinen Füßen döste, lieber etwas anderes gesagt.

»So, wie Sie das sagen, Dr. Wahlmann, klingt es nicht ganz so ernst.«

»Wir können versuchen, das wirklich gut hinzubekommen, Herr Krämer.«

»Unbedingt. Athos braucht noch Zeit.« Ein klein wenig später setzte er hinzu: »Und ich auch.«

»Die haben wir sicher«, beruhigte ich ihn.

Ein schiefes Lächeln legte sich auf sein Gesicht. »Und

die gute Nachrichte ist doch, dass wir uns schon Montag wiedersehen!«

Das war jetzt aber eindeutig, Clara! »Langeoog ist klein. Hier läuft man sich öfter mal über den Weg.« Huch? Hatte ich das wirklich gesagt?

Herr Krämer machte einen kleinen Schritt nach vorn und auf mich zu. »Samstags, wenn es überall ganz voll ist und viele Tagestouristen auf der Insel sind, vergrabe ich mich ja gern in der Arbeit. Aber Sonntag soll das Wetter sehr schön und beinahe warm werden. Da bin ich gern fast den ganzen Tag am Hundestrand Ost.« Aus seinem schiefen Lächeln wurde ein breites. Eines, das mich wärmte und das ich bis in meine Zehenspitzen fühlte.

»Vielleicht ist mir ja am Sonntag nach einem ausgiebigen Strandspaziergang«, sagte ich leise.

»Vielleicht. Auf jeden Fall aber würde mich das sehr freuen.«

Als ich wenig später die Praxis schließlich verließ, empfing mich eine überraschend warme Nachmittagssonne. Rasch verstaute ich meine Windjacke zusammen mit meiner Handtasche im Fahrradkorb. Gerade als ich in die Pedale treten wollte, hörte ich eine Stimme hinter mir: »Clara?«

Ich drehte mich um und stieg ab. Die Frau, die mich gerufen hatte, war immer noch klein und schmal, bis auf den deutlich gerundeten Babybauch. Sie trug ihr goldblondes Haar jetzt ein wenig länger und hatte einen müden Zug um ihre haselnussbraunen Augen, aber sie war unverkennbar.

»Silke!«, rief ich aus, schob mit dem Fuß den Ständer nach unten und stellte das Fahrrad wieder ab.

»Mensch, Clara, ich habe gehört, dass du wieder da bist, warum hast du mich noch nicht besucht?« Ihr Lächeln wurde nachsichtig, und sie breitete die Arme aus. Wir drückten uns lange, dann schob sie mich ein Stückchen von sich weg. »Herrje, du bist immer noch so groß.«

»Das liegt nur daran, dass du immer noch so winzig bist.«

Wir lachten beide.

»Nein, im Ernst, Silke, ich wollte dich an diesem Wochenende im Hotel besuchen. Bisher war immer irgendetwas los«, wich ich aus.

»Ja«, sagte sie und wurde ernst. »Wie geht es deiner Mutter?«

»Gut. Du kennst sie ja. Zäh ist sie. Die Operation hat sie gut überstanden. Jetzt muss sie sich erholen.«

»Dann bleibst du noch eine Weile? Oder für immer?«

Schnell hob ich beide Hände. »Nein, nicht für immer. Bis Ende September. So lange geht mein Vertrag mit Dr. Breden.«

Silke griff unvermittelt nach meiner Hand und drückte sie fest. »Ich hoffe, dass wir uns in dieser Zeit öfter sehen.«

»Das hoffe ich auch! Ich dachte nur –« Ich brach ab und presste die Lippen aufeinander. Auf keinen Fall wollte ich Silke verletzten, und schon wieder einmal hatte ich schneller angefangen zu sprechen, als ich denken konnte.

»Was wolltest du sagen?« Silkes Augen wurden groß, und sie ließ mich los. »Oh, du … Sag mal, dachtest du aus irgendeinem Grund, dass ich dich nicht sehen will?«

Ich schüttelte ganz leicht den Kopf, gab dann aber zu: »So ähnlich. Weißt du, wir … unsere Leben sind so … so anders. Ich hatte Angst, dass wir uns vielleicht gar nicht mehr so viel zu sagen haben.« Jetzt war es heraus, und vielleicht war das gut so, dachte ich. Hoffentlich.

Silke legte den Kopf schräg und lächelte mich ganz leicht an. »Ich persönlich finde ja, dass Unterschiede einer Freundschaft guttun und sie bereichern.«

Nun griff ich nach ihrer rechten Hand und drückte sie fest. »Ich dachte, du … na ja, vielleicht willst du jetzt lieber mit Frauen reden, die auch verheiratet sind und Kinder haben.«

Silkes Augen wurden erst noch größer und dann sehr schmal, als sie herzhaft lachte. »Um Himmels willen! Ich bin ja froh, wenn ich nicht ständig über Windeln, Kindergarten und Trotzanfälle reden muss.« Sie wurde wieder ernst. »Was hältst du davon: heute Abend im *Golf-Eck*. Gegen sieben?«

»Ja, das würde mich total freuen! Ich glaube«, räumte ich ein, »da war ich noch nie. Das ist da an der Hafenstraße, wo der Weg zum Golfplatz abzweigt?«

»Genau. Das ist neu, noch nicht so voll, und das Essen ist gut. Und die Weinkarte auch. Ich kann dir beim Trinken zusehen.« Silke lächelte und strich sich über den Bauch.

»Ich trinke für dich mit«, tröstete ich meine alte Freundin, und eine warme Welle der Zuneigung überrollte mich. Ich hatte ganz vergessen, wie unkompliziert und lustig es mit Silke war.

Sie sah kurz auf ihre Armbanduhr. »Ich muss weiter, Clara, bis später!«

»Bis später! Ich freu mich!«

Rasch sprang Silke wieder auf ihr Fahrrad und trat in die Pedale. Einen Augenblick lang sah ich ihr nach, dann radelte auch ich in Richtung Zuhause.

Morgen, während die Praxis geschlossen war und Dr. Breden sich um das Großvieh kümmerte, würde ich eines der kleinen Apartments für die Ankunft der Gäste am Samstag vorbereiten. Ein älteres Ehepaar aus Hannover. Und tatsächlich hatten sie sich per E-Mail gemeldet und mir gesagt, dass sie am Nachmittag eintreffen würden. Fahrräder hatten sie sich schon selbst reserviert – so waren mir die Gäste recht.

Die Ladung Bettwäsche, die ich heute Morgen vor der Arbeit noch in die Maschine getan hatte, war fertig und duftete frisch und blumig nach dem Waschmittel, das meine Mutter seit Jahren benutzte. Für einen Moment vergrub ich meine Nase in der Wäsche und dachte daran, wie ich als Kind gern beim letzten Schleudergang vor der alten Waschmaschine gewartet und in das Bullauge gestarrt hatte.

Schon immer war die Wäsche meine Aufgabe gewesen, mein Teil, den ich zu unser beider Auskommen beitrug. Waschen, trocknen, bügeln, ab in den Schrank. Und während meine Mutter mit dem Staubsauger in den Apartments in die letzte Ecke kroch und kein Fussel, keine Fluse ihrem scharfen Blick entkam, bezog ich das Bett, schüttelte Kissen und Decken auf, zog hier oder da, zupfte glatt, was noch knittrig war.

Ich sah mich um. Nichts hatte sich in der kleinen Waschküche verändert, die von der Küche abging und früher einmal das Holzlager gewesen war. Hier roch es immer ein wenig nach Meer und ein wenig nach Lavendel, was wir den Säckchen mit getrockneten Blüten zu verdanken hatten, die meine Mutter gern an den Deckenhaken im großen Holzbalken befestigte.

Eines Tages würde all das mir gehören. Ich zuckte zusammen. Das war definitiv ein Gedanke, den ich lieber weit wegschob. Rasch bückte ich mich, zottelte die feuchte Wäsche aus der Maschine und warf sie in den Trockner daneben.

Um kurz vor halb sieben stand ich vor dem Spiegel in unserem kleinen Bad und föhnte mir kopfüber die Haare, ehe ich mir mit dem Puderpinsel über Nase und Stirn fuhr. Ich wollte kein aufwendiges Make-up, aber ein bisschen Wimperntusche und ein zarter roséfarbener Lippenstift frischten meinen blassen Teint etwas auf. Ich war wenig an die frische Luft gekommen. Am Wochenende aber würde sich das ändern. Vor allem am Sonntag. Ein Lächeln legte sich auf mein Gesicht. Ja, keine Frage, ich freute mich darüber, Paul Krämer wiederzusehen.

Der heutige Abend aber gehörte Silke und mir und unserer alten Freundschaft.

Unten im Flur warf ich einen letzten Blick in den Spiegel und war sehr zufrieden. Mein Haar saß, mein Gesicht wirkte rosig und frisch, und die enge blaue Hose mit den schmalen grauen Streifen, die ich mir in Berlin kurz vor meiner Abreise gekauft hatte, stand mir wirklich gut.

Dann zog ich die Tür hinter mir ins Schloss und stieg auf mein Rad. Wie immer zu Hause auf Langeoog genoss ich die Stille auf der Insel ohne Autos und hörte stattdessen den Vögeln zu, die am Waldrand ihr Abendlied sangen. Nur dann und wann kamen mir hier, abseits vom Ortszentrum, ein paar Menschen auf Fahrrädern entgegen.

Vor dem *Golf-Eck* war wenig Betrieb. Früher einmal war der kleine Backsteinbau mit dem Reetdach ein Bauernhof gewesen, seit Kurzem jedoch war ein Restaurant eingezogen, von dessen Wintergarten aus man einen herrlichen Ausblick über den Golfplatz hatte.

Und an einem kleinen weißen Holztisch in ebendiesem Wintergarten saß Silke und studierte die Karte. Sie sah auf und lächelte mir zu, als ich an den Tisch trat.

»Es ist alles so lecker hier. Ich kann mich nicht entscheiden.«

»Also alles wie immer«, neckte ich sie gutmütig. Silke war jedes Mal die Letzte, die bestellte.

»Hier«, sie schob mir die Karte zu, »ich nehme, was du nimmst. Sonst kommen wir nie vom Fleck.«

Mit dem Finger glitt ich die Gerichte entlang. »Ach, das geht schnell. Ich nehme das Schollenfilet mit Salzkartoffeln und Salat.«

»Oh, Scholle?« Silke klang enttäuscht, und ich lachte laut.

»Nimm doch etwas anderes.«

»Nein, nein.« Ich klappte die Karte energisch zu und legte sie zur Seite.

Nachdem wir bestellt hatten, lehnte sie sich zurück. »Und, erzähl, wie geht es dir?«

Abwehrend hob ich meine Hand. »Nein, du zuerst. Wie geht es dir?« Ich sah auf ihren gewölbten Bauch. »Nummer drei.«

»Ja, aber dann ist Schluss. Drei reichen. Das ist eine hübsche ungerade Zahl. Wenn es nach Peter ginge, würden wir weitermachen, bis die Fußballmannschaft komplett ist.« Sie rollte mit den Augen. »Aber das ist mir zu viel. Die

Kinder, das Hotel … und Peters Eltern wollen sich langsam aus dem Geschäft zurückziehen. Obwohl ich mir das noch nicht vorstellen kann.«

Das *Fischerhaus* war ein hübsches kleines Hotel im Ortszentrum, berühmt für seinen ausgezeichneten Service, die rustikal-charmanten maritimen Zimmer und den Rosengarten hinter dem Haus.

Die Kellnerin brachte Silke ein Wasser und mir ein Glas Weißwein. Als sie wieder verschwunden war, fuhr Silke fort: »Eigentlich führen wie ja schon seit Jahren das Hotel fast allein, während sich Peters Eltern um die Kinder kümmern.« Sie hielt inne, um einen Schluck zu trinken, danach stellte sie das Glas wieder auf den Untersetzer.

»Bist du glücklich?«, fragte ich leise.

Silke antwortete nicht gleich. Stattdessen glitt ihr Blick erst kurz zum Fenster, bevor sie mich wieder ansah. »Sehr. Ich liebe die Insel. Und nach jedem Ausflug auf das Festland bin ich froh, wenn er wieder vorbei ist. Meine Welt ist nicht da draußen, sondern hier.« Sie lachte wieder. »Aber ich weiß, für dich ist das anders. Wie ist deine Welt da draußen? Ist es so, wie du es dir erhofft hattest?«

Mit dem Finger umkreiste ich den Stil des Glases. »Gute Frage. Ich weiß es nicht. Nicht so richtig jedenfalls. Ich habe es nie bereut, nach Berlin gegangen zu sein. Ich liebe meinen Beruf, und doch …« Ich hob das Glas zum Mund und nahm einen kleinen Schluck. Herrlich herb und dennoch fruchtig schmeckte der Wein. »Vielleicht würde ich gern mal irgendwo ankommen, weißt du? Ich bin viel gereist, habe viel von der Welt gesehen, aber jetzt …«

»Willst du ein Zuhause?«

»Vielleicht«, gab ich zu. »Ich glaube nur nicht, dass das

hier sein kann. Kaum bin ich zurück, kommt mir alles schon wieder so klein vor.«

»Das verstehe ich sogar. Vielleicht liegt es daran, dass du den richtigen Menschen, der zu dir passt, noch nicht gefunden hast?«

Düster sah ich auf das weiße Tischtuch und strich eine Falte im Stoff glatt. »Silke, ehrlich, ich weiß ja nicht mal, wen ich suche und ob überhaupt jemand zu mir passt. Bisher hatte ich da nicht so viel Glück.«

Silke beugte sich zu mir vor und zwinkerte. »Wir haben hier doch ein bisschen Auswahl.«

Zweifelnd sah ich sie an. »Meinst du Robert, der mit Peter in einer Klasse war und jetzt die Eisdiele führt?«

»Nein, der heiratet im Oktober Lisa.«

»Was?«, fragte ich überrascht. »Robert, von dem wir immer dachten, er kriegt nie eine ab?«

Meine Freundin kicherte. »Ja, ich weiß noch, wie wir immer gesagt haben, wenn wir niemanden finden, bleibt immer noch Robert. Was echt gemein war, denn Robert ist wirklich ein netter Kerl.«

»Stimmt. Ist er. Aber wenn selbst er jetzt vom Markt ist …« Ich lehnte mich wieder zurück und nahm diesmal einen größeren Schluck.

»Es sind ja auch noch ein paar hierhergezogen. Frisches Blut.« Sie zwinkerte noch einmal und sah dann in Richtung Tür. »So wie dein Chef zum Beispiel.«

Ich drehte mich um und folgte ihrem Blick. Tatsächlich war gerade Dr. Breden eingetreten. Er trug eine weiße Hose und ein dunkelblaues Poloshirt. Über seiner Schulter baumelte ein Sack mit Golfschlägern.

Ich hob eine Augenbraue und wandte mich rasch wieder

Silke zu. »Tja, Dr. Breden ist mir einen Hauch zu speziell.« Im Augenwinkel sah ich, dass er an einem Tisch rechts von uns, in der Nähe der Bar, allein Platz nahm, und ungeduldig auf den Tisch trommelte.

»Was ist denn?«, fragte Silke, während die Kellnerin die beiden Teller mit den dampfenden Schollenfilets vor uns abstellte.

»Tja, ich weiß auch nicht. Was mache ich denn jetzt? Tue ich so, als würde ich ihn nicht sehen? Gehe ich zu ihm und begrüße ihn?«

Vorsichtig entfaltete Silke ihre Serviette und nahm das Besteck in die Hand. »Nicht so kompliziert, Clara. Lass den Blick streifen, und wenn er guckt, tust du so, als hättest du ihn gerade erst bemerkt, nickst ihm freundlich zu und gut ist es.« Sie schob sich ein Kartoffelstück in den Mund, kaute und sah noch einmal zu Dr. Breden hinüber. »Eins muss man ihm lassen. Von all denen, die im Laufe der Jahre auf die Insel gezogen sind, sieht er einfach am besten aus.«

»Du musst es ja wissen«, sagte ich leichthin.

Silke kicherte. »Ich bin jetzt so, wie wir nie werden wollten. Ich weiß alles.«

Diesmal zwinkerte ich ihr zu. »Ist vielleicht ganz praktisch.«

Silke legte ihr Besteck zur Seite und griff nach meiner Hand. »Clara, das tut so gut. Lass uns das öfter machen, ja?«

»Unbedingt«, sagte ich schnell und sah sie warm an. Wie hatte ich nur auf die Idee kommen können, sie hätte sich so verändert, dass wir nicht mehr befreundet sein könnten? Im Gegenteil. Es tat mir gut zu wissen, dass hier jemand war, mit dem ich lange Jahre durch dick und dünn gegangen war. Und seitdem hatte sich an unserer Zuneigung nichts verändert.

Ich nahm mein Besteck wieder in die Hand und hatte dabei das deutliche Gefühl, beobachtet zu werden.

Tatsächlich. Als ich den Kopf etwas drehte, sah ich, dass Dr. Bredens Blick nachdenklich auf mir ruhte. Ich nickte in seine Richtung und hob meine Hand ein wenig, als angedeuteter Gruß sozusagen.

Doch Dr. Breden starrte weiter in meine Richtung, ohne eine Miene zu verziehen. Ich glaube, er sah mich gar nicht an, er sah vielmehr durch mich hindurch, so, als wäre ich gar nicht da und er in Gedanken weit weg.

Merkwürdig, dachte ich, während Silke mir von ihren zwei Jungs erzählte und der Hoffnung, dass das dritte Kind ein Mädchen werden würde, aber es im Grunde natürlich egal sei.

Dr. Breden war einfach merkwürdig.

»Weißt du eigentlich was über ihn?«, fragte ich später, als wir uns einen Eisbecher zum Dessert teilten.

Silke wusste sofort, wen ich meinte, schüttelte jedoch bedauernd den Kopf. »Nein. Keiner weiß etwas über ihn. Er war einfach eines Tages da, mietete das Ladengeschäft in dem Neubau und das kleine Haus am Friedhof, das früher mal deiner Großtante Frieda gehört hat. Mit Dr. Breden kam Evelyn nach Langeoog. Sie wohnt übrigens in Roberts alter kleiner Wohnung über der Eisdiele. Und ich habe mich sehr für Nelly gefreut, dass sie den Job bei Dr. Breden bekam.« Mit dem Löffel klopfte sich Silke gegen ihre Unterlippe. »Es gibt natürlich viele Gerüchte. Er ist ein paarmal mit Steffi vom Strandladen ausgegangen. Du kennst doch Steffi?«

Ich nickte. Sie war zwei Klassen unter uns gewesen. »Die Tochter vom Lutz, dem Dachdecker.«

»Genau. Sie hat vor drei Jahren den kleinen Laden am Hospizweg kurz vor den Dünen eröffnet. Du weißt schon: Badeanzüge, Sonnenmilch, Zeitschriften, Souvenirs.«

»O ja, ich erinnere mich. Das war früher *Fritzis Fischbude?*«

»Genau. Ein paarmal hat man sie abends zusammen gesehen, dann nicht mehr.« Seufzend legte Silke die Serviette zur Seite und schob den Teller zurück. »Ich meine, jeder, der ein Tier hat, kennt Dr. Breden natürlich und meint, etwas über ihn sagen zu können. Angeblich kam er der Gesundheit wegen nach Langeoog, dann wieder, um eine unglückliche Liebe zu vergessen … Du kennst ja die Leute. Ein paar meinten sogar, er wäre im Zeugenschutzprogramm der Polizei.«

Wir mussten beide lachen.

»Eins steht jedenfalls fest: Freunde hat er hier nicht wirklich. Alle respektieren ihn, weil er ein guter Tierarzt ist, näher mit ihm zu tun hat niemand. Er ist viel allein. Und wenn du mich fragst, ist er vielleicht einfach auch ein Mensch, der das braucht.« Sie hob die Schultern. »Er ist nicht gerade ein Ausbund an Freundlichkeit, aber ich mag ihn trotzdem. Er hat unsere alte Labradordame eingeschläfert. Und da war er sehr behutsam und auch sehr nett zu den Kindern. Er kam extra zu uns nach Hause. Das hätte der alte Dr. Funk nie gemacht.«

»Dottie?«, fragte ich ungläubig nach. »Ihr musstet Dottie einschläfern lassen?«

»Ja, sie war echt alt, Clara. Vierzehn ist ein fast biblisches Alter.«

»Das stimmt. Trotzdem traurig.« Jetzt schob auch ich den Teller weg und sah im Augenwinkel, wie die Kellnerin Dr. Breden ebenfalls ein Schollenfilet servierte. Sein Lächeln zum Dank war eher ein Zähnefletschen.

»Aber wer weiß, Clara, wen die Flut noch so auf die Insel spült …« Silke lächelte.

»Oder schon gespült hat«, ergänzte ich.

»Eben war ich schon ein bisschen müde, aber nun bin ich wieder hellwach.« Silke winkte nach der Kellnerin. »Ich hätte gern einen Kamillentee, und du, noch einen Weißwein?«

»Ja, ein Glas nehme ich noch, aber dann ist Schluss. Sonst muss ich das Rad noch schieben.«

»Ja, ja … jetzt erzähl mal. Wen meinst du?«

»Paul Krämer. Er ist Übersetzer und …«

Strand, Sonne und ein paar Wolken

Am Freitag richtete ich eines der kleinen Apartments unterm Dach für die neuen Gäste her, wischte Staub, saugte und lüftete das Bettzeug über den Fensterbrettern in einer frischen Brise vom Meer.

Erst am frühen Nachmittag zog ich die letzte Decke glatt und hängte ein frisches Küchenhandtuch an den Haken über dem Spülbecken.

Auf dem Weg nach unten plauderte ich noch ein wenig mit den Gästen aus dem anderen Apartment unterm Dach. Ein liebes Ehepaar Anfang fünfzig, die ich schon seit langer Zeit kannte und die jedes Jahr wiederkamen.

Dann zog ich mich in die Küche zurück und setzte Teewasser auf. Gerade als der Kessel pfiff, klingelte es an der Haustür. Seufzend drehte ich den Herd ab.

Zu meiner Überraschung stand Dr. Breden vor der Tür. »Was kann ich denn für Sie tun?«, fragte ich und trat zur Seite. »Wollen Sie hereinkommen?«

Obwohl ich fest mit einer Ablehnung rechnete, sagte mein Chef stattdessen: »Nur einen Moment. Ich möchte Ihnen noch ein paar Kleinigkeiten zum Notdienst am Wochenende sagen.«

Ich nickte langsam. »Kommen Sie mit in die Küche. Kann ich Ihnen einen Tee anbieten?«

»Nein, bloß ein Glas Wasser bitte.«

»Setzen Sie sich.« Immer noch überrascht deutete ich zum großen Küchentisch, entnahm dem Kühlschrank eine Flasche Wasser, aus dem Schrank ein Glas und schenkte ein, bevor ich den Tee aufgoss und mich dann mit meiner Tasse Dr. Breden gegenübersetzte.

Stirnrunzelnd sah er mich an. »Wollen Sie sich nichts zu schreiben holen?«

»Wollen Sie mir Romane erzählen? Das ist Langeoog. Die meisten Menschen kenne ich, und so viele Tiere gibt es hier nun auch wieder nicht.«

Dr. Breden zog die Mundwinkel nach unten und nickte bedächtig. »Wie Sie meinen. Sie müssten morgen Vormittag mal nach zwei Alpakas auf dem Hof von Frau Schnitt sehen. Ich habe sie entwurmt, aber der Durchfall der Tiere macht mir Sorgen. Und auf Baltrus' Pferdehof steht demnächst eine Fohlengeburt an. Ich glaube, an diesem Wochenende.«

»Fohlen kommen, wann sie wollen, Dr. Breden. Woher wollen Sie wissen, dass es jetzt so weit ist?« Ich hätte mir auf die Zunge beißen können, denn ich kannte die Antwort, die er mir prompt gab: »Erfahrung«. Wieder war da dieses ganz leichte Lächeln. Kaum wahrnehmbar.

Ich glaube, er hält mich für wirklich einfältig. Aber das kann mir auch egal sein, oder?

»Wenn die Nachgeburt nicht kommt, rufen Sie mich an.« Er schob mir eine Visitenkarte über den Tisch. »Sie sagten ja, Sie haben keine Ahnung.«

Frechheit. Keine Ahnung habe ich nicht gesagt. Nicht viel Erfahrung trifft es eher, aber was brachte es, ihn zu korrigieren?

Dr. Breden starrte auf das Glas Wasser vor ihm auf dem Tisch, als hätte ich ein Alien auf den Tisch gesetzt.

»Es ist nur Wasser, versprochen.« Das konnte ich mir nicht verkneifen.

Stirnrunzelnd sah er mich an und dann auf meine Tasse. »Vielleicht nehme ich doch einen Tee.«

»Macht keine Umstände.« Ich erhob mich wieder und stellte eine zweite Tasse, eine Zuckerdose und Sahne vor ihn hin, dann griff ich nach der Teekanne und wartete.

»Wollen Sie nicht eingießen?«

»Ach, Dr. Breden. Sie sind doch jetzt schon fünf Jahre hier. Erst den Zucker, dann den Tee und zuletzt die Sahne. Herrje.«

»Zucker ist Gift.«

»Die Dosis macht das Gift.«

Zögernd griff er nach der Dose, öffnete den Deckel langsam und angelte mit der kleinen Zange ein Kluntje heraus. Es klapperte, als er ihn in die Tasse fallen ließ. »Sie machen hier ein Gewese um den Tee«, murmelte er leise.

»Na, bitte«, kommentierte ich sein Tun.

»Und Sie sind hier geboren, ja?« Dr. Breden sah sich in der Küche um.

»Nicht hier in der Küche, aber ja, ich bin ein echtes Inselbaby. Eine Sturzgeburt im Dachgeschoss.« Auf dem Flur, um genauer zu sein, aber das ging ihn ja nun wirklich nichts an.

Der Zucker knisterte in seiner Tasse. Dr. Breden hob eine Augenbraue und starrte in den Tee, als erwartete er, dass eine Hand daraus nach ihm greifen würde.

»Ich habe im Computer gesehen, dass Herr Krämer mit seinem Weimaraner da war.«

»Ja, das wollte ich noch mit Ihnen besprechen. Ich habe Nierenwerte abgenommen und – «

»Warum?« Er unterbrach mich so unvermittelt, dass mir fast der Löffel aus der Hand rutschte.

Ich lehnte mich ein Stückchen zurück. »Sie haben doch selbst – «

»Ich weiß, was ich in die Akte geschrieben habe, aber warum glauben Sie, der Hund könnte eine Nierenerkrankung haben?«

»Eine Niereninsuffizienz«, korrigierte ich meinen Chef, und es machte mir Spaß. »Nun, zum einen«, wiederholte ich stoisch, »haben Sie den Verdacht doch zuerst geäußert. Zum anderen würde die Diagnose zum Beschwerdebild passen. Aber wie dem auch sei. Ich habe Hund und Herrchen am Montag wieder einbestellt. Mit Urinprobe. Und ich würde Sie bitten, einen Ultraschall zu machen.«

»Die Urinprobe ist sinnlos.«

»Ich habe das nicht gemacht, weil es Geld bringt, ich – «

Ungeduldig winkte Dr. Breden ab. »Ja, ja, es gehört einfach laut Lehrbuch dazu. Aber eigentlich reichen die Blutwerte, nicht wahr?«

Ich nickte widerwillig. Er hatte völlig recht.

»Und, was werde ich auf dem Ultraschallbild sehen?«, fragte er und nahm einen kleinen Schluck aus der Tasse, dann einen größeren.

»Verändertes Nierengewebe«, gab ich zu.

»Genau. Merken Sie sich das: Wir verdienen genug Geld, die Praxis läuft wie geschnitten Brot. Wir müssen niemandem das Geld für überflüssige Untersuchungen aus der Tasche ziehen. Das ist auch nicht gut fürs Geschäft. Halten Sie beim nächsten Mal gefälligst früher Rücksprache mit mir.« Dr. Breden stand auf. »Den Ultraschall mache ich trotzdem. Dabei können Sie etwas lernen.«

Das war sehr wahrscheinlich. Viel Ultraschallerfahrung hatte ich nicht. Dennoch schwieg ich. Dr. Breden war eingebildet genug. Ich musste das nicht noch füttern.

»Danke für den Tee, Dr. Wahlmann.« Er ließ seinen Blick ein letztes Mal schweifen. »Ich finde schon allein hinaus. Bleiben Sie sitzen.«

Wenig später hörte ich, wie die Haustür ins Schloss fiel, und sah auf die Visitenkarte. Seine Privatadresse in der Straße am Friedhof stand darauf und die Rufnummer seines Mobiltelefons.

Das Haus, das er gemietet hatte, kannte ich gut. Lange Zeit hatte eine Tante meiner Mutter darin gewohnt, und als sie starb, erbte es ihr Sohn, der es nun wiederum an Dr. Breden vermietete. Ein hübsches Reetdachhäuschen. Weiß getüncht. Ähnlich wie unser Haus hatte es zwei kleine Schlafzimmer unterm Dach und neben der Küche, dort, wo bei uns die Waschküche war, befand sich ein kleines Badezimmer. Kein Luxus. Ein krasser Gegensatz zur modernen, eleganten Praxis im Ortsinneren.

Aber irgendwie passte an Dr. Breden nichts so richtig zusammen, dachte ich, trank den Rest aus meiner Tasse und stellte beide Tassen dann in die Spüle.

Am Samstagvormittag radelte ich zum Hof von Christina Schnitt. Zwar versteckte sich die Sonne hinter dicken bedrohlichen Wolken, die auch die Wärme abhielten, aber es blieb trocken.

»Ach, Clara, wie schön! Ich konnte es gar nicht glauben, als mir Dr. Breden erzählt hat, dass du auf der Insel bist! Das freut Brigitte bestimmt sehr. Bleibst du?« Christina stand in der Tür ihres Backsteinhauses und wischte sich die Hände an einem Küchenhandtuch ab.

»Nur bis zum Herbst und bis meine Mutter wieder da ist. Wie geht's denn deinen Alpakas, Christina?«, fragte ich rasch. Wenn man bei ihr nicht schnell auf den Punkt kam, würde ich noch Stunden über meine Pläne reden müssen.

Trotzdem mochte ich die Frau, die ungefähr im Alter meiner Mutter war, vier Söhne nach dem frühen Tod ihres Mannes allein großgezogen und nebenbei eines der größten Kutschunternehmen auf Langeoog hatte. Die Alpakas waren neu, aber ich wusste von meiner Mutter, dass Christina schon lange damit geliebäugelt hatte, sich welche anzuschaffen, vor allem der Wolle wegen.

»Willst du auf einen Tee reinkommen?«

Ich schüttelte den Kopf. Auf keinen Fall. Reichte ich ihr den kleinen Finger, würde ich hier den ganzen Tag nicht mehr wegkommen. Christina schnatterte gern und ohne Unterlass. »Nein, ich muss noch weiter.«

»Ah, Baltrus' Stute, was?«

»Genau.« Vorsichtig lehnte ich mein Fahrrad gegen den weiß gestrichenen Jägerzaun. »Ist denn der Durchfall weg?«

»Ja, seit der Wurmkur geht es den Tieren wieder prächtig. Angeblich waren sie ja entwurmt, als ich sie gekauft habe, aber man weiß ja nie … Ich bin froh, dass sich Dr. Breden so gut mit Alpakas auskennt.«

»Ja, das ist ein großes Glück«, sagte ich automatisch und

legte wieder eine Hand auf den Lenker. »Dann fahr ich mal weiter, Christina.«

»Mach das und komm gern mal auf einen Tee vorbei!«, rief Christina mir nach. Wortlos winkte ich ihr zu und radelte die paar hundert Meter weiter zum Pferdehof der Familie Baltrus. Die Baltrus' haben schon immer hier auf Langeoog gelebt, und so lange ich denken kann, züchten sie Pferde.

Martin, der einzige Sohn vom alten Baltrus, der gerade das Gestüt übernommen hatte, stand auf dem Hof, als ich einbog und klingelte. Er war eine Klasse über mir auf der Inselschule gewesen und hatte vor zwei Jahren Hilla geheiratet, die wiederum in meiner Klasse gewesen war. Eine tolle Hochzeit, auf der wir bis in den frühen Morgen gefeiert und getanzt hatten. Ich freute mich ehrlich, ihn wiederzusehen, und wir umarmten uns kurz.

»Schade!«, sagte er lachend und drückte meine Hand. »Hilla ist in Bremen bei ihrer Tante und kommt erst morgen wieder. Sie wird sauer sein, dass sie dich verpasst hat!«

»Ich bin ja noch ein Weilchen auf der Insel«, beruhigte ich Martin, während wir zum Stall schlenderten. »Wie geht es der Stute?«

Auf seiner breiten Stirn tauchte eine steile Falte auf. »Clara, du hältst mich jetzt nicht für verrückt, wenn ich dir erzähle, dass ich kein gutes Gefühl habe, was die Geburt betrifft?«

Vor der Stalltür blieb ich stehen. »Wie meinst du das?«

Martin kratzte sich an der Schläfe. »Mein ganzes Leben lang kamen hier Fohlen zur Welt. Und meist glücklicherweise völlig problemlos. Aber bei Bella habe ich irgendwie das Gefühl, etwas stimmt nicht. Dr. Breden kann nichts finden, und ich denke, vielleicht täusche ich mich auch, aber … es ist so ein Gefühl, verstehst du?«

»Ich sehe sie mir an, Martin.«

»Danke. Könnte nun jeden Tag so weit sein. Dr. Breden tippt auf dieses Wochenende, aber du weißt ja, kann auch noch drei Wochen dauern.«

Sie hatten Bella in die letzte Box ganz nach hinten in den Stall gebracht. Die Boxen um sie herum waren frei, so dass sie Ruhe hatte, und diese Box war auch ein wenig größer als die anderen.

Bella war eine schöne Braune mit klaren Augen und glänzendem Fell. Sie stand ruhig da und hob den Kopf, als wir uns langsam näherten. Neugierig streckte sie mir den Kopf entgegen, und ich strich über ihre warme samtige Nase. Langsam klinkte ich die Tür ihrer Box auf und trat zu ihr hinein, streichelte sanft über ihren Bauch. Das Euter wölbte sich prall.

»Ehrlich, Martin, ich sehe jetzt keinen Grund zur Beunruhigung.« Als ich aus der Box trat, fiel mein Blick auf das kleine Feldbett gegenüber. »Deines?«

Martin nickte. »Ja, Hilla und ich wechseln uns ab.« Er schluckte. »Danke, dass du mich beruhigen willst, aber mein ungutes Gefühl bleibt irgendwie.« Hilflos hob er beide Hände. »Bella ist … na ja, sie ist etwas Besonderes. Ich würde sie nicht verkaufen. Ich reite sie selbst, und sie ist keines unserer Schulpferde. Mein Vater hat sie mir geschenkt.«

»Vielleicht machst du dir deshalb so große Sorgen, wo es eigentlich keine geben müsste?«, sagte ich. »Eben weil du sie so gern magst?«

»Möglich«, räumte er ein, trat von einem Bein auf das andere und lächelte ganz leicht. »Wenn etwas ist … Clara, dann –«

»Dann bin ich ganz schnell da«, beruhigte ich ihn sofort. »Ich habe mein Telefon immer dabei. Ruf an. Tag und Nacht. Egal. Dafür bin ich da.«

»Danke!«, sagte Martin warm und griff nach meiner Hand. »Vielleicht mache ich mich auch verrückt.«

»Das ist doch normal.« Ich warf noch einen Blick auf die Stute. »Ich denke ja nicht, dass das Fohlen dieses Wochenende kommt. Sicher, das Euter ist prall, aber Bauch und Scheide sehen mir noch nicht danach aus.«

»Ja, ich bin da auch unschlüssig. Aber zur Sicherheit …« Er deutete auf das Feldbett.

»Natürlich.« Ich nickte.

Der Rest des Tages verging mit der Ankunft der neuen Gäste, denen ich die Wohnung zeigte, die Schlüssel übergab und gefühlt Tausend Fragen zu Langeoog beantwortete. Trotzdem machte es mir überraschend viel Spaß. Außerdem hatten sie einen entzückenden und etwas eigensinnigen älteren Dackelherren namens Bruno dabei, den ich sofort in mein Herz schloss und die Treppen ins Dachgeschoss hinauftrug.

Später setzte ich mich mit dem Telefon ins Wohnzimmer und rief meine Mutter an, die sich nach dem zweiten Klingeln bereits meldete. »Stell dir vor, mir geht es so gut, dass sie mich schon heute entlassen haben und ich jetzt in diesem Augenblick bei Bea auf der Couch sitze!«, berichtete sie aufgeregt, und ich stellte erleichtert fest, dass jede Anstrengung und Müdigkeit aus ihrer Stimme gewichen war. Sie klang wieder wie früher. Sie klang wie meine Mutter.

»Das ist ja großartig!« Ich atmete erleichtert auf.

»Find ich auch. Und du, Clara, kommst du zurecht?«

»Alles bestens. Es läuft gut.«

»Da ist noch Bettwäsche im Schrank in der Waschküche, falls du aus irgendeinem Grund nicht hinkommst und –«

Ich unterbrach sie: »Mama, ich komme klar. Erzähl mir lieber, wie es jetzt weitergeht bei dir?«

Meine Mutter seufzte. »Bea besteht darauf, dass ich auf der Couch herumliege. Den halben Tag putzt sie um mich herum oder kocht für mich. Und das Schlimmste passiert am Nachmittag. Ich muss spazieren gehen, kannst du dir das vorstellen?«

»Ach herrje!«, entfuhr es mir. Meine Mutter hasste es, irgendwo anders außer am Meer spazieren zu gehen. Am liebsten fuhr sie Fahrrad. Gegen den Wind.

»Ja, deine Tante ist unerbittlich.« Dann flüsterte sie in den Hörer: »Ich hatte ganz vergessen, wie streng meine Schwester ist und wie zwanghaft sie putzt!«

»Das habe ich gehört, Brigitte!«, hörte ich die Stimme meiner Tante im Hintergrund.

»Ihr beiden!«, sagte ich lachend. »Also brauche ich mir keine Sorgen zu machen?«

»Nein, Bea sorgt sich für zwei. Und, erzähl mal, wie ist es mit Dr. Breden?«

»Anstrengend. Er ist ziemlich eingebildet.«

»Aber ein guter Arzt!«, hakte meine Mutter gleich ein. »Wäre ich ein Tier, ich würde zu ihm wollen.«

Ich lachte wieder. »Ja, er ist sehr kompetent, aber menschlich …«

»Clara, wir haben alle unsere Talente. Nicht jeder ist ein Menschenfreund. Kommt ja auch drauf an, was man so erlebt im Leben.«

»Weißt du, warum er auf die Insel gekommen ist?«, fragte ich.

Einen Moment lang war es sehr still auf der Seite meiner Mutter. Schließlich sagte sie: »Du weißt, Clara, ich schnattere gern, aber ich klatsche nicht.«

Und das stimmte. Wenn jemand meine Mutter bat, etwas für sich zu behalten, schwieg sie wie ein Grab.

Wir plauderten noch kurz über den Sonnenschein bei ihnen auf dem Festland und das trübe Wetter hier, das aber morgen aufklaren sollte, und legten dann auf.

Einen Moment lang starrte ich nachdenklich auf das alte Festnetztelefon, an dem meine Mutter so hing. Wusste sie etwas über Dr. Breden? Möglich wäre es schon, dass er ihr Persönliches anvertraut hatte. Meiner Mutter erzählten die Menschen gern etwas. Nicht nur, dass sie eine gute Zuhörerin war und Dinge für sich behalten konnte, nein, sie war einfach empathisch und fand fast immer die richtigen, tröstlichen und anteilnehmenden Worte zur rechten Zeit.

Das bewunderte ich sehr bei ihr, und ich hoffte einfach, dass ich ein klein wenig davon geerbt hatte. Denn gebrauchen könnte ich diese Gabe auch bei Gesprächen mit Tierhaltern.

Martin fiel mir ein und seine Stute Bella. Sollte ich anrufen und nachfragen?

Nein, er würde mich schon anrufen, wenn etwas war. Getreu der alten Weisheit, dass das Fohlen zwar den Geburtstag bestimmte, die Stute aber die Stunde, kamen Fohlen meist am Abend oder in der Nacht zur Welt. Ich stellte mein Telefon also auf extralaut und legte es später neben mein Bett.

Der frühe Sonntagmorgen weckte mich mit schrägen Sonnenstrahlen, die zwischen den Zweigschatten des alten Apfelbaums auf meiner Bettdecke tanzten. Ein schöner Tag!

Ich reckte und streckte mich, dann tastete ich als Erstes nach meinem Telefon. Nein, niemand hatte angerufen, auch Martin nicht. Das war meine größte Sorge: im Schlaf das Telefon zu überhören.

Gähnend schlüpfte ich in meine Pantoffeln, stellte den Kessel auf den Herd und steckte eine Scheibe Brot in den Toaster.

Heute würde ich mich mit Paul Krämer am Hundestrand treffen, und mein Herz machte zu meiner Überraschung bei dem Gedanken daran einen kleinen Hüpfer.

Es ist ein Treffen, Clara, mehr nicht!

Trotzdem. Paul Krämer war mir auf Anhieb sympathisch gewesen. Ich mochte sein offenes Lächeln und seinen wachen Blick. Da war etwas an ihm, das mich anzog. Vielleicht, weil er so ganz anders war als Tom, der selbst in seiner Freizeit verbissen schien, Leistung zu bringen. Paul Krämer dagegen strahlte Lebensfreude aus, die ich von Tom so gar nicht kannte.

Nicht vergleichen, Clara!

Aber konnte man das wirklich so einfach abstellen?

Mit der Zeitung machte ich es mir am Frühstückstisch gemütlich, aß einen Toast mit Sanddornmarmelade, die meine Mutter letztes Jahr eingekocht hatte, und trank einen großen Becher Kaffee dazu.

Als ich wenig später aus der Dusche kam, war der ganze Himmel strahlend blau, und vor dem Haus hüllte mich die Sonne in ihre betörende Wärme. Doch ein richtiger Strandtag, dachte ich, ging ins Haus zurück und schlüpfte in einen Bikini statt meiner Unterwäsche.

Trotzdem war ich ein Inselkind und keine Touristin, deshalb wanderten zu Buch, Wasserflasche, Sonnenmilch und Sonnenbrille noch brav eine Regenjacke und ein Pullover in meine große Tasche.

So gerüstet konnte doch gar nichts schiefgehen, oder? Natürlich steckte ich noch mein Smartphone in die Hosentasche. Auch wenn ich an den Strand radelte – im Dienst war ich dennoch.

Und so fuhr ich nur eine halbe Stunde später auf der Kirchstraße durch den Ort, bog dann ab und passierte den Bahnhof, bog wieder ab und ließ den Friedhof links liegen.

Das gute Wetter hatte viele Menschen in den Ort gelockt, und es würde auch viele an den Strand ziehen. Da war ich mir sicher. Unterwegs grüßte ich hier und da bekannte Gesichter, bis ich das Fahrrad schließlich auf dem kleinen Stellplatz in den Dünen anschloss und zu Fuß weiterging.

Heiter blinzelte ich in die Sonne und sog den salzigen Duft des Meeres tief ein. Wenn ich ganz ehrlich war, hatte ich diese Augenblicke in Berlin am meisten vermisst.

Es war mir, als hätte die Sonne dort eine andere Farbe gehabt, als wäre sie nie so hell gewesen wie hier auf Langeoog.

Der Hundestrand war nicht ganz so voll, wie ich gedacht

hätte. Zwischen den Strandkörben war an vielen Stellen noch reichlich Platz, und nach rechts hin zum Drachenstrand wurde es sogar leer. Und genau dort, wo es etwas leerer war, zog es mich hin. Dort breitete ich im Halbschatten der Dünen mein Handtuch aus.

Heute war es sogar relativ windstill und die Brandung jetzt bei auflaufendem Wasser nur ein träges Rauschen in der Ferne.

Trotzdem behielt ich T-Shirt und Shorts noch an, cremte mich aber sorgfältig ein. Es würde noch wärmer werden. Genüsslich streckte ich mich auf meinem Handtuch aus und schloss die Augen.

Tatsächlich nickte ich in der Vormittagssonne ein wenig ein, schreckte allerdings hoch, als ich eine feuchte Hundenase an meinem Fuß spürte.

Mit einem Seufzer ließ sich Athos ganz selbstverständlich neben mich auf das breite Strandhandtuch fallen und sah mich aufmerksam an. Den Kopf hatte er leicht schräg gelegt.

Liebevoll streichelte ich ihm über den Kopf, dann sah ich auf.

»Sieht so aus, als hätte Athos bereits den richtigen Platz gefunden.« Paul Krämer lachte und stemmte beide Hände in die Hüften. Den Trenchcoat hatte er heute wohl zu Hause gelassen, stattdessen trug er einfach nur Jeans und ein T-Shirt.

»Sieht so aus.« Ich beschattete mit der Hand meine Augen und blinzelte in den strahlend blauen Himmel hinter Paul Krämer. Mit der anderen klopfte ich in den Sand neben mir. »Und wenn der Hund schon seinen Platz hat, wollen Sie sich dann nicht auch setzen?«

»Unbedingt!« Er breitete ein schmales Handtuch neben mir aus und stellte seine Wasserflasche neben meine in den Sand, bevor er sich setzte.

»Wie geht es Athos?«, fragte ich und richtete mich auf.

»Heute gut. Allerdings ist er ein bisschen matt. Auch er kann diesem Wetter nicht widerstehen.«

»Wohl wahr. Wer kann das schon? Solche Tage muss man ausnutzen.«

»Der Sommer wird noch mehr davon haben«, tröstete ich ihn rasch. »Und, kommen Sie mit Ihrer Arbeit gut voran?«

Jetzt legte Paul Krämer den Kopf ebenso schräg wie sein Hund und sah mich ebenfalls aus braunen Augen einen Moment lang an, ehe er sich eine Sonnenbrille auf die Nase schob und in Richtung Meer blickte. »Nicht so gut, wie ich sollte, wenn ich ehrlich bin. Ich scheine ein wenig abgelenkt.«

»Abgelenkt wovon?«, hakte ich nach.

»Wenn ich ganz ehrlich bin«, er drehte den Kopf wieder zu mir und lächelte, »hätte ich nicht erwartet, hier auf Langeoog so nette Gesellschaft zu finden.«

Oh, diese verdammte Hitze in meinen Wangen! Rasch setzte ich ebenfalls meine Sonnenbrille auf.

»Was haben Sie denn gedacht? Einsame Strände und ein menschenleerer Ort? Das ist Langeoog, nicht Island«, spottete ich sanft.

»Habe ich gemerkt«, gab er unvermindert heiter zurück. »Es ist doch aber schon seltsam … Wir haben so eine Erwartung im Kopf, eine Vorstellung, und manchmal muss die Realität hart darum kämpfen, diese Vorstellung aufzulösen. Wissen Sie, was ich meine?«

»Nur zu gut, leider.« Ich dachte an Tom. Sein Gesicht hatte sich beinahe automatisch vor den Himmel geschoben. Hatte ich nicht selbstverständlich erwartet, dass wir nebeneinander auf demselben Weg gingen? Während er in Wahrheit schon lange vor mir abgebogen war. Eine Enttäuschung, die, wenn ich ehrlich war, immer noch bitter an mir nagte, hatte ich doch eine ganz andere Zukunft gesehen. Irgendwann eine Praxis zusammen, Hunde, Katzen, Kinder … ich presste die Lippen fest aufeinander.

»Aber Sie sind hier zu Hause, ja?«

»Zu Hause«, wiederholte ich, streckte meine Beine aus und versuchte mit aller Macht, meine trüben Gedanken zu vertreiben. Ich wollte keine neue Enttäuschung, und gleichzeitig mochte ich es, wenn Paul Krämer lachte. Es hatte eine Unbeschwertheit, die ich auch gerne in meinem Lachen hören würde. »Zu Hause ja. Ich bin hier geboren, aber studiert und gelebt habe ich Berlin. Bis –«

Ich brach ab. Bis mein Leben den Bach heruntergegangen war. Aber konnte man das so dramatisch eigentlich sagen?

»Bis?«, hakte Paul Krämer leise nach.

Ich holte Luft. »Bis meine Mutter krank wurde und ich jetzt zumindest für den Sommer zurückgekommen bin, um ihr zu helfen.«

»Und nach diesem Sommer?«

Ich hob die Schultern. »Ich weiß es nicht. Ich bin frei wie ein Vogel«, sagte ich leichthin. »Vielleicht gehe ich nach Berlin zurück oder …«

»Ganz woandershin? Das genieße ich an meinem Beruf auch sehr. Ich kann arbeiten, wo ich will.«

»So wie hier.«

»Genau! Das Angebot, hier ein Häuschen zu mieten,

kam um drei Ecken vom Freund eines Freundes. Das, habe ich festgestellt, sind oft die schönsten spontanen Entscheidungen.« Auch Paul Krämer streckte nun seine langen Beine aus, lehnte sich zurück und stützte seine Ellenbogen in den Sand. »Ich habe schon von überall gearbeitet.«

»Und wenn Sie sich nicht in der Welt herumtreiben?«

Er lachte. »Dann bin ich in Köln, aber glauben Sie mir, da bin ich selten. Vor Langeoog war ich in der Schweiz und in Österreich, in Südfrankreich und England. Manchmal verbinde ich auch meine Arbeit mit einer weiteren und hüte, während ich ein neues Buch übersetze, ein Haus.«

»Das klingt schön und sehr frei«, sagte ich. Ein Anflug von Neid durchströmte mich. »Ich reise auch so gern.«

»Haben Sie schon alles von der Welt gesehen, was Sie sehen wollten?«

Mein Blick glitt zum Meer zurück, das sich stetig näher an den Strand tastete. »Nein. Bisher war ich in Südamerika, in Australien und den USA. Ich würde gern noch nach Asien.«

Paul Krämer legte eine Hand auf Athos' Kopf. »Ja, das würde ich auch gern. Weite Reisen mache ich nicht oft. Ich habe ja noch Athos. Und die Hundepension frisst ganz schön an der Reisekasse. Und neuerdings auch die Tierarztrechnungen …« Er grinste mich an. »Aber ich muss wirklich sagen, dass ich lieber zu Ihnen gehe als zu Dr. Breden.«

Verlegen wischte ich mir eine Haarsträhne aus der Stirn. »Sagen Sie mal, Herr Krämer, wollen wir das mit dem Sie nicht lassen?« Ich streckte ihm meine Hand hin. »Ich bin Clara.«

»Paul«, sagte er schlicht, drückte meine Hand und hielt sie fest. Warm umschlossen seine Finger die meinen. Für den Bruchteil einer Sekunde schloss ich die Augen hinter den Gläsern meiner Sonnenbrille. Da war es wieder. Dieses Kribbeln. Viel länger hielt er mich fest, als man das normalerweise tut, wenn man jemandem die Hand schüttelt.

»Vielleicht, Clara –« Weiter kam Paul nicht. Das Klingeln meines Telefons unterbrach ihn abrupt.

»Tut mir leid, ich habe Notdienst. Da muss ich leider rangehen.« Nur ungern ließ ich ihn los und kramte in der Tasche nach meinem Smartphone. »Dr. Wahlmann«, meldete ich mich und erwartete eigentlich, Martins Stimme zu hören. Das Fohlen. Doch zu meiner Überraschung hörte ich ein weibliches norddeutsches Näseln: »Ist da der tierärztliche Notdienst?«

»Ja, Dr. Clara Wahlmann, was kann ich für Sie tun?«

»Ich habe eigentlich Dr. Breden erwartet.« Die weibliche Stimme klang beinahe entrüstet.

»Nun, ich arbeite noch nicht so lange für Dr. Breden und habe dieses Wochenende den Notdienst übernommen«, erklärte ich geduldig. »Wie kann ich Ihnen oder Ihrem Tier denn helfen?«

»Ich bin hier im Urlaub auf der Insel, und meine Perserkatze Coco ist krank. Aber hören Sie, gibt es keine Möglichkeit, Dr. Breden zu erreichen?«

»Nein«, gab ich entschieden zurück und fügte freundlicher hinzu: »Ich kümmere ich mich gern um Coco. Was hat sie denn?«

»Ihr Auge tränt.«

»Das sehe ich mir gern in einer halben Stunde in der Praxis an, Frau …«

»Bröckler«, sagte die Halterin meiner neuen Patientin knapp und legte auf.

Seufzend stopfte ich das Telefon wieder in die Tasche und stand auf. »Es tut mir leid, aber die Pflicht ruft.«

»Habe ich mir schon gedacht. Schade. Wird es lange dauern?«

»Wahrscheinlich nicht, aber wer weiß …« Ich bückte mich und hob meine Wasserflasche auf.

»Was hältst du denn davon«, Paul griff nach meinem Arm, »wenn wir heute Abend essen gehen? Im *Fischtopf*? Ich würde für sieben einen Tisch reservieren.«

Wieder machte mein Herz so einen komischen Hüpfer, bevor es weiterschlug. »Ist das ein Date, Paul?«

Er lachte laut. »Ich glaube nicht, dass man einem schönen Abend immer gleich einen Namen geben muss. Vielleicht sind wir fürs Erste zwei Halbfremde, die sich besser kennenlernen?«

Das war zwar nicht die Antwort, die ich erhofft hatte, aber Paul nahm die Sonnenbrille ab und sah mich offen an. Vielleicht ist das einfach in Ordnung, dachte ich. Vielleicht muss wirklich nicht alles sofort einen Namen bekommen und vielleicht ist Paul einfach jemand, der auch eine Enttäuschung hinter sich hat und so vorsichtig geworden ist wie ich. Wer weiß das schon?

»Dann um sieben im *Fischtopf*. Ich freu mich!«

Paul zwinkerte mir zu. »Ich mich auch, Clara.«

Frau Bröckler war eine äußerst schlanke und sehr blonde Frau, mit gepflegtem Make-up und sorgfältig geföhnten Haaren. Von Weitem mochte man sie auf Mitte dreißig schätzen, aber jetzt, als sie mit dem Weidenkorb an den

Untersuchungstisch trat, in dem lautstark Coco gegen den Ortswechsel protestierte, sah ich feine Fältchen um ihre Augen, den Mund und auf der Stirn und korrigierte meine Schätzung um mindestens zehn Jahre nach oben.

»Ich dachte«, wiederholte sie störrisch, »Dr. Breden würde diese Praxis führen.«

»Ja«, erklärte ich höflich, »das tut er durchaus, aber auch Dr. Breden braucht einmal Erholung.«

Dagegen konnte selbst Frau Bröckler nichts mehr einwenden, und ihr Mund wurde schmal.

Vorsichtig griff ich nach der Perserkatze. Ein schönes Tier, mit dichtem langem Fell, für dessen Pflege Frau Bröckler sicher ähnlich viel Zeit aufwendete wie für ihre Haare.

Nach anfänglicher Abwehr ergab sich Coco ihrem Schicksal und musterte mich aus ihrem gesunden Auge genau, während ich Herz, Lungen und ihren Bauch untersuchte. Das tränende Auge wies keinerlei Verletzungen auf. Ein Blick in Cocos makellos geführten Impfpass, und ich konnte auch Katzenschnupfen ausschließen. Bis auf ihr tränendes linkes Auge war Coco glücklicherweise kerngesund.

»Ich denke, Frau Bröckler, Coco hat vielleicht Zugluft abbekommen. Ich gebe Ihnen eine pflegende Augensalbe mit. Das Problem sollte schnell behoben sein.«

»Wenn Sie meinen.« Frau Bröckler musterte mich von oben bis unten. »Sind Sie schon lange Tierärztin?«

»Ich konnte viel Berufserfahrung in einer großen Tierklinik in Berlin sammeln«, sagte ich beruhigend. »Solche Bindehautreizungen sind bei Katzen, die gern am offenen Fenster sitzen, gar nicht selten.«

»Stimmt«, gab Frau Bröckler zu, und ihr Gesicht entspannte sich etwas. »Das tut Coco wirklich gern. Sie genießt die Aussicht hier.«

Ich strich Coco noch einmal über das weiche Fell, ehe ich sie in den Korb zurückhob. »Warten Sie hier, ich bin gleich wieder mit der Salbe zurück.«

Die Schublade im Schrank war leider leer, aber im Materialraum, den mir Nelly gezeigt hatte, würde hoffentlich noch Salben sein.

Ich griff nach dem Praxisschlüsselbund und eilte über den Flur. Kurz bevor ich die Tür aufschließen wollte, hörte ich hinten in der Praxis ein Knacken, Schritte und dann Stille. War ich hier nicht allein?

Ein Schauer lief mir über den Rücken. Besser, ich sah jetzt nach und konnte im Notfall noch Frau Bröckler um Hilfe rufen, auch wenn ich mir davon nicht allzu viel versprach als später allein.

Rasch drehte ich mich also um, eilte den Flur hinunter, atmete tief durch und riss die Tür zum Aufenthaltsraum auf. Dr. Breden stand mit einer Kaffeetasse am Fenster.

»Was um alles in der Welt – «

»Shhh!«, herrschte er mich an und legte einen Finger an seine Lippen. Sehr leise sagte er: »Wir wollen doch Frau Bröckler nicht auf mich aufmerksam machen, nicht wahr?«

Ich konnte mir ein Lachen nicht verkneifen. »Verstecken Sie sich hier etwa?« Der Groschen in meinem Hirn fiel langsam, aber er fiel. »Wollten Sie deshalb so unbedingt, dass ich dieses Wochenende übernehme?«

Ohne darauf einzugehen, sagte Dr. Breden bloß: »Sie reist Montag ab.«

Ein wenig Mitleid hatte ich nun schon mit meinem

Chef. Ja, er sah so gut aus, dass sicherlich die eine oder andere Halterin gar nicht wegen der Erkrankung ihres Tieres kam oder vielleicht nicht nur.

»Ich sag Ihnen Bescheid, wenn die Luft rein ist.« Leise zog ich die Tür wieder zu und holte jetzt ohne Umwege die Salbe aus dem Lager.

»Das hat aber lange gedauert!«, entrüstete sich Frau Bröckler. »Habe ich da Stimmen gehört? Dr. Breden vielleicht?«

»Nein, das war bloß der Anrufbeantworter«, log ich und hoffte, dass ich nicht schon wieder rot wurde. Es passte mir gar nicht, hier die Unwahrheit sagen zu müssen.

Ich streckte ihr rasch die Salbe entgegen. »Dreimal täglich eine – «

Frau Bröckler unterbrach mich ungeduldig: »Ja, das kenne ich bereits.« Sie griff nach dem Körbchen mit Coco darin.

»Ich bringe sie noch hinaus.«

Ich schloss hinter ihr ab und lehnte mich einen Moment gegen die Tür, dann ging ich schnellen Schrittes zum Aufenthaltsraum zurück.

Dr. Breden saß auf der weißen Couch unter dem Fenster. »Kann ich in mein Büro zurück?«, fragte er und sah mich gleichgültig an.

»Ich habe Ihretwegen gelogen.« Nicht, dass ich Dankbarkeit erwartete … Ich mochte es einfach nicht, für jemand anderen den Kopf hinzuhalten. Es war in Ordnung, zu verschweigen, dass er hier war. Direkt zu lügen, empfand ich jedoch selbst Frau Bröckler gegenüber als Belastung. Also wäre das Mindeste eine Entschuldigung und ein »Danke!«.

Allerdings dämmerte mir, dass ich weder das eine noch das andere von Dr. Breden bekommen würde, und in mir stieg Ärger auf.

Er zuckte mit den Schultern und stellte seine Tasse auf den Tisch vor ihn. »Sehen Sie es mal so: Sie haben ein gutes Werk getan, Dr. Wahlmann.« Seine Lippen verzogen sich zu einem spöttischen Lächeln. »Und das machen Sie doch gern, nicht wahr?«

Ich rollte mit den Augen. »Sie sind –«, platzte es aus mir heraus, aber gerade noch rechtzeitig hielt ich inne.

»Ich bin was?« Sein Lächeln wurde unverschämt breit.

Ein schrecklicher Mensch hatte ich sagen wollen. Er hatte mich ausgenutzt und dann auch noch verspottet.

Einen Moment lang funkelte ich ihn böse an, dann drehte ich mich auf dem Absatz um und warf die Tür hinter mir zu. Wenn ich gekonnt hätte, hätte ich spätestens jetzt gekündigt.

»Und, was ziehst du an?«, fragte Ela.

Ich hatte mein Smartphone auf das Bett gelegt, auf Freisprechen gedrückt und starrte in meinen Kleiderschrank. »Ich habe keine Ahnung.«

»Na, was trägt man so im *Fischkopf*?«

»*Fischtopf*. Topf, Ela«, korrigierte ich meine Freundin sanft und ein wenig abwesend. »Ich weiß nicht. Das ist kein Sternerestaurant. Kein Abendkleid, wenn du das meinst. Chic, aber nicht zu aufgedonnert. Ich will nicht zu aufgetakelt wirken, allerdings auch nicht in Jeans und T-Shirt kommen. Hach«, seufzte ich, »es ist nicht leicht.«

»Schwarze Hose, hohe Sandaletten, ein hübsches Top und eine Strickjacke.«

»Klingt, als würde ich als meine eigene Großmutter auf einen Faschingsball gehen.«

»Na, dann nicht.« Ela klang durchaus beleidigt, und ich musste lachen.

»Ich habe es.« Von einem der Bügel in der Mitte zog ich einen olivfarbenen Jumpsuit und betrachtete ihn. Dazu schwarze Sandaletten und eine schwarze Strickjacke. Perfekt.

»Und?«, fragte Ela neugierig.

»Ich schick dir nachher ein Foto.« Ich griff nach dem Telefon, ließ mich auf das Bett fallen und legte mich zurück.

»Ja, das auch, aber wie ist er so?«

Ich dachte einen Moment nach. »Wir sind uns ähnlich, glaube ich. Wir haben beide Hunger nach der Welt da draußen. Reisen, etwas sehen, etwas erleben. Er hat Glück als Übersetzer und kann von überall arbeiten.«

Ela schwieg einen Moment. »Schön«, sagte sie dann schließlich doch noch.

Ich richtete mich wieder auf. »Was hast du denn? Ich erzähle dir ganz begeistert von Paul, und alles, was dir einfällt, ist: schön.«

»Ja, ich weiß«, sagte sie ausweichend.

»Na, spuck's schon aus. Was stört dich?«

Wieder war es ein paar Sekunden lang still. »Na, Clara, zwei Sachen eigentlich. Er hat sich gar nicht danach erkundigt, was deine Mutter hat oder wie es dir geht, und –«

Rasch fiel ich ihr ins Wort: »Aber das fragt man doch auch nicht sofort! Ich mag es, dass er meine Privatsphäre respektiert.«

»Kann schon sein.«

»Und das Zweite?«

Ich hörte Ela angestrengt einatmen. »Bei Männern in dem Alter habe ich oft das Gefühl, dass dieses zwanghafte Reisen mehr Flucht als Lust ist. Du kannst mich jetzt beschimpfen, aber ich bin einfach nicht so begeistert von dem, was du mir über Paul erzählst.«

»Das ist doch Quatsch. Ich reise auch gern, und ich flüchte nicht.« Nachdem Ela wieder nichts sagte, hängte ich ein: »Oder doch?« dran.

»Nein … oder … vielleicht ein bisschen. Schau, seit der Trennung von Tom bist du eigentlich gar nicht mehr so richtig auf die Beine gekommen. Entweder du warst arbeiten oder zu Hause auf der Couch.«

»Ja, genau! Und nun endlich lerne ich mal jemanden kennen, den ich anziehend finde, und alles, was du machst, ist, es mir schlechtzureden.« Trotzig schob ich die Unterlippe vor.

»Siehst du? Und so meine ich das gar nicht. Ich will doch nur, dass du vorsichtig bist.«

»Ich bin doch keine zwanzig mehr, Ela, sondern fast dreißig und … endlich habe ich mal jemanden kennengelernt, der gut aussieht, nicht verheiratet ist – «

»Das weißt du nicht«, hakte sie ein, und ich verdrehte die Augen.

»Unwahrscheinlich. Oder er ist geschieden. Ich werde ihn fragen.«

»Vielleicht«, sagte Ela langsam, »ist es auch nur so komisch, weil ich ihn nicht kenne. Und weil du bisher eben mit Männern keine besonders glückliche Hand hattest.«

»Im Gegensatz zu dir lebe und lerne ich. Ich lass das auf mich zukommen.«

Zu meiner Überraschung lachte Ela. »Ja, aber im Grunde suchst du doch eigentlich jemanden für länger.« Dann wurde sie wieder ernst. »Aber, Clara, ich will am Ende doch auch, dass du glücklich wirst und dir nicht irgendein dahergelaufener Übersetzer das Herz bricht.«

»Himmel, du klingst wie meine Mutter!«

»Vielleicht. Und jetzt wünsche ich dir viel Spaß, tu nichts, was ich nicht auch tun würde, und komm nach Hause, wenn es dunkel wird.« Sie kicherte wieder.

Am Ende brachte sie mich doch zum Lachen. »Ja, Ela.«

»Und schick mir ein Foto von dir!«

Zwei Stunden später stellte ich mich vor den Spiegel in der Diele und knipste mit der Kamera in meinem Smartphone ein Bild, das ich sofort an Ela schickte.

»Sieht super aus! Viel Spaß!«, kam prompt von ihr zurück.

Zufrieden musterte ich mich im Spiegel. Zu dem gewagt dunkelroten Lippenstift hatte ich nur ein Hauch von Make-up und ein wenig Wimperntusche aufgelegt. Der Jumpsuit saß wie angegossen, und die schwarze taillierte Strickjacke passte perfekt.

Sehr mit mir zufrieden brach ich auf.

Das Restaurant *Fischtopf* lag am Ortsrand hinter den Dünen gar nicht weit vom Friedhof. Es war ein luftiger Bau aus den siebziger Jahren. Im Erdgeschoss war die Küche untergebracht und im ersten Stock das eigentliche Restaurant mit einer umlaufenden Terrasse und einem zauberhaften Blick über die Dünen, den Strand und das Meer.

Als ich eintrat, sah ich mich suchend um.

»Ach, Clara! Wie schön!«

Ich drehte mich um und lächelte Franzi, der Tochter des Besitzers, zu. »Mensch, wir haben uns ja lange nicht mehr gesehen!«, rief ich aus.

Franzi stellte das Tablett mit den leeren Gläsern rasch auf den Tresen hinter ihr, und wir nahmen uns in dem Arm.

»Ich dachte, du wärst in die Schweiz gegangen«, sagte ich fragend und musterte meine alte Klassenkameradin.

»Nach Österreich«, korrigierte sie mich lächelnd. »Ja, da war ich die letzten fünf Jahre. Ich bin jetzt fertig mit meiner Ausbildung. Und habe noch die Sommelière drangehängt. Als ich zurückkam, habe ich erst mal die Weinkarte auf Vordermann gebracht und mit Papa und Mama die ganze Bude auf den Kopf gestellt.«

Ich sah mich um. Tatsächlich war aus dem urig-gemütlichen *Fischtopf* ein elegantes maritimes Restaurant mit schlichten weißen Holzmöbeln und dunkelblauem Dekor geworden. »Hat sich sehr gelohnt!«

»Danke! Komm, ich bring dich zu deiner Verabredung.«

Ich hakte mich bei Franzi ein. »Freut mich wirklich sehr, dass du wieder da bist. Ich habe schon Silke getroffen. Ach, wir müssen im Sommer öfter mal wieder etwas zu dritt machen.«

Franzi lächelte zurück. »Unbedingt! Silke hat mir auch erzählt, dass du wieder da bist.«

Sie blieb stehen, und ich erstarrte, als ich begriff, an wessen Tisch sie mich geführt hatte. Zu seiner Ehre musste man wirklich sagen, dass auch Dr. Breden schaute, als würde er einen Geist sehen.

»Nein, nein«, sagte ich schließlich matt, und nachdem ich mich wieder gefangen hatte, während Franzi von mir zu ihm und wieder zu mir blickte, »ich esse nicht am Wochenende mit meinem Chef. Ich bin mit Herrn Paul Krämer verabredet.«

»Oh, das tut mir aber leid!« Zur Abwechslung war ich einmal nicht diejenige, die rot wurde, sondern diesmal Franzi. Hastig griff sie nach meinem Arm. »Oh, Mist, das tut mir leid! Wie peinlich!«

»Schon gut«, sagte ich und nickte Dr. Breden einmal ganz leicht zu.

»Dann hier entlang.« Franzi beschleunigte ihre Schritte.

Paul saß auf der Terrasse.

»So, jetzt aber!«, sagte sie zufrieden, als sie mich an Pauls Tisch ablieferte. »Ich lass euch gleich die Karte bringen.«

»Du siehst ein bisschen durcheinander aus.« Paul stand auf und küsste mich zu meiner Überraschung zur Begrüßung auf die Wange. Ein flüchtiger Kuss nur, einer, bei dem die Lippen kaum die Haut streiften. Trotzdem ließ er meine Knie weich werden. »Schön siehst du aus, aber durcheinander«, wiederholte er und lächelte schief.

»Danke«, gab ich zurück und dachte, dass der Kuss meine Verwirrung nicht besser gemacht hatte, sondern eher schlimmer. Ich lachte verlegen, und als ich aufsah, blickte ich schräg hinter Paul direkt meinem Chef ins Gesicht, der erst ungläubig zu uns durch die Scheibe herüberstarrte und mir dann amüsiert zugrinste.

Rasch wandte ich mich ab. »Ja, ich … nichts weiter … bloß eine kleine Verwirrung. Wo ist Athos?«

Paul schnitt eine Grimasse. »Ich kann ihn doch nicht

in ein Fischrestaurant mitnehmen. Athos liebt Fisch. Er würde an jedem Tisch betteln. Das konnte ich ihm nie aberziehen.«

»Das ist ja auch schwer«, tröstete ich Paul. »Vor allem, wenn sie einen so nett ansehen.«

»Eben.«

Wie magisch angezogen sah ich an Paul noch einmal vorbei. Die Kellnerin hatte gerade ein Weinglas vor Dr. Breden auf den Tisch gestellt. Er griff danach und prostete mir zu.

»Ist da etwas?« Paul drehte sich über seine Schulter.

»Nein, nichts Besonderes«, sagte ich, »nur Dr. Breden. Die Insel ist so klein. Hier trifft man sich oft.«

»Auch nicht schön, nach Feierabend.«

Jetzt lächelte ich Paul ganz demonstrativ an und lehnte mich ein wenig nach vorn. »Das stimmt, aber sag mal, wo waren wir heute Mittag stehen geblieben?«

Paul beugte sich ebenfalls ein Stückchen vor. »Ich glaube, wir haben so über das Leben geplaudert und was es noch für uns bereithalten könnte …«

Der Abend mit Paul verging wie im Flug. Wir unterhielten uns die ganze Zeit. Nicht einmal gab es eine seltsame Pause, nicht einmal einen Moment, in dem ich mich in seiner Gegenwart unwohl gefühlt hätte. Er war witzig, charmant und aufmerksam.

Und er bestand darauf, mich nach Hause zu radeln. Wir lachten viel, und nach nur drei Stunden mit ihm hatte ich das Gefühl, wir würden uns schon jahrelang kennen.

»Hier ist es.«

»Ah ja, das berühmte *Huus Rosendahl.*« Paul stieg ab und lehnte sein Fahrrad gegen den Gartenzaun. »Du hast so viel davon erzählt, dass ich das Gefühl habe, ich kenne mich schon gut darin aus. Warte mal … das ist das Küchenfenster?«

Ich lachte. »Nein, das ist die Ferienwohnung. Und wir sollten leise sein, sonst wecken wir die ganze Straße.«

»Auch wieder wahr.«

Ich stieg von meinem Fahrrad. »Danke. Das war ein toller Abend, Paul.«

»Finde ich auch.« Er sah kurz zu Boden, dann wieder auf. Im Schein der Laterne taumelte ein Nachtfalter gegen das Lampenglas. »Wir sollten uns wiedersehen.«

»Ja, ich schulde dir noch einen Ausflug zu den schönsten Ecken auf Langeoog.«

»Morgen?«

»Ich muss arbeiten, Paul. Freitag?«

»Das ist so lange hin«, sagte er gespielt widerwillig. »Aber gut, wir sehen uns ja morgen in der Praxis mit Athos.«

»Eben«, sagte ich leichthin und hob die Hand, weil ich nach ihm winken wollte, doch er griff danach, hielt mich fest und zog mich zu sich heran.

»Ich«, flüsterte ich zögernd, »ich … ich bin nicht so schnell.« Mein Gesicht war jetzt sehr dicht vor seinem.

»Wir haben einen ganzen Sommer lang Zeit«, gab er leise zurück. Für einen winzigen Moment streiften seine Lippen diesmal meine Stirn. Und da war es wieder: dieses taumelige Gefühl in meinen Knien. Ich schloss die Augen. Es tat gut, begehrt zu werden.

»Bis morgen, Clara!«

Der Moment war verflogen. Als ich die Augen öffnete, war Paul schon auf sein Rad gestiegen und winkte mir zu.

Hatte ich mich getäuscht oder lag eine Spur von Enttäuschung in seiner Stimme, als er gesagt hatte, dass wir ja noch den ganzen Sommer hätten?

Aber hatte er gedacht, ich würde ihn am ersten Abend mit zu mir nehmen?

Nein, ich hatte mich sicher getäuscht. So war Paul nicht.

Ich schob mein Fahrrad in den Ständer vor dem Haus und ging dann auf Zehenspitzen durch den knirschenden Kies bis zur hinteren Tür zur Waschküche. All die frische Luft hatte mich müde gemacht. Gähnend schloss ich die Tür auf. Morgen früh klingelte wieder der Wecker.

Doch ich würde Paul wiedersehen, und das heiterte mich auf.

In der Praxis

Im Aufenthaltsraum der Praxis rumorte der Kaffeevollautomat, als ich am nächsten Morgen eintrat.

Nelly lehnte mit vor der Brust verschränkten Armen gegen die schmale Küchenzeile und musterte das Gerät. Ihre Stirn hatte sie in tiefe Falten gezogen. »Es wird doch nicht ausgerechnet heute kaputtgehen?«

Ich riss die Augen auf. »Ist das eine reelle Gefahr?«

Auf dem Display stand: *Selbstreinigung*.

»Ich weiß nicht«, sagte Nelly, und ihre Stimme klang düster. »Bisher kam mir das automatische Entkalken nie so lange vor. Und viel Kalk ist doch auch gar nicht in unserem Wasser!«

Ich stellte mich neben sie und starrte ebenfalls auf das Gerät. Ich hatte mich so auf einen Kaffee gefreut!

»Warum wäre es ausgerechnet heute so schlimm?«

Nelly zupfte mit beiden Händen ihren Pferdeschwanz zurecht. »Es ist Montag, und als ob das nicht reichen würde, haben Sie heute auch noch Paul Krämer wieder einbestellt.«

Ich riss die Augen auf. »Was ist denn mit Herrn Krämer?«, fragte ich alarmiert und sah sie an.

»Nichts. Er ist nett, aber … er hat schon die alte Rechnung nicht bezahlt und jetzt sind noch zwei neue aufgelaufen.«

Nun runzelte ich die Stirn. »Ich rede mit ihm.«

»Wirklich?« Nelly sah mich ungläubig von der Seite an.

»Ja, natürlich! Ich bin sicher, das ist ein Versehen.«

Nelly hob eine Augenbraue, sagte aber nichts und starrte dann wieder zu dem rumpelnden und zischenden Kaffeeautomaten, so, als könnte sie ihn kraft ihrer Gedanken dazu bewegen, das Selbstreinigungsprogramm zu beenden.

Wir zuckten beide zusammen, als die Tür aufging und Dr. Breden eintrat. »Und worauf warten die Damen hier?«, fragte er und fasste sich ans Kinn.

»Guten Morgen, Dr. Breden«, sagte Nelly rasch.

»Morgen«, brummte ich hinterher.

Dr. Breden sah von uns zur Kaffeemaschine, und sein Blick verdunkelte sich nun ebenfalls, als würde ein Gewitter aufziehen. »Wie lange reinigt sich das Ding jetzt schon selbst?«

Nelly hob den linken Arm und sah auf ihre Smartwatch. »Vier Minuten, 39, 40 Sekunden.«

»Himmel!«, rief Dr. Breden aus.

»Na ja«, sagte ich trocken, »Menschen fahren sonst dafür nach Indien oder Bali und wedeln mit Räucherstäbchen.«

Nelly kicherte neben mir, und zu meiner Überraschung lachte selbst Dr. Breden kurz auf, dann ging er auf das Schränkchen zu und zog den Stecker. Einfach so. Er wartete ein paar Sekunden, dann steckte er ihn wieder ein.

»Chef, ich glaube nicht, dass –« Nelly unterbrach sich. »Oh.« Er zischte und knackte, dann stand *Bereit* auf dem Display.

»Tasse!« Dr. Breden streckte den Arm aus, ohne uns anzusehen, und ich stupste Nelly in die Seite. »Sie waren zuerst da.«

»Danke, Frau Dr. Wahlmann!«

Als Nellys Tasse voll war und sie mit ihr den Raum verlassen hatte, schob ich Dr. Breden an der Schulter zur Seite und stellte meine unter die Düse. »Ich bin die Nächste.«

Er richtete sich mit einem höhnischen Lächeln auf. »Kurze Nacht, Dr. Wahlmann? Da lasse ich Ihnen doch gern den Vortritt.«

Kleine Schweißperlen bildeten sich in meinem Nacken, noch bevor er den Satz zu Ende gesprochen hatte, und ich war mir verdammt sicher, dass die Hitze in meinen Wangen nur bedeuten konnte, dass sie auf einen Schlag feuerrot geworden waren.

Für einen Moment hatte ich tatsächlich völlig vergessen, dass er Paul und mich gestern im Restaurant gesehen hatte.

»Das geht Sie gar nichts an«, presste ich zwischen meinen Lippen hervor.

»Mag sein, aber hier auf der Insel gibt es keine Geheimnisse.« Nach einem kurzen Augenblick fügte er hinzu: »Oder nur sehr wenige.«

»So wie Ihres«, murmelte ich, während erst heißer Dampf in meine Tasse quoll, dann endlich der lang ersehnte Kaffee.

»Wie meinen Sie?«, fragte Dr. Breden laut, und deutliche Entrüstung lag in seiner Stimme.

»Nichts.«

Dr. Breden atmete hörbar ein. »Dann stellen wir doch beide fest, dass wir uns besser nicht in die Angelegenheiten des anderen einmischen.«

»Ich habe damit nicht angefangen, Dr. Breden«, gab ich zurück und lief schnurstracks an ihm vorbei.

Guter Abgang, Clara! Sehr gut!

Schon war ich fast an der Tür, als sich seine Stimme in meinen Rücken bohrte: »Kein Essen und keine Getränke in den Behandlungsräumen!«

»Ach, verdammt!«, fluche ich leise und drehte mich auf dem Absatz wieder um. Dahin, mein Triumph.

Jedes Gespräch mit Dr. Breden war ein einziges Tauziehen um Vorherrschaft. Anstrengend war dieser Mann mit dem großen Ego.

»Was sich liebt, das neckt sich?«, schlug meine Mutter später vor, als ich sie zwischen einem Zwergkaninchen mit zu langen Zähnen und einer wahrscheinlich scheinträchtigen Mischlingshündin anrief, bei der ich auf die Blutwerte wartete, um zu hören, wie es meiner Mutter ging.

»Sehr witzig! Und ich mache die gesamte Sprechstunde allein. Er hat nicht einen Patienten aufgerufen.«

»Er sagte mir mal, er kümmert sich am liebsten um das Großvieh. Die Alpakas, die Schottischen Hochlandrinder vom Bauern Lehmann und natürlich die vielen Pferde auf der Insel.«

»Sag mal, wann hast du dich eigentlich mal so ausgiebig mit Dr. Breden unterhalten?« Bisher hatte ich geglaubt, meine Mutter wäre ihm vielleicht ein- oder zweimal irgendwo begegnet. Da sie keine Haustiere hielt, konnte ich mir nur schwer vorstellen, wie sie mit Dr. Breden in Kontakt kam.

»Zufällig sind wir öfter mal zusammen mit der Fähre gefahren, und er hat mich zweimal mit dem Auto nach Aurich mitgenommen.« Sie klang trotzig. »Wir haben uns auf Anhieb gut verstanden. Und du solltest dich vielleicht auch um ein gutes Verhältnis zu deinem Chef bemühen!«

»Würde ich ja, wenn er nicht so verdammt sozial inkompetent und eingebildet wäre.«

»Clara, ich habe dich nicht zu einem oberflächlichen Menschen erzogen. Jeder hat seine Geschichte, seine eigenen Erfahrungen gesammelt. Von dir erwarte ich eigentlich mehr Empathie.«

Ich schnaubte empört durch die Nase. »Also wirklich! Er ist unfreundlich, und ihn nimmst du in Schutz!«

»Ich habe doch nur gesagt, dass … oh, warte mal, Bea bringt mir gerade mein zweites Frühstück.«

Widerwillig musste ich lachen. »Das ist doch eine glatte Lüge!«

»Wer weiß das schon. Jetzt kümmere dich mal um deine Patienten, und heute Abend erzählst du mir alles über diesen Paul. Tschüss, Clara!« Zack, aufgelegt. Meine Mutter. Ich starrte kopfschüttelnd auf das Display, dann riss ich mich los und kehrte zu meiner scheinträchtigen Mischlingshündin zurück.

Paul kam kurz vor der Mittagspause, als ich bereits alle anderen Patienten abgearbeitet hatte, mit einem schlappen Athos an der Leine, der sichtlich die Ohren hängen ließ, und reichte Nelly den Becher mit der Urinprobe.

»Hallo«, sagte ich ein wenig verlegen und kraulte Athos hinter den Ohren. »Komm, ich nehme euch gleich mit rein.«

»Das hatte ich gehofft. Eine VIP-Behandlung quasi.« Paul zwinkerte mir zu.

»Es ist ja eh nicht viel los.« Ich deutete auf die leeren Stühle.

Im Behandlungszimmer schloss ich die Tür hinter mir.

»Hör mal, bevor ich Athos jetzt gleich mitnehme in den Ultraschallraum und Dr. Breden hole … Nelly sagte mir, es wären noch Rechnungen offen?«

»Ach ja?« Paul sah mich erst mit großen Augen an, dann an mir vorbei auf Athos. »Das ist … ist mir peinlich. Es muss irgendwie untergegangen sein. Ich kümmere mich noch heute darum!«

»Das wäre gut«, sagte ich erleichtert, dass wir das vom Tisch hatten. »Willst du mitkommen?«, fragte ich und griff nach Athos' Leine.

Paul blinzelte und legte mir seine Hand auf den Arm. »Ist es schlimm, wenn ich … also, wenn ich draußen warte? Ich bin mit all diesen medizinischen Sachen nicht so gut. Dann kann ich mit eurer netten Dame vom Empfang gleich über die Rechnungen sprechen.«

Irritiert sah ich Paul an. Ein Ultraschall war ja kein operativer Eingriff. Trotzdem fiel mir ein, dass er leicht grün um die Nase herum geworden war, als ich Athos beim letzten Mal Blut abgenommen hatte. Ich drückte kurz seine Hand. »Nein, schon gut. Ich bin ja da.«

»Gut!« Sichtlich gelöst richtete sich Paul ganz gerade auf. »Sag Bescheid, ich bin im Warteraum.«

Athos war einer der bravsten und ruhigsten Patienten, die man sich vorstellen kann. Ergeben ließ er alles geschehen und leckte mir sogar dankbar die Hand.

»Wollen Sie mal?« Dr. Breden reichte mir den Schallkopf, und ich versuchte, mich zeitgleich auf dem Bildschirm und dem Hundebauch zurechtzufinden.

»Oh«, sagte ich leise, als ich die Nieren sah. Und noch einmal: »Oh.«

»Ja, genau.« Dr. Breden schüttelte ganz leicht den Kopf.

»Und das hier?« Ich schob den Schallkopf wieder ein Stückchen höher. »Das sieht gar nicht wie eine Zyste aus, eher undifferenziert und –« Ich sprach nicht weiter.

»Und wie ein Tumor.« Er schaltete das Gerät ab. »Und ich würde ihn ungern biopsieren. Vielleicht, nein sehr wahrscheinlich, ist er bösartig und … bei den Blutwerten wird eine OP schwierig bis unmöglich.« Dr. Breden kratzte sich am Kopf. »Und selbst wenn es ein Tumor ist, die Niereninsuffizienz ist schon so fortgeschritten, dass es auch keine Rolle mehr spielt.« Dr. Breden streichelte Athos abwesend über die Flanke.

»Was denken Sie, wie lange hat er noch?« Ich hob den Kopf.

»Schwer zu sagen.« Mit einer Hand zog er Athos' Augenlid nach oben, dann bog er sein Maul auseinander und sah hinein. »So scheint er ja ein bisschen matt, aber noch ganz gut beieinander zu sein. Ich denke, ein paar Monate noch, bis er mehr und mehr abbauen wird.«

»Ich werde Paul … äh, Herrn Krämer eine Nierendiät für Athos empfehlen.«

Dr. Breden hatte schon eine Hand auf die Klinke gelegt, als er sich noch einmal zu mir umdrehte. »Wissen Sie, wäre das mein Hund, ich würde ihn in seinen letzten Monaten fressen lassen, was er will. Selbst wenn ich ihm damit ein paar Tage Lebenszeit nehme, hat er aber deutlich mehr Lebensqualität.«

Ich nickte. Er hatte recht. »Sagen Sie mal, Dr. Breden, haben Sie eigentlich ein Tier?«

Er sah mich erstaunt an. »Sie wollen wissen, ob ich ein Haustier habe? Warum?«

Sofort bereute ich meine Frage. »Herrje. Small Talk? Ich wollte freundlich sein. Suchen Sie sich was aus. Aber das ist bei Ihnen ja verschwendet.« Ich hielt Athos fest und hob ihn vom Tisch.

Dr. Breden war noch nicht gegangen. Er stand immer noch an der Tür. »Ich habe einen Hund«, sagte er schließlich doch zu meiner Überraschung.

»Oh, ich hätte Sie eher für einen Katzenmenschen gehalten.« Eine Katze, ähnlich eigensinnig und unabhängig wie er.

»Tatsächlich bin ich da flexibel. Ich komme mit den meisten Tieren sehr viel besser aus als mit ihren ignoranten, egoistischen Haltern.« Er zog rasch die Tür hinter sich ins Schloss.

Ich schnitt ihm eine Grimasse hinterher. »Na, da wäre ich ja nie draufgekommen! Los, komm, Athos.« Noch einmal streichelte ich dem Hund über das Fell. Das war die Seite, die ich an meinem Beruf am wenigsten mochte. Jetzt würde ich Paul sagen müssen, wie es um Athos stand.

Vor dic Sonne hatten sich inzwischen wattige weiße Wolken geschoben, und nur hier und da blitzte ein wenig blauer Himmel hindurch, wie ich durch die breiten Fenster im Wartebereich sehen konnte.

Ich ließ Athos los, und sogleich lief er auf Paul zu und leckte seine Hand.

»Komm doch mit hinein«, bat ich ihn und machte eine Handbewegung in Richtung Flur.

»Es ist nichts Gutes, oder?«, fragte Paul.

Ich schüttelte den Kopf und deutete auf den Stuhl. Solche Gespräche führte ich lieber im Sitzen und wusste den

Schreibtisch zwischen uns, als praktisches Bild meiner professionellen Distanz sozusagen, sehr zu schätzen, doch als ich mich diesmal in den Stuhl fallen ließ, kam es mir falsch vor. Das war nicht irgendein Patient, das waren Athos und Paul! Trotzdem blieb ich sitzen.

»Im Ultraschall sieht man deutlich, wie geschädigt das Nierengewebe schon ist. Das ist das Tückische bei der chronischen Nierenschädigung – sie bleibt lange symptomfrei.«

»Aber«, Paul legte eine Hand auf Athos' Kopf, »da kann man etwas tun? Medikamente? Er ist doch nicht so alt!«

Ich holte tief Luft. »Leider haben wir noch eine Raumforderung an der Niere gefunden.«

»Was heißt das?«

»Ein Tumor«, sagte ich leise.

Paul schwieg einen Moment und sah auf Athos nieder. »Man kann doch operieren?«

»Dr. Breden«, setzte ich an und schluckte, »Dr. Breden und ich sind der Meinung, dass für eine Operation der Zustand der Nieren zu schlecht ist.«

Paul presste die Lippen aufeinander, und zwei feine Falten zogen seine Mundwinkel nach unten. »Man kann nichts tun?«

Wieder schüttelte ich den Kopf, lehnte mich nach vorn und griff nach Pauls Hand. »Es tut mir sehr leid. Natürlich kannst du dir noch eine andere Meinung einholen. Vielleicht –«

Er unterbrach mich. »Nein, nein, ich vertraue euch da.« Paul schob meine Hand weg und stand auf, um ans Fenster zu treten. »Aber er hat noch ein paar Jahre?«

Mein Herz zog sich zusammen und fühlte sich an wie ein kleiner harter Klumpen in meiner Brust. »Nein, Paul, ich glaube, das ist euer letzter Sommer zusammen.« Jedes einzelne Wort schmerzte in diesem harten Klumpen, und mir war, als würde ihn die Trauer in meiner Brust hin und her werfen. Ich fuhr fort: »Er wird schwächer und matter werden und …«

Langsam drehte sich Paul wieder zu mir um: »Und am Ende werdet ihr ihn einschläfern müssen.«

»Ja, leider.« Ich schluckte wieder. »Oder er stirbt im Schlaf.« Mit viel Glück, dachte ich.

»Wie schrecklich«, murmelte Paul, richtete den Blick wieder aufs Fenster und schob den beigefarbenen Vorhang ein wenig zur Seite. »Ich habe mir über das Ende nie Gedanken gemacht, als ich Athos gekauft habe. Völlig verrückt, aber im Kopf hatte ich irgendwie die Idee, dass wir beide zusammen alt werden würden. Ich weiß nicht, wie ich darauf kam.«

»Es tut weh, sich von einem Freund zu verabschieden.«

»Ja, das trifft es. Er war … ist ein Freund. Und ein guter noch dazu. Bis auf die weiten Reisen war er immer an meiner Seite. Ich kann mir gar nicht vorstellen, wie es ist, wenn sein Korb leer –« Jetzt brach Paul ab und biss sich auf die Lippen.

»Es tut mir sehr leid!« Rasch stand ich auf und trat neben ihn, legte ihm meine Hand auf den Arm. »Vielleicht möchtest du nicht allein sein heute? Ich könnte dich heute Nachmittag besuchen, oder du kommst zu mir und ich koche etwas für uns?«

»Nein«, sagte Paul, ohne mich anzusehen. »Nein, ich glaube, ich bleibe heute lieber allein.«

»Das verstehe ich«, sagte ich leise. »Ich bin da, wenn du mich brauchst.«

Paul drückte kurz meine Hand, küsste flüchtig meine Wange und zog ganz leicht an Athos' Leine, bevor er den Behandlungsraum verließ und ich allein zurückblieb.

Wie lange ich so am Fenster stand, an nichts Besonderes dachte und vor mich hin starrte, wusste ich gar nicht. Erst als es an der Tür klopfte, kam ich wieder zu mir.

»Herein«, rief ich laut.

Nelly steckte den Kopf zur Tür hinein. »Die Sprechstunde ist ja eigentlich schon vorbei, aber … da Sie noch da sind … Sie kennen doch die alte Frau Kempner? Sie kommt mit ihrem Kater Fritz. Er hat Durchfall und Erbrechen. Würden Sie ihn sich noch ansehen?«

»Natürlich, schicken Sie sie herein!« Auch wenn mir der Kater leidtat, war ich in diesem Moment doch sehr dankbar für die Ablenkung.

Der Rest der Woche plätscherte so vor sich hin. An meinem praxisfreien Dienstag putzte ich in den Ferienapartments, bezog die Betten der Gäste frisch und wusch Wäsche. Die Sprechstunde am Mittwoch verlief ereignislos, und am Donnerstag operierte ich mit einem noch schweigsameren und einsilbigeren Dr. Breden als sonst eine Katze mit Harnsteinen und eine hübsche Mischlingshündin mit einem Gesäugetumor, der sich glücklicherweise als gutartig herausstellte.

Nur zweimal telefonierte ich mit Paul in dieser Zeit. Er sagte, er müsse die schlechten Nachrichten verdauen und gleichzeitig drückten sie ihm so aufs Gemüt, dass er mit seiner Arbeit hinterherhinkte. Dennoch verabredeten wir uns zu einer Radtour über die Insel am späten Samstagnachmittag. Athos würde in der Zeit eh schlafen.

Und ich muss gestehen, den ganzen Rest der Woche freute ich mich auf den Samstag und auf Paul.

Wäre Athos gesund, wir hätten sicherlich mehr Zeit miteinander verbracht.

Auch meine Mutter erholte sich ganz wunderbar bei Tante Bea, und wider Erwarten verstanden sich die beiden gut, so dass meine Mutter meinen Besuch, der eigentlich für dieses Wochenende angedacht war, ablehnte und stattdessen mit Bea nach Amsterdam fuhr.

Zwar hätte ich sie gern gesehen, aber auf der anderen Seite freute ich mich total, dass es meiner Mutter gut genug ging, um einen Ausflug planen zu können.

Urlaub war ein Fremdwort für meine Mutter, die immer dann, wenn andere Urlaub machten, am härtesten arbeitete.

»Und es macht dir wirklich nichts aus, dass wir uns dann erst in zwei Wochen sehen?«, fragte sie noch einmal besorgt nach.

»Nein, ich freue mich so, dass ihr nach Amsterdam fahrt! Wirklich. Viel Spaß, und seid wild und …«

Meine Mutter kicherte und klang für einen Moment ganz jung. »Wild! Ach, du. Aber das wird schön. Ich war schon ewig nicht mehr weg.«

»Eben, und wir können uns immer noch sehen, mach dir keinen Kopf.«

»Und bei dir ist wirklich alles in Ordnung?«, erkundigte sich meine Mutter das gefühlt zehnte Mal.

»Was soll denn nicht in Ordnung sein, Mama? Ich kümmere mich um die Ferienwohnungen und in der Praxis um die Tiere.« Und beides machte mir mehr Spaß, als ich ihr und mir jemals eingestanden hätte. Außerdem genoss ich es sehr, mich abends bei gutem Wetter noch einmal auf mein Fahrrad zu schwingen und einfach ein wenig über die Insel zu radeln. Tief sog ich die salzige Luft in meine Lungen, blickte über saftig grüne Salzwiesen oder ein atemberaubendes Meer, das manchmal rau und manchmal sanft war, aber mich jedes Mal mit einer neuen Schattierung Blau überraschte.

Ich genoss die Weite des Himmels und den Wind auf meiner Haut. Ganz selten schoss mir der Gedanke durch den Kopf, dass ich vielleicht doch hierhergehörte. Aber für immer in der Praxis Breden? Nicht für Geld und gute Worte.

Dr. Breden konnte ich gerade eben so ertragen, weil ich wusste, es war nicht für lang.

»Und dieser Paul kommt aus Köln, ja?«, fragte meine Mutter.

»Ist daran etwas auszusetzen?«

»Nein … sicher nicht. Dann hab ein schönes Wochenende, Clara!«

»Danke, Mama.« Ich legte auf.

Und ob es ihr etwas ausmachte, dass Paul aus Köln kam und eben kein Langeooger war. Natürlich wäre es meiner Mutter am liebsten, ich würde in diesem Sommer den Mann fürs Leben auf der Insel finden und dann hierbleiben. Zwar würde sie nie direkt sagen, dass sie mich am liebsten bei sich auf der Insel hätte, aber dass sie sich genau das wünschte, war mir auch ohne Worte klar.

Ich seufzte und streckte die Beine unter dem Küchentisch aus.

»Nein, das ist eine Kegelrobbe, siehst du? Daneben liegt ein Seehund.«

Paul lachte und gab mir das Fernglas zurück. »Ich sehe da keinen Unterschied.«

»Doch, doch, Kegelrobben haben einen viel spitzeren Kopf und sind größer als Seehunde.«

»Wenn du das sagst, dann glaube ich dir. Du bist die Fachfrau.«

»Nein, von Wildtieren verstehe ich auch nicht viel. Hunde, Katzen, Zwergkaninchen … Die sind mein täglich Brot. Seehunde und Kegelrobben kommen ohne mich aus.«

Paul machte einen Schritt auf mich zu. »Sie haben ja keine Ahnung, was sie verpassen«, sagte er und sah mir tief in die Augen.

»Ach, du spinnst!« Ich tippte ihm fröhlich an die Stirn.

Paul sah auf seine Armbanduhr. »Hör mal, hast du nicht auch langsam Hunger? Was hältst du von einer guten Fischsuppe zum Abendessen im *Golf-Eck*?«

»Nichts dagegen!« Ich hakte mich bei ihm ein, als wir durch die Dünen zu unseren Fahrrädern zurückschlenderten. Zwar hatte sich die Sonne hinter dicken dunklen Wolken versteckt, aber es war den ganzen Tag über trocken geblieben und die Luft hatte sich angenehm erwärmt.

Da der Wind von Osten über das Meer und die Sandbänke fegte, war die Rückfahrt mit Rückenwind, vorbei an den Salzwiesen, auf denen vereinzelt Schottische Hochlandrinder grasten, ein einziges Vergnügen.

An den ersten Weiden von Martin bremste ich und stieg ab. Martins ältester Wallach hob träge den Kopf und kam gemächlich auf uns zugetrabt. »Sieh mal, das ist Zeus. Auf ihm habe ich reiten gelernt.«

»Klein-Clara auf diesem Riesen?« Paul stellte sein Fahrrad neben meins. »Kann ich mir nur schwer vorstellen.«

»Ja, ich hatte eine Heidenangst vor ihm, aber er war so freundlich zu mir, dass ich bald jede Scheu verlor.« Tatsächlich schien sich Zeus an mich zu erinnern. Freundlich beschnüffelte er meine Hand und legte dann seinen großen Kopf ganz sanft auf meine Schulter. »Na, mein alter Freund?«, flüsterte ich leise in sein Ohr, und das Tier prustete fröhlich. »Mittlerweile bekommt er hier sein Gnadenbrot. Ich wusste gar nicht, dass er überhaupt noch lebt.«

»Reitest du immer noch?«, fragte Paul, und ich hörte sehr genau, dass nicht mehr als ein höfliches Interesse in seiner Stimme lag.

»Selten«, gab ich daher nur knapp zurück. Es konnte sich ja schließlich nicht jeder für Pferde interessieren. Ich machte einen Schritt rückwärts und griff wieder nach meinem Lenker. »Komm, jetzt aber zum *Golf-Eck*.«

Ein vereinzelter und abendschräger Strahl Sonne fing sich für einen Moment in Pauls hellbraunem Haar, als wir die große Scheune von Martins Pferdehof passierten.

Auf dem Hof selbst stand Martin neben einem Traktor, und seine Frau Hilla stand neben ihm und gestikulierte. Ich winkte ihr zu, denn Martin stand mit dem Rücken zur Straße. Als Hilla mich sah, tippte sie ihm aufgeregt auf die Schulter, und er drehte sich um und lief eilig auf mich zu. »Clara! Meine Güte!«

Ich bremste erneut. »Martin, was ist denn los?«

»Bei Bella ist es so weit, und wir können Dr. Breden nicht erreichen! Irgendetwas stimmt mit ihr nicht.«

»Was?« Ich sprang vom Rad.

»Ja, vielleicht ist er auf dem Golfplatz. Hilla radelt gleich hin. Irgendetwas stimmt bei Bella nicht.«

»Ich sehe mir das an.« Rasch lehnte ich mein Fahrrad gegen die Toreinfahrt und lächelte Paul entschuldigend zu. »Tut mir leid. Das ist jetzt wichtig.«

»Ja, verstehe ich schon. Ein andermal!« Den kühlen Unterton in seiner Stimme bildete ich mir ein, oder? Ich hatte jetzt wirklich keine Zeit, darüber nachzudenken.

Im Stall umfing mich eine träge Wärme. In ihr lag ein ganz leicht metallischer Geruch. Blut. Nun beschleunigte ich meine Schritte noch mehr.

Ganz hinten in der letzten Box stand Bella. Unruhig wedelte sie mit den Ohren, stampfte mit den Hufen und drehte sich dabei immer wieder zu ihrem Bauch.

Die Fruchtblase war noch nicht geplatzt. Schweiß perlte auf Bellas Fell.

»Sie will sich nicht hinlegen.« In Martins Stimme schwang Angst mit.

Beruhigend klopfte ich ihm auf die Schulter. »Nicht alle Stuten legen sich hin. Und schon gar nicht, bevor die Fruchtblase geplatzt ist.«

»Da stimmt etwas nicht. Ich weiß es! Du hältst mich für verrückt, oder? Ich habe schon mehr Fohlengeburten gesehen als du, und ich sage dir, da stimmt etwas nicht.«

Ich schüttelte energisch den Kopf. »Ich halte dich für besorgt, mehr nicht. Ich bleibe jetzt hier. Mach dir keinen Kopf.«

»Willst du nicht mal schauen, ob alles in Ordnung ist?«

»Martin, nein. Ich mache Bella nun nicht völlig verrückt. Es reicht schon, dass du dich sorgst. Lass das seinen Gang gehen.«

Zweifelnd runzelte Martin die Stirn, aber er sagte nichts mehr.

Natürlich war uns beiden klar, ich würde eh nicht viel ausrichten können. Es stimmte einfach, Martin war sehr viel erfahrener als ich. Prüfend musterte ich ihn. Nicht nur Bella schwitzte, nein, auch auf Martins Stirn hatten sich feine Tropfen gebildet. Und so langsam hatte ich das Gefühl, seine Angst könnte sich auf mich übertragen.

»Setz dich jetzt hin. Wir können nichts tun, sondern nur warten. Die meisten Fohlengeburten sind doch völlig unkompliziert.«

Energisch drückte ich ihn an der Schulter in Richtung Feldbett, das immer noch neben der Box stand.

»Was, wenn Hilla Dr. Breden nicht findet?«, fragte er und sah an mir vorbei. Ich glaube, seine Frage war gar nicht so richtig an mich gerichtet, es war eher so, als würde er mit sich selbst oder bestenfalls noch Bella sprechen.

Ich trat von einem Bein auf das andere. Ja, was ist eigentlich, wenn es Dr. Breden, wo immer er steckt, nicht rechtzeitig schafft?

Dann würde ich mir etwas einfallen lassen müssen. Was auch immer. Ich lehnte mich auf die Tür zur Box, schloss die Augen und überlegte, was ich eigentlich über die Geburt eines Fohlens wusste.

Zwar hatte ich während des Studiums ein Praktikum auf einem Gestüt absolviert, aber die Geburten, die ich sah, waren unkompliziert gewesen und hatten bis auf einmal über die Fohlennüstern wischen keinen Eingriff nötig gemacht. Hier jedoch hatte ich mich mittlerweile wirklich von Martins Unruhe anstecken lassen. Martin war mit Pferden aufgewachsen, und ich kannte ihn als Fels in der

Brandung, als jemand, den so schnell nichts aus der Ruhe bringen konnte.

Jetzt dagegen war er ein Häufchen Elend auf dem Feldbett in der Boxengasse.

»Vielleicht solltest du dir eine Überwachungskamera für den Stall anschaffen«, plauderte ich los, um ihn ein wenig abzulenken.

Tatsächlich ging er darauf ein: »Ja, das sagt Hilla auch immer. Alle Züchter hätten solche Überwachungsanlagen, bloß wir leben wie im letzten Jahrhundert.« Endlich huschte ein ganz kleines Lächeln über sein Gesicht. »Aber weißt du, Clara, ich mag das so. Kein Schnickschnack. Schon mein Vater hat im Feldbett geschlafen, wenn hier Geburten anstanden. Und ich …«

»Wie geht es deinem Vater?«, fragte ich nach.

»Du kennst ihn ja. Ein alter Inselfriese ist schlimmer als ein junger. Eigensinnig. Starrköpfig. Es passt ihm überhaupt nicht, dass er nun kürzertreten muss. Und jetzt, mit dem gebrochenen Bein, thront er nur noch in seinem Bett und hält Hof. Zweimal am Tag muss ich Bericht erstatten. Aber ich bin dankbar, dass er noch da ist.«

»Verstehe ich.«

Ein lautes Prusten aus der Box ließ uns beide zusammenzucken. Martin sprang auf. »Ich sehe die Beine! Warum legt sie sich nicht hin?«

»Nicht alle Stuten legen …« … sich hin, wollte ich eigentlich sagen, doch weiter kam ich nicht, denn Martin atmete scharf ein.

»Clara, das … Verdammt! Der Kopf schaut aus dem After! Das Fohlen hat den Darm durchstoßen!«

Für einen winzigen Moment wurde ich ganz starr, dann

kam ganz plötzlich Leben in mich. Okay, zwei Möglichkeiten. Das Fohlen zurückschieben und hoffen, dass es dann den richtigen Weg nimmt, oder ein Dammschnitt und bei jeder Presswehe das Fohlen weiter aus dem Leib der Mutter ziehen.

Beides ist nicht ideal, vor allem, weil Dr. Breden den Notfallkoffer hatte und ich nicht. *Denk nach, Clara, schnell!*

Rasch öffnete ich die Tür zur Box und schob mich neben Bella, die mit beiden Hinterbeinen kräftig austrat. Sie wird Schmerzen haben, dachte ich, und ich konnte ihr nicht helfen.

»Martin, ich brauche ein scharfes Messer.«

»Was willst du tun?«, rief Martin. Angst und Entsetzten lagen in seinem Gesicht. »Einen Dammschnitt? Schieb das Fohlen zurück!«

»Das wird nicht funktionieren. Das Fohlen ist nicht mit dem Huf, sondern mit dem Kopf durch die Darmwand gebrochen. Martin, ein Messer! Schnell! Sonst sterben beide!« Ehrlich gesagt wunderte ich mich, wie viel Autorität in meiner Stimme liegen konnte, wenn es nötig war.

Zumindest um Martin in Bewegung zu setzen, reichte es. Die Fruchtblase war geplatzt und hing in Fetzen um den Teil des Kopfes, den man schon sehen konnte, und während ich Martin in der Sattelkammer rumoren hörte, bückte ich mich nach einer Handvoll Stroh, um die Nüstern des Fohlens abzuwischen. Es kam mir vor wie Stunden, in Wahrheit war Martin jedoch wahrscheinlich nur ein paar Sekunden lang weg gewesen.

Im Edelstahl des Jagdmessers, das Martin mir in die Hand drückte, spiegelte sich das Licht der Neonröhre über uns.

»Sie wird mich treten, Martin, und du wirst sie nicht halten können.«

Suchend sah er sich um, dann rammte er zwei Mistgabeln hinter Bellas Hufe in die Heumatte. »Los! Los!«, schrie er.

Schicht um Schicht, Faser um Faser durchtrennte ich die feste Muskulatur. Ich weiß, es musste sein, doch gleichzeitig brach mir beinahe das Herz wegen der Schmerzen, die ich Bella zufügen musste. Ohne Narkose schnitt ich in ihr Fleisch und spürte, wie jetzt auch mir der Schweiß über die Stirn lief, in meinen Nacken und unter meinem T-Shirt den Rücken hinunter.

Ein letzter Schnitt, das Fohlen war frei. Eine letzte Kraftanstrengung, eine letzte Wehe, bei der ich an den Vorderbeinen zog, dann war es auf der Welt.

Martin ließ die Mistgabel los. »Es atmet nicht, Clara!« Er ließ sich auf den Boden neben das kleine Tierbaby fallen und presste seinen Mund auf die Nüstern des Tieres. Zweimal, dreimal … war alles vergebens?

Würde das Fohlen es schaffen? Würde Bella es schaffen und nicht an einer Infektion sterben durch meinen Schnitt?

Was hatte ich getan?

Erschöpft lehnte ich mich gegen die Boxenwand und glitt an ihr hinunter. Alles wurde wattig um mich herum, mein Blick wurde langsam enger, so wie ein altes Foto an den Rändern oft unscharf ist, und um mich herum verschwammen das Prusten der Stute und all die anderen Pferdelaute in weiter Ferne.

Ich musste an meine Großmutter denken, die, als ich klein war, noch ihr Zimmer in unserem heutigen Wohnzimmer hatte. Als ihre Katze Henriette Junge bekam, fasste ich im zarten Alter von fünf Jahren den Entschluss, Tierärztin zu werden.

Meine Großmutter und ich hockten vor dem Weidenkorb, in dem die rot getigerte Henriette mit halb geschlossenen Augen auf der Seite lag, und sahen zu, wie ein Katzenbaby nach dem anderen geboren wurde. Das letzte leider tot. Und sosehr sich meine Großmutter auch bemühte und auf die kleine Nase blies, alle Mühe war vergebens. Trotzdem hielt sie es Henriette auf ihrer ausgestreckten Hand hin und streichelte ihrer geliebten Katzendame über den Kopf.

Ich werde nie vergessen, wie liebevoll sich Henriette von ihrem toten Kind verabschiedete. Ein letzter Nasenstüber, dann hob sie den Kopf und sah meine Großmutter lange an, als würde sie sagen wollen: »Es ist gut, wie es eben ist.«

Wir begruben den kleinen Felix, so hatte meine Großmutter das Katzenkind genannt, unter der Kletterrose im Garten. Nur wenige Monate danach starb auch meine Großmutter.

Henriette überlebte sie um viele Jahre, und obwohl sie nicht wissen konnte, wo wir ihr Katzenkind begraben hatten, zog es sie doch oft zu dem halbschattigen Plätzchen unter dem duftenden blühenden Busch.

Erst Jahre später wurde mir klar, dass Felix »der Glückliche« bedeutet, und ich fragte mich bis heute oft, ob meine Großmutter nur den Namen schön fand oder ob er mir ein seltsamer Trost sein sollte.

Lange hatte ich weder an sie noch an Henriette oder Felix gedacht, aber nun fiel mir ein, wie alles begann, und ich fragte mich hier und jetzt in diesem Augenblick, in dem der Tod so bedrohlich dicht heranrückte, ob meine Entscheidung, Tierärztin zu werden, wirklich die richtige gewesen war.

Erst als ich eine Hand auf meiner Schulter spürte, öffnete ich wieder die Augen. Ich hatte gedacht, sie würde Martin gehören, doch zu meiner Überraschung beugte sich Dr. Breden zu mir herunter.

»Sie sind ein bisschen blass, Frau Kollegin.«

»Man schnippelt ja auch nicht jeden Tag mit einem Jagdmesser an einer gebärenden Stute herum und bringt die beiden Beteiligten um«, gab ich matt zurück.

»Was reden Sie da? Beide sind wohlauf! Ich habe, während sie da gedöst haben, der jungen Mutter schon ein Schmerzmittel und Antibiotika verabreicht.«

»Ja, Clara!«, echote Martin. »Beiden geht es gut.«

»Was?«, fragte ich verwirrt und strich mir über die Stirn. Wie lange war ich denn weggetreten?

»Herrje, jetzt haben Sie sich das Blut im Gesicht verteilt und sehen aus wie eine Metzgerin!« Ungeduldig nahm Dr. Breden seine Hand von meiner Schulter und hielt sie mir stattdessen hin. »Hoch mit Ihnen. Ich glaube, Sie brauchen etwas zu trinken und einen Eimer Wasser.«

Ich legte meine sehr schmale Hand in seine riesige und ließ mich von ihm hochziehen. Angenehm warm umfassten mich seine Finger, und zu meiner Verwunderung verspürte ich ein kurzes Bedauern, als er mich wieder losließ.

Ich sah zu Mutter und Kind hinüber und musste automatisch lächeln. Das Fohlen stand staksig und schwankend auf seinen Beinen, während die Mutter über seine Nase leckte.

Genauso schwankend und wankend kam ich mir gerade vor. Martin und Hilla sahen beide ganz verzückt zu ihrem neuen Hofbewohner, und Dr. Breden zog sich seine marineblaue Windjacke aus.

»Wo waren Sie eigentlich?«, fragte ich und streckte das Kinn nach vorn.

»Bei einer Steißgeburt. Ein Kälbchen. Ich steckte mit beiden Armen in der Kuh und konnte leider nicht ans Telefon gehen. Aber«, er deutete auf die Stute, »mir scheint, alles, was hier gebraucht wurde, war eine entschlossene Frau mit einem Jagdmesser.«

Statt des üblichen Spottes hörte ich durchaus Anerkennung in seiner Stimme.

»Wir werden den Darm wieder zusammenflicken müssen, wenn sie keine Infektionen bekommt und Fieber und …« Wieder fuhr ich mir über die Stirn, und Dr. Breden winkte Hilla ungeduldig zu.

»Ihnen überlasse ich in Zukunft die Jagdmesser und Sie mir lieber das Nähzeug. Das wird schon gut werden, wenn Sie aufhören, schwarzzusehen. Wo bleibt denn der Wassereimer?«

Hilla trat neben mich. »Ich habe etwas Besseres. Eine Dusche.« Sie griff nach meiner Hand, die ich zum Protestieren schwenkte.

»Nein, nein, ich radle nach Hause.«

»Blutbesudelt durch den Ort und an Touristen vorbei, die nur mal eben ein Eis essen wollen oder eine Fischsuppe?« Dr. Breden hob eine Augenbraue und sah mich an. »Schöne Inselwerbung.«

»Eben!« Hilla zog mich durch die Boxengasse, über den Hof und zum Haus.

Außerdem stattete sie mich mit einer alten Jogginghose von ihr und einem dunkelblauen Langarmshirt aus.

Das heiße Wasser weckte meine Lebensgeister, und als ich eine Viertelstunde später das Badezimmer verließ, fühlte ich mich tatsächlich wieder frisch.

Mit dem Handtuch fuhr ich mir durch die Haare, als Hilla mit einem Korb in der Hand im Flur an mir vorbeiging. »Komm und nimm das Handtuch mit. Wir stoßen jetzt an.« Sie musterte mich genau. »Das war anstrengend, was?«, fragte sie mitfühlend.

»Aber es hat sich gelohnt.«

»Auf jeden Fall. Danke, Clara, ohne dich – «

Ich winkte ab und nahm ihr die Flasche Birnengeist aus der Hand. »Nicht drüber nachdenken.«

»Auf Bella und Clara! Oder umgekehrt? Auf Clara und Bella!« Martin hob das kleine, runde Glas mit dem Birnengeist, den sein Vater jedes Jahr selbst brannte, und lachte mich an.

»Prost!«, echote es von Hilla und sogar von Dr. Breden.

Außer dem gelegentlichen Glas Wein trank ich so gut wie nie Hochprozentiges, aber heute konnte ich den Birnengeist gut gebrauchen. Er brannte sich meine Kehle hinunter und kribbelte sofort auf meiner Kopfhaut und in meinen Haaransätzen. Rasch griff ich nach der Wasserflasche in meiner Tasche und trank einen großen Schluck hinterher.

»Und wie heißt das Fohlen?«, fragte ich in die Stille, während alle verzückt den Neuzugang und Bella in der Box anstarrten.

»Wir dachten«, begann Martin langsam, lehnte sich gegen die Box, und Hilla beendete ungeduldig seinen Satz: »Wir dachten, du darfst einen Namen für den Hengst aussuchen. Wir benennen die Fohlen ja immer mit den Anfangsbuchstaben der Elternteile. Also in diesem Fall haben wir einen kleinen Hengst, und sein Vater heißt Apollo. Also muss der Name mit einem A beginnen.«

»Mit einem A … Wie wäre es mit Anton? Tut mir leid, ich bin da nicht so phantasievoll.« Entschuldigend nickte ich dem Fohlen zu.

»Anton. Ja, warum nicht?«, sagte Martin. »Und jetzt geht ihr alle heim und –«

Dr. Breden unterbrach ihn. »Ich bleibe und warte auf die Nachgeburt. Ich habe eh Notdienst. Und ob ich nun zu Hause sitze oder auf diesem Feldbett …«

Hilla schüttelte den Kopf. »Nein, den Stundensatz können wir uns nicht leisten. Wir rufen Sie, wenn irgendetwas ist.«

»Ach, Unsinn. Das berechne ich nicht. Und ich fahre jetzt sicher nicht heim, damit Sie mich in einer halben Stunde wieder anrufen.«

»Na, wenn Sie unbedingt wollen?« Zweifelnd sah Martin zu mir. »Aber du fährst heim und ruhst dich aus.«

»Nein, ich bleibe«, hörte ich mich zu meiner Überraschung sagen. Was sollte das? Ich war müde und wollte eigentlich nur noch auf die Couch und von dort aus ins Bett. Trotzdem konnte ich mich von Bella und Anton nicht so richtig trennen.

»Das muss nicht sein«, sagte Dr. Breden vernehmlich. »Ich komme wunderbar allein zurecht.«

»Möglich, aber was, wenn Sie noch mal eine entschlossene Frau mit einem Jagdmesser brauchen?«

Ein kurzes Lächeln huschte über Dr. Bredens Mund, dann wurde er rasch wieder ernst. »Also schön, von mir aus. Sie können hier mit Sicherheit noch etwas lernen.«

»Wäre es ganz furchtbar, wenn wir ins Haus gehen würden? Viel Schlaf hatten wir in den letzten Wochen nicht gerade ...« Martin gähnte herzhaft.

»Und das Feldbett ist auch nicht so bequem«, ergänzte Hilla und hakte sich bei Martin ein.

»Nein, ruht euch aus und ... ich sag ja nur ... eine Überwachungskamera?«, erinnerte ich Martin sanft.

»Meine Rede, hörst du, Martin?« Hillas Stimme wurde leiser, als sie Martin aus dem Stall zog: »Ich habe dir von Anfang an gesagt, das ist eine sinnvolle Anschaffung ... nicht das letzte Fohlen ... und was, wenn ...«

Dr. Breden schob seinen Notfallkoffer mit dem Fuß ein Stückchen zur Seite, setzte sich dann auf das Kopfende des Feldbettes und sah auf seine Armbanduhr. »Zwei Stunden gebe ich ihr. Wenn die Nachgeburt bis dahin nicht da ist, müssen wir etwas tun.«

Ich nickte und stützte mich auf die Tür zur Box.

»Seien Sie doch nicht albern und setzen Sie sich. Das war anstrengend.« Er klopfte neben sich und zupfte eine Falte aus der Decke.

»Na schön«, murmelte ich, ließ mich neben ihn fallen und lehnte mich gegen die Stallwand hinter dem Bett.

»Anton«, schnaubte er unvermittelt, »also ich hoffe für Sie und Ihre zukünftigen Kinder, falls Sie mal welche haben, dass Ihnen dann etwas Besseres einfällt.«

Ich verschränkte die Arme vor der Brust und runzelte die Stirn. »Was stimmt denn mit Anton nicht? Wie hätten Sie den Hengst denn genannt?«

»Keine Ahnung. Aequitas? Aeternitas? Na, jedenfalls irgendwas, das zu Apollo passt.«

»Beides große Begriffe. Nicht so gut für einen Hengst. Also, Ihre Kinder tun mir jetzt schon leid«, sagte ich flapsig.

Dr. Bredens Gesicht verfinsterte sich auf einen Schlag, so wie es plötzlich sehr dunkel wird, wenn eine schwere Wolke die Sonne verdeckt. »Das geht Sie gar nichts an.«

»Himmel! Gibt es Sie eigentlich auch in Normal und menschlich? Mit Ihnen zu reden, ist immer wie ein Tanz auf dem Vulkan. Keine Ahnung, wann der ausbricht. Furchtbar!«, blaffte ich zurück und stand auf. »Wir müssen irgendwie den Sommer zusammen überstehen, und wissen Sie was? Es ist mir egal, ob Sie mich mögen oder nicht! Ich mag Sie auch nicht sonderlich, und trotzdem reiße ich mich zusammen und versuche, einigermaßen gut mit Ihnen auszukommen! Können Sie nicht wenigstens höflichen Small Talk machen? Mehr verlange ich doch gar nicht.«

»Ich mache nie Small Talk. Das ist Zeitverschwendung.«

Ich atmete laut aus. »Herrje, das ist einfach Teil des normalen menschlichen Zusammenlebens und kein Hexenwerk. *Ja, Frau Dr. Wahlmann, ach ja, das Wetter ist heute ganz okay. Das Wasser steigt aber spät. Wie geht es Ihrer Mutter?* So was eben.«

Einen Moment war es sehr still im Stall bis auf das Prusten aus verschiedenen Pferdenasen und Hufscharren im Heu.

»Wie geht es denn Ihrer Mutter?«

»Echt jetzt? Etwas Eigenes fällt Ihnen nicht ein?« Ich funkelte ihn böse an, und da war es wieder: ein kleines spöttisches Lächeln, diesmal in seinen Augenwinkeln. Dieser Mann war einfach ein einziger Alptraum.

»Ich wollte Sie das schon lange fragen. Ich mag Ihre Mutter. Sie ist eine kluge und empathische Frau. Schade, dass sich das nicht vererbt hat.«

»Vorsicht«, zischte ich. »Gerade, was die Empathie angeht, sollten Sie aus Ihrem Glashaus heraus lieber nicht mit Steinen werfen.«

Dr. Breden hob beide Schultern und lehnte sich zurück. »Dann erzählen Sie es mir eben nicht. Ich werde schon jemanden finden, der mir Auskunft geben kann.«

Ohne ihn anzusehen, sagte ich schließlich, nachdem ich etliche Sekunden hatte verstreichen lassen: »Zum Glück ist sie wohlauf. Sie hat die Operation gut überstanden, erholt sich und wartet jetzt auf den ersten Chemo-Zyklus. Die Ärzte sind sehr zufrieden mit ihr.«

»Das freut mich.« Es lag so viel Ehrlichkeit in seinen Worten, dass ich ihn nun doch überrascht ansah, insgeheim den üblichen Spott in seinen Zügen suchte, ihn allerdings nicht fand.

»Ihre Mutter ist sehr zäh, und sie hat viel Spaß am Leben. Das macht eine Menge aus. Das neide ich ihr.« Dr. Breden biss sich auf die Unterlippe, und mir war so, als hätte er zum ersten Mal in der Zeit, in der ich ihn kannte, seine Rüstung aus Ironie und Sarkasmus fallen lassen.

Vorsichtig setzte ich mich wieder auf das Feldbett. *Ein bisschen peinlich, Clara, dieses dramatische Aufgespringe und Hingesetze, oder nicht?*

»Vielleicht müssten Sie ihr das gar nicht neiden, wenn Sie einfach ein bisschen netter zu den Menschen wären.«

»Zum einen, Frau Dr. Wahlmann, bin ich durchaus höflich, fragen Sie Hilla und Martin, zum anderen … Was wissen Sie schon über Lebensfreude? Sie kommen mir vor wie Pippi Langstrumpf mit ihrer aufgesetzten Freundlichkeit. Dabei brodelt es doch in Ihnen. Sie wollen gar nicht auf Langeoog sein. Das Inselleben nervt sie furchtbar, und weil Sie so entsetzlich gelangweilt sind, werfen Sie sich dem erstbesten Idioten an den Hals. Wie war das mit dem Glashaus und den Steinen?«

Nun sprang ich doch wieder auf. Wie konnte man auch bei so viel Unverschämtheit sitzen bleiben? »Was fällt Ihnen ein, so über mich zu urteilen?« Und über Paul, hängte ich in Gedanken dran, aber mir war bereits hier die Luft ausgegangen. In die Wut, die mir heiß in den Kopf stieg, mischte sich auf meinem Rücken eine Eiseskälte, die meine Augen befeuchtete. Rasch drehte ich mich weg. Das würde jetzt gerade noch fehlen! *Nicht heulen, Clara!*

Das Gemeine an seinen Worten war nämlich, dass da ein Körnchen Wahrheit mitschwang, was ich ihm nicht verdenken konnte. Bis auf Paul natürlich. Das war etwas völlig anderes. Aber sonst? Er hatte ja recht. Ich wollte nicht hier sein, ich langweilte mich tatsächlich ein bisschen, und ich war froh, dass er wenigstens nicht gesagt hatte, ich wäre völlig planlos und würde mich einfach treiben lassen, ohne eine Ahnung zu haben, was ich eigentlich wollte und wohin, wenn der Sommer vorbei war.

»Sehen Sie, und deshalb lasse ich das mit dem Small Talk. Die meisten Menschen langweilen mich, weil sie kaum ehrlich zu sich selbst sind. Ja, ich erscheine oft arrogant. Das weiß ich. Die meisten Menschen kommen nicht gut mit mir aus – erzählen Sie mir etwas Neues. Meinen Sie, es kümmert mich?«

»Ja, wir können nicht alle so geheimnisvoll sein wie Sie, Dr. Breden.« Warum hatte ich das gesagt? Ach, verdammt. Das war wirklich ganz matt. Ich fuhr mir durch mein immer noch halb feuchtes Haar. »Über andere zu urteilen fällt Ihnen ja sehr leicht, aber wie steht es eigentlich mit Ihnen selbst?« Nun redete ich mich in Rage, redete die Tränen einfach weg, die sich beharrlich ihren Weg in meine Augen zu bahnen suchten. »Sie sitzen hier allein, ohne eine Menschenseele, ohne Freunde. Wie ehrlich sind Sie eigentlich, wenn Sie doch vor sich selbst einmal quer durch das ganze Land geflohen sind?«

Ich hatte erwartet, dass er wütend sein, dass er mich beschimpfen, dass das alles hier jetzt völlig eskalieren würde, stattdessen war da nur wieder ein spöttisches Lächeln, als ich mich zu ihm umdrehte.

»Ich gebe es zu, Sie beeindrucken mich, Frau Dr. Wahlmann, selbst im Untergehen teilen Sie noch ordentlich aus.«

»Ich gehe nicht unter. Im Gegensatz zu Ihnen bin ich auf einer Insel groß geworden. Ich konnte schwimmen, bevor ich laufen konnte.«

Sein Lächeln wurde breiter, und er faltete seine riesigen Hände im Schoß. »Na, dann machen wir doch Small Talk, Frau Kollegin. Hm … Ich suche eine unverfängliche Frage … Ha, ich glaube, ich habe es: Und nach dem Sommer? Haben Sie da schon Pläne?«

Das erste Wort seiner beiden Fragen war wie ein Messerstich in meinen Bauch, und jedes weitere Wort drehte das Messer genüsslich tiefer. Wie schaffte es dieser Mann, der mich überhaupt nicht kannte, mich so zu durchschauen? Vor allem konnte ich es gut verbergen. Sogar vor meiner

Mutter. Nur er hatte meine tiefsitzende Angst vor der Zukunft gefunden, als hätte ich sie auf irgendeiner Parkbank in den Salzwiesen vergessen.

Schweigend wandte ich mich ab und sah zu Bella und ihrem Fohlen, das angestrengt säugte. Ein neues Leben, nicht mal eine Stunde alt. Und völlig automatisch hatte es seinen Weg gefunden. Warum gelang mir das nicht mit wesentlich mehr Lebenserfahrung?

»Wissen Sie«, sagte Dr. Breden nach einer ganzen Weile, und im Augenwinkel sah ich, wie er seine langen Finger ineinander verschränkte und die Arme nach vorn ausstreckte, »das Problem ist, dass Sie glauben, es wäre ein Makel, keinen Plan zu haben. Sie denken, alle um Sie herum hätten einen. Aber das ist Ihre Einbildung. Ja, Sie mögen mit den Menschen reden, doch Sie hören Ihnen nicht zu. Würden Sie genau hinsehen, würden Sie feststellen, dass alle anderen sich genauso unsicher durchs Leben tasten wie Anton gerade, wir versuchen nur ganz krampfhaft, das zu verstecken. Dabei hat doch niemand eine Ahnung, was das Schicksal bereithält.« Jetzt schluckte Dr. Breden. »Am wenigsten wohl das, was man erwartet.«

Mit der Fußsohle lehnte ich mich gegen die Boxentür. Gab man mit dem, was man sagte, nicht immer viel mehr über sich selbst preis, als man eigentlich seinem Gegenüber sagen wollte?

Und plötzlich tat mir Dr. Breden fast ein wenig leid. Nein, mein Zorn war nicht verraucht, wie es immer so schön heißt. Er garte schon noch auf kleiner Flamme, aber zum allerersten Mal hatte ich das Gefühl, dass hier wirklich Dr. Breden mit mir gesprochen hatte und nicht der arrogante Teil von ihm, den er sonst seine Kommunikation erledigen ließ. Ich dachte an all die Gerüchte, die ich über ihn gehört hatte, seitdem ich nach Langeoog gekommen war.

»Sie haben auch etwas anderes bekommen, als Sie erwartet haben.« Das war mehr Feststellung als Frage, und ich erwartete gar keine Antwort, eigentlich dachte ich, er würde gar nichts dazu sagen, aber zu meiner Verwunderung stand er auf und trat neben mich an die Box.

»Ich habe etwas Schönes erwartet und das Schlimmste bekommen, was man sich vorstellen kann.« Die steile Falte auf seiner Stirn hatte sich vertieft.

»Und das hat Sie so bitter gemacht?« Ich hätte gern gefragt, was es war. Aus reiner Neugier natürlich, denn weiter interessierte mich Dr. Breden ja nicht.

Er sah mir direkt in die Augen, und mir fiel wieder auf, wie stahlblau sie waren.

»Im Gegenteil, Frau Dr. Wahlmann, es hat mich gelehrt zu sehen, was anderen oft verborgen bleibt.«

»Haben Sie mal darüber nachgedacht, dass andere das aber vielleicht gar nicht hören wollen?«, fragte ich und fühlte mich auf einmal sehr müde. Seine Unberechenbarkeit erschöpfte mich. Sie war zwar herausfordernd, jedoch wirklich anstrengend.

»Deshalb unterhalte ich mich selten mit den Menschen.«

»Ich für meinen Teil habe jedenfalls für heute genug von Ihren Mutmaßungen über mein Leben.«

Dr. Breden legte den Kopf schräg. »Das ist bedauerlich. Ich hätte da schon noch ein paar Beobachtungen, die ich mit Ihnen teilen könnte.«

»Verschonen Sie mich. Kommen Sie lieber mit Ihrem eigenen Leben klar.« Ich hob meine Hand.

»Ich komme so gut klar, dass ich mich zumindest nicht mit oberflächlichen Phantasten abgeben muss.«

Mein Zorn flammte wieder auf, so, als hätte Dr. Breden ein Streichholz daran gehalten. »Und schon wieder urteilen Sie über Menschen, die Sie gar nicht kennen!«

»Ich kenne Sie nicht, und lag ich nicht mit allem richtig?«

Vielleicht sollte ich doch einfach gehen. Auf der Stelle. Ja, es mochte vielleicht lehrreich sein, was noch kam, aber war es das wert? Das Gespräch mit Dr. Breden fühlte sich an wie am Abgrundstehen mit einem Bein über der Kante.

»Ihr Schweigen bestätigt mich.«

»Ist Ihnen mal in den Sinn gekommen, dass es mir vielleicht ganz egal ist, was Sie über mich denken?«

Seine Mundwinkel wanderten amüsiert nach oben. »Eher nicht, nein. Ich wette, Sie brennen auf meinen Eindruck von Paul Krämer.«

Ich rollte demonstrativ mit den Augen. »Die Wette verlieren Sie. Würde ich wissen wollen, was ein Zyniker denkt, ich würde Nietzsche lesen.«

»Nur würde der Ihnen nicht sagen können, dass Paul Krämer ein oberflächlicher Spinner ist, der auf Kosten anderer lebt und sich einen Dreck um Sie oder sonst jemanden schert. Ihm ist übrigens auch ziemlich egal, was Sie nach dem Sommer machen, Hauptsache, er hat jetzt seinen Spaß.«

»Das geht Sie wirklich überhaupt nichts an, und ich habe Sie ausdrücklich nicht nach Ihrer Meinung gefragt!« Zum Ende hin überschlug sich meine Stimme fast, und ich merkte, dass ich in der weiten Tasche der Jogginghose meine Hand zur Faust geballt hatte.

»Na, Sie haben sich doch beklagt, ich würde keine Konversation machen. Und wenn Sie weiter so laut herumschreien, machen Sie alle Pferde verrückt!« Seine Stimme war ganz gleichgültig, und die Flamme meiner Wut inzwischen ein loderndes Feuer.

»Hören Sie auf, sich in meine Angelegenheiten einzumischen! Sie mögen mein Chef sein, aber das ist privat, und Sie gehen eindeutig zu weit!«

Ungerührt fuhr Dr. Breden fort: »Mir ist übrigens nicht egal, was Sie nach dem Sommer machen. Ich habe eine Stelle frei, und ich sehe nicht den Sinn darin, Ihnen jetzt ganz viel beizubringen, damit Ihr Wissen dann woanders von Nutzen ist.«

Ich warf das Handtuch auf das Feldbett. »Und wenn das der letzte Job im ganzen Land wäre, ich würde ihn nicht wollen! Sie sind ein schrecklicher Mensch, Dr. Breden! Wenn ich könnte –« Ich biss mir auf die Unterlippe. Wenn ich könnte, würde ich sofort kündigen, aber ehrlich, das war auch eine Frage des Geldes. Von meiner Mutter konnte ich nicht erwarten, dass sie mich mit durchfütterte. Sie hatte ganz andere Sorgen.

»Würden Sie kündigen. Ja, ja, schon klar.« Dr. Breden sah auf die Uhr.

Ich griff nach meiner Handtasche. »Sie können hier gern allein auf die Nachgeburt warten!«

»Kein Problem, das hatte ich von Anfang an vor.«

Über alle Maßen wütend stapfte ich die Boxengasse hinunter.

»Je nachdem, wie lange das hier dauert, komme ich morgen ein bisschen später, aber Sie haben ja alles im Griff, Frau Dr. Wahlmann«, rief er mir nach.

Mir entfuhr ein leises Knurren, das er mit einem Lachen quittierte.

Paul

Ich sah, wie Elas Augen auf dem kleinen Display meines Smartphones größer wurden.

Vor einer halben Stunde hatte ich sie aus dem Schlaf geklingelt, und jetzt saß sie in meiner alten Wohnung, in meinem alten Schlafzimmer auf einem neuen Bett, in einer Wolke hellgrün gestreifter Bettwäsche, und rieb sich nachdenklich das Kinn. Ihr Haar stand zu allen Seiten von ihrem Kopf ab.

»Das hat er gesagt?«, fragte sie ungläubig.

»Yep.«

»Puh.« Sie schob die Bettdecke zur Seite und wackelte mit ihrem linken Fuß. »Dein Dr. Breden ist eine harte Nuss.«

»Er ist doch nicht *mein* Dr. Breden!«, rief ich entsetzt aus.

»Ja, ja, sicher. So habe ich das nicht gemeint.«

Ich konnte ihr Zögern von Berlin bis nach Langeoog spüren. »Willst du mir irgendetwas sagen?«

Ela blinzelte einmal verschlafen und sah mich direkt an. »Du musst aber zugeben, dass er ja nicht unrecht hat.«

»Sag mal, spinnst du?«, empörte ich mich.

»Na ja, er hat schon erkannt, was dich gerade umtreibt. Menschenkenntnis hat er jedenfalls.«

»Ich habe dich nicht um diese Uhrzeit angerufen und deine schlechte Laune riskiert, damit du ins selbe Horn bläst, Ela.«

Sie kicherte. »Und dein Kopf ist noch dran, aber auch nur, weil du echt weit weg bist.«

»Ja«, seufzte ich. »Ich wünschte, das wäre nicht so.«

»Warum, sagtest du, ist er noch mal auf die Insel gekommen?«

»Wer? Dr. Breden?«, fragte ich verwirrt nach.

»Nee, der Papst! Mensch, Clara, natürlich Dr. Breden!«

»Du hättest ja auch Paul meinen können.«

Sie gähnte herzhaft und machte sich nicht mal die Mühe, die Hand vor den Mund zu halten. »Lass mal, über Paul weiß ich bereits mehr, als ich wissen wollte, nach unsere letzten drei Telefonaten. Also, was ist jetzt mit Dr. Breden?«

»Habe ich dir schon mal gesagt, glaube ich, keiner weiß das so recht.«

»Mystery Man.« Ela kicherte noch einmal »Vielleicht ist er gar kein Tierarzt?«, schlug sie vor.

»Nein, das glaube ich eher weniger. Er ist sogar richtig gut. Ich habe in der kurzen Zeit mit ihm bereits eine Menge gelernt.«

»Weißt du was? Ich habe eine alte Freundin aus dem Studium, die nun in München arbeitet. Vielleicht sollte ich mal mit ihr sprechen. Vielleicht kennt sie Dr. Breden?«

»Und was soll das bringen?«

»Also mich macht er neugierig. Dich nicht?«

»Mir reicht es mit ihm.«

»Es ist nur für den Sommer, Clara. Sei höflich, geh ihm aus dem Weg, und der Rest wird sich finden. Ich muss jetzt wirklich schlafen.«

Im Gegensatz zu Ela wollte sich der Schlaf bei mir nicht einstellen. Also zumindest nahm ich an, dass Ela friedlich schlummern würde, denn sie konnte überall und immer einschlafen, ganz im Gegensatz zu mir.

Wenn ich an den Tag zurückdachte, dann fiel mir nicht als Erstes ein, dass ich eine Stute und ein Fohlen mit einem Jagdmesser gerettet hatte, sondern das, was mir Dr. Breden gesagt hatte.

Selbst die Erinnerung an unsere Auseinandersetzung trieb mir Schamesröte ins Gesicht, hatte ich doch das Gefühl, ich hätte mich schlecht geschlagen, hätte ihm noch ganz andere Dinge sagen und an den Kopf werfen wollen.

Und es störte mich auch, dass ich nichts von Paul gehört hatte. Er hätte mir eine kurze Nachricht schreiben können, aber vielleicht, und das nahm ich an, war er einfach mit sich selbst und Athos beschäftigt. Und wer hätte ihm das verdenken können?

Nach unruhigem Schlaf erwachte ich von prasselndem Regen auf das Dachfenster, ein paar Minuten, bevor der Wecker klingelte. Die Nacht hatte keine wirkliche Erholung für mich gebracht, und im Bad vor dem Spiegel sah ich die Auswirkungen in meinem Gesicht. Ich war blass, und die zarte Haut unter meinen Augen schimmerte dunkel.

Es kostete mich einiges an Mühe und Make-up, um nach einer kurzen Dusche meine normale Gesichtsfarbe wiederherzustellen, na ja, eigentlich eher drauf zu malen.

Und da das länger gedauert hatte als gedacht, war ich

spät dran. Leise fluchend schlüpfte ich in Jeans und Pullover und unten im Flur in meine halbhohen Regenschuhe. Wo war mein Regenmantel, wenn ich ihn brauchte? Oben im Schrank?

Nein, verkramt an der Garderobe unter anderen Jacken. Warum lief der Minutenzeiger der Uhr eigentlich immer dann schneller, wenn man eh schon spät dran war?

Hatte der Regen eben noch nachgelassen, brandete er jetzt, da ich vorm Haus stand und meine Tasche in den Fahrradkorb warf, auf wie ein Orchester, das kurz vor dem Finale noch einmal alles gibt.

Meine Jeans würde durchnässt sein, noch bevor ich in der Praxis ankäme. Macht nichts, beschloss ich. Ich zog mich ja sowieso um, und sie würde über der Heizung im Umkleideraum trocknen können. Und wer weiß, wie das Wetter in ein paar Stunden aussah. Das war das Schöne an Langeoog. Es konnte natürlich auch sein, dass es den ganzen Tag durchregnete, wahrscheinlicher war jedoch, dass der stetige Wind die Wolken vertrieb.

Ich radelte zügig am Inselwald vorbei, durch den Ort und bremste scharf und um genau eine Minute vor neun vor der Praxis.

Das Wartezimmer war leer, als ich eintrat, lediglich Nelly saß hinter dem Counter und sah auf.

»Guten Morgen, Frau Dr. Wahlmann!«

»Morgen«, brummte ich zurück. »Keiner da?«

»Nein, bei dem Wetter schlagen sich nur diejenigen durch, die müssen.« Nelly lächelte. »Und offenbar geht es allen Tieren gut.«

»Ich werde mich trotzdem schnell umziehen, ehe der Chef kommt.«

Nelly winkte ab. »Nein, Sie können langsam machen. Dr. Breden kommt später. Ist echt noch nie vorgekommen, solange ich hier arbeite.«

»Oh«, machte ich. Ich hätte auch nichts dagegen, wenn er gar nicht käme. »Na, immerhin habe ich dann Zeit für einen Kaffee.«

»Und Evelyn hat sich für diese Woche krankgemeldet. Erkältung. Es tut mir leid, aber Sie haben keine Assistenz.«

»Es ist ja eh nicht viel los.« Ich zuckte mit den Schultern.

»Merkwürdig.« Nelly tippte sich mit dem Stift gegen das Kinn. »Das ist auch noch nie vorgekommen, seitdem ich hier arbeite.«

»Irgendwann ist immer das erste Mal«, murmelte ich und schlurfte schon in Richtung Aufenthaltsraum, als Nelly sagte: »Dr. Breden kommt später, und Evelyn ist krank. Sie klang gar nicht erkältet.«

Ich blieb stehen. »Manchmal … manchmal will man vielleicht nicht sagen, was wirklich los ist.«

»Wohl wahr.« Nelly beugte sich wieder über ihren Computer.

»Wollen Sie auch einen Kaffee?«

»Danke, nein, ich habe noch. Aber die Maschine läuft, das Wasser ist heiß, müsste also schnell gehen.« Sie zwinkerte mir zu.

Und ich hatte geglaubt, ich könnte meine schlaflose Nacht unter Make-up verstecken. So viel dazu.

Ich hatte mich, nachdem ich in Hose und Oberteil geschlüpft war und meine Jeans planmäßig über die Heizung gehängt hatte, gerade mit einer dampfend heißen Tasse Kaffee auf die Couch fallen lassen, als die Tür aufging und

Nelly den Kopf hereinsteckte. »Können Sie mal kommen, Dr. Wahlmann?«

»Oh, ein Patient?« Ich sprang auf und stellte die Tasse auf den Tisch. Ein klein wenig schwappte über.

Nelly schüttelte erst den Kopf, dann nickte sie. »Ja, und nein. Es ist Dr. Breden.«

Ich verstand nur Bahnhof. »Will er mich sprechen?« Vielleicht würde er mich jetzt doch hinauswerfen.

»Nein, er will niemanden sprechen, aber jemand sollte ihn sich ansehen, finde ich.«

»Bitte, was? Nelly, nun erklären Sie mir das so, dass ich es an einem Montagmorgen mit bloß zwei Schlucken Kaffee auch verstehe.«

Sie holte tief Luft. »Er sieht schlimm aus. Ist gestern Nacht auf dem Rückweg von Baltrus' Pferdehof mit seinem E-Bike gestürzt. Und er will nicht zum Arzt.«

»Ich komme.«

»Er ist in seinem Büro. Und eigentlich hat er gleich einen Patienten. Frau Tänzer mit ihrem Kater Wilhelm.« Unschlüssig trat Nelly von einem Bein auf das andere. »Sie sagt, es geht Wilhelm nicht besser und ob er noch mal gucken kann.«

»Na, schön. Ich schau jetzt erst mal nach Dr. Breden. Zur Not übernehme ich Wilhelm.«

»Das will sie nicht. Sie will Dr. Breden.«

Ich schloss für einen Moment die Augen und seufzte. »Sind denn heute alle irre?«

Nelly hielt mir die Tür auf. »Sieht so aus«, sagte sie entschuldigend.

»Na, Sie und ich nicht. Wir müssen nun irgendwie die Fahne der Normalität hochhalten.« Ich lächelte ihr zu.

Ich trat nach dem Klopfen sofort ein, ohne ein »Herein« abzuwarten.

Hastig drehte sich Dr. Breden, der gerade dabei war, sich einen Verband um sein blau-grünes linkes Handgelenk zu wickeln, zu mir um. Auf der Stirn hatte er eine Schürfwunde.

»Na, Sie hat es ja ordentlich erwischt«, sagte ich und musterte ein Hämatom an seinem Kinn.

»Alles halb so schlimm. Ich weiß nicht, warum Nelly so einen Aufstand macht und sogar Sie geholt hat«, brummte er und zog an dem Verband.

Energisch griff ich zu und nahm ihm die Binde aus der Hand. »Keiner macht hier einen Aufstand, aber vielleicht wäre es besser, Sie würden zum Arzt gehen?«

»Ich bin Arzt!«, fauchte Dr. Breden.

»Stillhalten!«, wies ich ihn an, während ich sein Handgelenk ordentlich verband. »Sie sind Tierarzt.«

»Ich kann eine Prellung von einem Bruch unterscheiden. Aua!«

»Ich sagte ja, stillhalten! Und … ach ja, ist das wieder Ihr Röntgenblick?«

»Erfahrung. Ich habe wenigstens welche.«

»Ja, ja, Erfahrung verbindet Ihnen gerade Ihr Handgelenk.«

»Danke!«, presste er zwischen seinen Lippen hervor.

»War doch gar nicht so schwer.« Diesmal lachte ich spöttisch.

»Das freut Sie, was?«

»Ein bisschen«, gab ich immer noch lächelnd zu. »Ihnen ist ja, wenn man Ihrem eigenen Röntgenblick glauben darf, nichts passiert.«

»Eben«, sagte er und zog seine Hand weg, als ich fertig war.

»Frau Tänzer wartet übrigens mit ihrem Kater draußen.«

»Ich weiß.« Dr. Breden nickte und sah dann auf seine Hand.

»Ich würde ja übernehmen, aber sie will aus mir unerfindlichen Gründen unbedingt Sie.«

»Wilhelm ist zwanzig und schwer herzkrank. Es wird Zeit, dass sie ihn einschläfern lässt, aber sie kann sich nicht trennen.« Er hielt seine Hand hoch. »Ich kann es heute eh nicht tun. Verdammter Linkshänder.«

»Dann bin ich wohl für heute Ihre linke … äh, rechte Hand.«

»Da müssen wir wohl beide durch.« Dr. Breden verschränkte die Arme vor der Brust.

Wilhelm war viel zu matt, um vom Behandlungstisch zu hüpfen. Trotzdem legte ich meine Hand in seinen Nacken und kraulte sanft sein struppiges Fell, während Dr. Breden Herz und Lungen des Tieres abhorchte, und die alte Frau Tänzer ihn mit bangem Blick beobachtete.

Ich kannte sie nicht gut. Sie und ihr Mann hatten keine Kinder, und seit ein paar Jahren war sie verwitwet. Alles, was sie jetzt noch hatte, war der Kater und der Gartenclub.

»Es kann nicht mehr lange so weitergehen«, sagte Dr. Breden und richtete sich auf. »Das Herz ist schwach, und er hat Wasser in der Lunge.«

»Und wenn wir die Dosis der Medikamente erhöhen?« Hoffnungsvoll sah ihn Frau Tänzer an.

»Das reicht einfach nicht. Es ist Zeit.«

Die Augen der alten Dame füllten sich mit Tränen. »Ich

kann das nicht. Ich nehme ihn noch mal für ein paar Tage mit.« Sie streckte die Hand nach dem Tier aus.

»Das ist –«

Ich unterbrach Dr. Breden schnell und warf ihm einen warnenden Blick zu, bevor ich mich ihr zuwandte. »Frau Tänzer, was Dr. Breden sagen möchte, ist doch, dass Wilhelm ein schönes und sehr langes Leben hatte und weil Sie ihn so sehr lieben, wollen Sie bestimmt nicht, dass er unnötig leidet, oder?«

»Nein, natürlich nicht.«

Ich hielt ihr den Spender mit den Taschentüchern hin.

Sie griff mit ihren langen spitzen Fingern danach und tupfte sich über die Augen. »Ich ... Er ist doch alles, was mir nach Piets Tod noch geblieben ist.«

»Ich weiß, und das ist schwer.«

Sie schluchzte einen Moment lang und sah dann Dr. Breden an. »Na gut. Wenn Sie beide meinen?«

Ich nickte nachdrücklich. »Wollen Sie ihn auf den Schoß nehmen?«

»Geht das?«, fragte sie beinahe ungläubig.

»Natürlich!« Rasch drehte ich den Lehnstuhl vor das Fenster, vor dem ein kleiner Flieder blühte, wartete, bis sie sich gesetzt hatte, und breitete ihr dann ein Tuch über die Knie, bevor ich Wilhelm aufhob und ihr brachte.

Matt rollte er sich auf ihrem Schoß zusammen.

»Brauchen Sie noch einen Augenblick?«, fragte ich teilnahmsvoll, doch Frau Tänzer schüttelte den Kopf. »Nein. Wenn ich noch länger warte, dann –« Sie biss sich auf die Unterlippe, und eine Träne tropfte auf das Fell der Katze. Wie viele Tränen nach dem Tod ihres Mannes der Kater wohl schon treulich aufgefangen hatte?

Später, nachdem wir Wilhelm wieder vorsichtig in sein Körbchen gelegt hatten und Frau Tänzer ihn nach Hause trug, um ihn unter ihrem alten Apfelbaum zu begraben, stand Dr. Breden mit vor der Brust verschränkten Armen in der Tür, während ich die leeren Ampullen entsorgte und den Medikamentenschrank abschloss.

»Ich werde solche Menschen nie verstehen«, sagte er leise. »Reiner Egoismus, Tag um Tag noch herauszuschinden.«

Schwungvoll warf ich den Lappen in seinen Eimer. »Sie werden Menschen einfach nie verstehen, Dr. Breden.«

»Ich glaube, ich lege auch keinen Wert darauf.« Er drehte sich auf dem Absatz um, und ein paar Sekunden später hörte ich seine Bürotür klappern.

Der restliche Tag blieb ereignislos und bis auf ein Zwergkaninchen, dessen Schneidezähne ich kürzen musste, auch patientenfrei.

Gegen Mittag kam ein sichtlich angeschlagener Dr. Breden in den Aufenthaltsraum und bat mich, die Nachmittagssprechstunde zu übernehmen.

»Sie sollte sich hinlegen und sich ausruhen«, empfahl ich ihm. »Ich übernehme den Notdienst, bis Ihr Handgelenk wieder fit ist.«

Ich hatte Widerspruch erwartet, einen Wortwechsel, eine schnippische Bemerkung, aber ganz sicher kein Nicken. Der Unfall musste ihn doch mehr mitgenommen haben.

»Ich bin in meinem Büro, wenn Sie mich brauchen.«

»Ich komme schon klar, Dr. Breden. Sie können auch nach Hause gehen und –«

Jetzt erwachte wohl doch noch ein wenig Kampfgeist. »Ganz sicher nicht«, schnaubte er und ging eilig aus dem Zimmer.

Nelly, die sich in der Mittagspause ebenfalls noch einen Kaffee geholt hatte, rollte mit den Augen. »Ich gehe kurz heim und sehe nach meinem Sohn. Soll ich Ihnen auf dem Rückweg noch etwas mitbringen?«

Tatsächlich verspürte ich nun doch Hunger. Gefrühstückt hatte ich ja auch noch nichts. »Das wäre lieb. Kommen Sie an *Steffens Fischimbiss* vorbei? Ein Backfischbrötchen wäre gut.«

Zu dem Hunger gesellte sich die Müdigkeit. Ich streifte meine Plastikclogs ab und zog die Beine auf die Couch. Und gerade, als ich die Augen für ein kleines Nickerchen geschlossen hatte, begann mein Smartphone in der Hosentasche zu vibrieren. Ich zog es heraus.

»Wahlmann«, meldete ich mich müde.

»Ich bin es, Paul.«

Plötzlich war ich wieder wach. »Schön, dass du dich meldest. Ich dachte …« Aber ich setzte den Satz nicht fort. Sollte ich mich wirklich darüber beklagen, dass er nichts von sich hören gelassen hatte? Das war doch ziemlich kleinlich, oder?

»Vielleicht hast du Lust auf eine Fischsuppe im *Fischtopf* heute Abend.«

»Ja, unbedingt!«, sagte ich erfreut zu, und wir verabredeten uns für später. Er würde mich direkt von der Praxis abholen.

Meine Laune wurde schlagartig besser.

»Wie geht es dir?«, fragte ich später, als ich Paul diesmal drinnen und an einem Tisch in der Nähe des offenen Kamins gegenübersaß. Tatsächlich hatte zwar der Regen aufgehört, aber es war weiterhin kühl und windig. Erst für die nächste Woche sagte der Wetterbericht sonnigeres und wärmeres Frühsommerwetter voraus.

Pauls sah mich irritiert an. »Warum fragst du mich das mit einer Stimme, als wäre gerade jemand gestorben?«

Das erstaunte mich. »Wegen Athos? Ich kann mir vorstellen, dass dir das nahegeht.«

»Ach, so, ja, das …« Er lehnte sich zurück. »Und du willst echt kein Glas Wein?«

»Ich kann nicht«, wiederholte ich, »ich habe doch Dr. Bredens Notdienst übernommen. Wenn ich wirklich gebraucht werde – «

»Ach, eins wird bestimmt gehen. Ich meine, es kommt schließlich nicht jeden Tag ein Notfall.« Er lächelte mich schräg an.

Irgendwo tief in mir versetzten mir seine Worte einen kleinen Stich. Hatte Dr. Breden ihn ignorant genannt? Ich konnte mich nicht mehr erinnern, und ich wollte es auch nicht. Ich schob den Gedanken weit weg.

»Nein, sicher nicht, aber wenn einer kommt und ich kann nicht richtig reagieren, könnte mich das den Job kosten. Abgesehen mal davon, könnte ich das mit meinem Gewissen nicht vereinbaren.«

»Dein Beruf ist dir wichtig. Ich mag das.«

Es klang nur nicht so, als würde er es ernst meinen. Dr. Breden hatte ihn einen Idioten genannt, jetzt fiel es mir wieder ein. Dieser verdammte Dr. Breden! Es war seine Schuld, dass ich nun jedes Wort auf die Goldwaage legte.

»Was ist denn, Clara, habe ich etwas Falsches gesagt? Du siehst auf einmal so ärgerlich aus!« Paul hatte seine Hand auf meine gelegt, und ich sah Unverständnis in seinen Augen.

»Nein, nein«, ich umfasste seine Finger, »ich ... Es war einfach bloß ein anstrengender Tag«, sagte ich ausweichend, und das war nicht gelogen. Die schlaflose Nacht steckte mir immer noch in den Knochen.

»Ja, das verstehe ich.« Genau. Seine Stimme klang mitfühlend. Nehmen Sie das, Dr. Breden! Mitgefühl! Das kennen Sie ja nicht.

»Weißt du, ich habe mal drüber nachgedacht. In Köln gibt es auch tolle Tierarztpraxen und eine große Tierklinik. Vielleicht kann ich dich ja nach Köln locken? Ich meine«, ergänzte er hastig, »das Rheinland ist wirklich schön und ein Bekannter von mir arbeitet bei einer Hausverwaltung. Der kommt immer an günstige Wohnungen heran.«

Jetzt machte mein Herz endlich wieder einen kleinen Hüpfer. »Köln«, wiederholte ich nachdenklich, »kann ich drüber nachdenken?«

Später radelte Paul wieder mit mir nach Hause. Diesmal war es nicht warm und sternenklar, diesmal hatte ich den Kragen meiner Jacke hochgeklappt, und Paul hatte mir, bevor wir aufbrachen, besorgt noch seinen Schal gegeben. »Und du?«, hatte ich gefragt.

»Mir ist sehr warm«, hatte er mir zweimal versichert.

Nun hielt ich ihm den feinen grauen Wollschal wieder hin, nachdem wir unsere Räder gegen den Zaun gelehnt hatten, doch Paul winkte ab. »Behalte ihn, ich will nicht, dass du auf den letzten Metern noch frierst.«

»Wie lieb!« Ich lachte. »Die drei Meter.«

»Drei Meter können lang sein«, sagte Paul leise und sah mir in die Augen, während er mir den Schal wieder um den Hals legte, die Enden aber in der Hand hielt und mich damit dichter an ihn heranzog. »Mir ist es lieber, ich weiß dich warm und gesund. Nicht, dass du mir eine Verabredung absagen musst, weil du dich erkältet hast.«

Seine Lippen waren jetzt ganz dicht an meinen, und ich schloss die Augen, als er mich schließlich küsste.

»Gute Nacht, Clara«, sagte er, als wir uns aus unserer Umarmung wieder gelöst hatten.

»Gute Nacht«, gab ich zurück und sah ihm nach, bis ihn die Dunkelheit verschluckt hatte.

»Ja, und wie war der Kuss?«, fragte mich Ela. Diesmal hatte sie mich angerufen, kurz nachdem ich nach Hause gekommen war, und diesmal ohne Kamera, weil sie gerade eine Gesichtsmaske aufgetragen hatte. Zwar hätte ich sie gern ein bisschen damit aufgezogen, aber da war Ela empfindlich. So durfte sie keiner sehen.

Ich schwieg einen Moment und legte das Telefon auf den Tisch, während ich meine Jacke auszog.

»Ich … gut.«

»Hä?«, machte Ela. »Wie jetzt? Also, Clara, wenn dich der Kuss nicht vom Hocker gehauen hat, bis in den Bauchnabel und zurück geprickelt hat, dann war das kein guter Kuss.«

»Doch, doch«, sagte ich schnell. »Das war technisch gesehen ein guter Kuss.«

»Technisch gesehen?« Es klang jetzt, als würde sie nach Luft japsen.

Seufzend gab ich zurück: »Es liegt an mir. Ich bin noch nicht so weit, und …«, ich trommelte mit dem Finger auf den Küchentisch, »ich höre immer alles, was Dr. Breden über Paul gesagt hat, und … kriege es nicht aus dem Kopf. So kann man doch nicht küssen, Ela.«

»Nun ja«, fing sie trocken an, »vielleicht ist da einfach was dran? Also an dem, was Dr. Breden sagt. Sonst würde es dich doch nicht so aus der Bahn bringen.«

»Quatsch. Er kennt Paul schließlich gar nicht und du auch nicht. Ich weiß nicht, warum du dich ständig auf Dr. Bredens Seite schlägst.«

»Wie dem auch sei«, sagte sie ungeduldig, »ich habe dir doch gesagt, ich frag meine Freundin in München nach Dr. Breden.«

»Ja, und?« Ich gebe zu, ich war mäßig neugierig. In Gedanken war ich immer noch bei dem Kuss. Es war … Ich suchte nach den richtigen Gedanken. Genau! Es war, als wäre ich Schauspielerin und hätte meinen Filmpartner geküsst. Ich hatte nichts gefühlt, und trotzdem hatte ich so getan, als wäre es ganz großartig.

Vielleicht brauchte ich einfach noch Zeit.

»… jedenfalls hat sie tatsächlich ein Praktikum in der Praxis seines Vaters gemacht.«

»Ach, was.«

»Viel weiß sie nicht über die Bredens, aber … und das ist wirklich ein Knüller. Halt dich fest!«

Ich ließ mich auf den Küchenstuhl am Tisch fallen und streckte die Beine aus. »Ich sitze, Ela, reicht das?«

»Bisschen mehr Interesse, Clara, ich muss schon sehr bitten!«

»Ich bin ganz Ohr«, versicherte ich ihr und schraubte

den Deckel der Wasserflasche ab, die ich gefährlich kippelnd von schräg hinter mir gerade aus dem Kühlschrank geangelt hatte.

»Dein Dr. Breden – «

»Nicht meiner!«, fiel ich ihr ins Wort.

»Mach mich nicht wahnsinnig! Also, Dr. Mark Breden ist der uneheliche Sohn seines Vaters. So, das war wohl ein ganz schöner Skandal in der Münchener High Society. Er war sechzehn, als seine Mutter starb, die zwanzig Jahre lang die Geliebte von Dr. Breden senior war, und plötzlich kam alles heraus. Dr. Breden senior und seine Frau, die komischerweise bei ihrem Mann blieb, obwohl er sie jahrelang betrogen hatte, nahmen Mark auf und adoptierten ihn. Er studierte wie alle in der Familie Veterinärmedizin und fing nach dem Studium natürlich in der Praxis seines Vaters an, aber es war wohl klar, dass der ältere Sohn von Dr. Breden die Praxis eines Tages übernehmen würde. Die beiden Halbbrüder kamen auch nicht so gut miteinander aus. Übrigens, und das erstaunt mich, Dr. Breden ist doch allein auf Langeoog, oder?«

»Ja, wieso?«

»Na, also zumindest damals war er verheiratet. Als meine Freundin in der Praxis gearbeitet hat.«

»Verheiratet?«, rief ich erstaunt aus. »Ich frag mich, wer es wohl mit ihm aushalten kann.«

»Offensichtlich keine Frau, denn er ist ja allein auf der Insel, und das bereits seit geraumer Zeit.«

»Die ganze Story klingt wie aus einem Klatschblatt.«

»Nicht wahr?«, sagte Ela verzückt. Sie hatte viel übrig für solche Verwicklungen. »Mir tut dein Dr. Breden schon ein bisschen leid. War bestimmt alles nicht einfach.«

»Na ja, das Leben ist eben für kaum jemanden ein Zuckerschlecken«, sagte ich, dachte an meine Mutter und rollte mit den Augen. Mein Dr. Breden, schon wieder. Aber ich fragte mich allemal, was mit seiner Frau passiert sein mochte. Ob sie ihn irgendwann einfach nicht mehr ertragen hatte?

»Ah, und noch was.«

»Hm.«

»Meine Freundin sagt, Dr. Breden war der beliebteste Arzt in der ganzen Praxis. Alle mochte ihn. Angestellte, Tiere und ihre Halter, alle gleichermaßen. Und sie war auch ganz hingerissen von ihm.«

»Ist nicht wahr!« Jetzt hätte ich fast mein Wasser über den Tisch gespuckt. »Unmöglich. Sie meint den anderen Dr. Breden.«

»Nein, ich habe sie zweimal gefragt. Sie meint Dr. Mark Breden.«

Am nächsten Morgen schreckte mich das Klingeln des Telefons aus dem Tiefschlaf.

Einen Moment lang sah ich mich verwundert in meinem kleinen Schlafzimmer um, richtete mich abrupt auf, stieß mir den Kopf an der Dachschräge und griff schließlich fluchend nach meinem Smartphone, das auf dem Nachtschrank lag.

»Wahlmann?«, nuschelte ich verschlafen in den Hörer und rieb mir den Kopf.

»Breden«, brummte mein Chef einsilbig in das Telefon, räusperte sich und fuhr dann fort: »Würden Sie heute vielleicht freundlicherweise meine Terminsprechstunde übernehmen?«

»Ist Ihr Handgelenk nicht besser? Vielleicht sollten Sie doch mal –«

»Zum Arzt«, warf er hastig ein, »ja, ja, ich weiß. Und das geht Sie gar nichts an. Können Sie oder können Sie nicht?«

»Natürlich kann ich. Wie spät ist es eigentlich?«

»Sieben durch. Haben Sie etwa noch geschlafen?« Dr. Bredens Tonlage war irgendetwas zwischen Entrüstung und Fassungslosigkeit.

»Sieben?« Jetzt war auch ich fassungslos. »Sie rufen mich um sieben Uhr an, um mich zu fragen, ob ich um neun in die Praxis komme? Ich hätte noch anderthalb Stunden schlafen können! Herrje. Wann stehen Sie denn auf? Um fünf?«

»Um sechs Uhr natürlich. Eine Uhrzeit, zu der normale Menschen das Bett verlassen, wenn sie frühstücken, die Zeitung lesen, duschen und einen Morgenspaziergang machen wollen.«

Wenigstens war mir nun völlig klar, warum ihn seine Frau verlassen hatte. Ja, sicher, er mochte ein gut aussehender Mann sein, aber das konnte doch niemand um sechs Uhr morgens aus müden Augenschlitzen erkennen.

»Wahnsinn«, murmelte ich. »Ich schlaf jetzt weiter, Dr. Breden, gute Nacht!«

Fünf Stunden, vier Impfungen und zwei Check-ups später, und das alles völlig ohne Frühstück, Zeitung und Morgenspaziergang, nagte nun genau deshalb mein Magen an sich selbst.

»Noch ein Patient oder haben wir jetzt alle, Nelly?« Ich lehnte mich über den Tresen, blickte auf den Monitor ihres Computers und stellte zufrieden fest, dass auf der Terminliste hinter jedem Namen ein Häkchen war.

»Alle durch, Frau Dr. Wahlmann. Ich würde sagen: Mittagspause!« Sie lächelte zufrieden und nickte so enthusiastisch, dass ihr Pferdeschwanz wieder einmal auf ihrem Kopf tanzte. »Ich schließe ab und bin in zwei Stunden wieder da.« Dann sah sie stirnrunzelnd an mir vorbei. »Oder vielleicht auch nicht.«

Ich drehte mich um. Zwei Männer kamen auf die Praxistür zu. Der eine war Dr. Breden und der andere Paul.

Während Dr. Breden schon seine Hand nach dem Knauf ausstreckte, versuchte Paul sich links an ihm vorbeizuschieben und die Tür zuerst zu öffnen, so dass es kurzfristig zu einer Art Gerangel kam.

»Spannend«, kommentierte Nelly das Geschehen, und auch ich war völlig fasziniert von diesem Machtkampf um das Öffnen der Tür. Irgendetwas sagte Dr. Breden nun anscheinend, denn Paul trat einen Schritt zurück, gestikulierte aber in Richtung Dr. Bredens Handgelenk, um das sich statt meines Verbands ein Plastikgips schloss.

Immerhin hatte er also doch einen Arzt aufgesucht.

»Wer es jetzt wohl schafft? Ich setze auf Dr. Breden.«

»Und ich auf Paul.«

Nelly lächelte mir nachsichtig zu. »War ja klar, dass Sie das sagen.«

Ich seufzte. »Manchmal vergesse ich, dass es kein Privatleben auf dieser Insel gibt.«

»Na, Sie beide sind nun auch weit entfernt davon, irgendetwas zu verbergen.« Gutmütig tippte sie mich auf die

Schulter. »Schauen Sie mal, Dr. Breden! Wir hätten wetten sollen.«

Tatsächlich öffnete Dr. Breden die Praxistür. Irgendetwas nicht sehr Nettes musste er zu Paul gesagt haben, denn dieser hatte die Stirn in Falten gelegt und sah Dr. Breden böse an. Doch gleich darauf entspannte sich sein Blick, und er trat auf mich zu und küsste mich. »Ich dachte, ich könnte dich in deiner Mittagspause zu *Steffens Fischimbiss* entführen. Hast du Hunger?«

»Und wie! Warte, ich hole nur rasch meine Tasche.«

»Bevor Sie beide jetzt für ein dekadentes Mahl entfliehen, kann ich Sie noch einmal kurz in meinem Büro sprechen, Frau Dr. Wahlmann?«

»Sicher.« Ich lächelte Paul, der sich auf einen der Stühle im Wartebereich setzte, entschuldigend zu und folgte dann meinem Chef.

Als er die Tür zu seinem Arbeitszimmer hinter mir schloss, zeigte ich auf seinen eingegipsten Arm. »Also waren Sie doch beim Arzt?«

Dr. Breden schnitt eine Grimasse. »Es war nicht zu vermeiden.« Dann zog er einen Mundwinkel hämisch nach oben. »Und nein, es ist kein Bruch. Ich habe wohl tatsächlich Röntgenaugen.«

»Schön für Sie. Und was kann ich jetzt für Sie tun?« Ich verschränkte die Arme vor der Brust und sah ihn an.

»Wir werden den Praxisbetrieb etwas verändern. Zum Glück haben wir keine aufwendigen OPs auf dem Plan, sondern am Donnerstag nur ein paar Zahnreinigungen und eine Kastration. Wir werden in den nächsten drei Wochen dienstags schließen. Ich würde Sie allerdings bitten, mir bei meinen Sprechstunden zu assistieren.«

»Warum kann ich sie nicht einfach übernehmen?«

Seine Augen wurden schmal. »Zwar ist das überaus verlockend, weil mein Herz eher für das Großvieh als für all die Haustiere schlägt, aber nein. Es sind meine Patienten, und ich behalte sie gern im Blick.«

»Misstrauen Sie mir?«, fragte ich geradeheraus. Es schmerzte mich schon ein wenig, dass er mir so wenig zutraute.

»Nein. Im Gegenteil. Würde ich Sie nicht für kompetent halten, ich hätte Sie bereits an Ihrem ersten Tag gefeuert. Aber das hier«, er machte eine ausladende Handbewegung mit seinem gesunden Arm, »das hier ist mein Leben.«

Ich biss mir auf die Zunge. Ich hätte die Auswahl zwischen mindestens einem halben Dutzend flapsiger bis bissiger Bemerkungen gehabt, und trotzdem schien mir keine angebracht. Ich schluckte und dachte daran, dass irgendetwas mit Dr. Breden passiert sein musste. Irgendetwas hatte ihn offenbar so aus der Bahn geworfen, dass er vom liebenswert-freundlichen Münchener Tierarzt zum grummeligen Inseleremiten geworden war.

Offenbar fand auch Dr. Breden mein Schweigen irritierend. »Was ist denn los mit Ihnen? Keine Belehrungen, gar kein Spott über die Prioritäten in meinem Leben, die Einsamkeit oder den Mangel an Freundschaften?«

»Na, das wird irgendwann langweilig«, sagte ich ausweichend.

»Sie werden mich doch nicht schonen, weil ich verletzt bin?«

Jetzt musste ich unweigerlich lachen. »Ach, nein, keine Sorge. Aber etwas anderes … was ist mit den Notdiensten?«

»Ich bin für Vorschläge offen. Kleinigkeiten kann ich sicher selbst erledigen, aber … ich bräuchte Sie auf der Insel, falls ich nicht zupacken kann.«

Langsam nickte ich. »Mist, ich wollte am Wochenende zu meiner Mutter nach Emden fahren.«

»Das tut mir sehr leid.« Das Lächeln war aus seinem Gesicht verschwunden. »Gibt es eine Möglichkeit, Ihre Mutter auf die Insel zu holen, damit Sie sich sehen können? Geht es ihr dafür gut genug?«

Wieder überraschte er mich. Seine Anteilnahme war sehr ehrlich und echt. Kein Spott, kein Hohn, kein Grinsen.

»Ich spreche mal mit ihr. Wir finden schon eine Lösung.«

»Und jetzt gehen Sie besser essen. Ich habe keine Lust, dass Sie hier irgendwann mal umkippen, weil Sie nie frühstücken.« Alles, was sein Gesicht eben noch weich gemacht hätte, war wieder daraus verschwunden.

Ich nickte ihm knapp zu und drehte mich um.

»Also, ein Gutes hat es«, sagte Paul und wischte sich den Mund ab, »wir haben das Wochenende für uns.«

Satt schob ich den leeren Teller ein Stückchen von mir weg. »Ja, das ist schön, aber … aber ich hätte auch wirklich gern meine Mutter gesehen, sie in den Arm genommen und mich davon überzeugt, dass es ihr wirklich gut geht.«

Paul nickte. »Sicher, sicher, aber ihr könnt ja telefonieren. Vielleicht können wir mit dem Boot zu den Seehundbänken fahren? Nun bin ich schon etliche Wochen hier und habe das immer noch nicht geschafft. Dabei soll es zauberhaft sein. Vor allem, wenn die Sonne sinkt … das stelle ich mir romantisch vor.«

»Ja, das klingt toll, aber … so etwas kann ich im Notdienst leider nicht machen. Wenn etwas ist, komme ich ja so schnell vom Schiff nicht herunter.«

Seine Enttäuschung konnte ich beinahe körperlich spüren. Er sah mich kopfschüttelnd an. »Dein Job ist ganz schön anstrengend.«

»Ja, das ist er. Manchmal ist er sehr fordernd. Und Paul, das musst du wissen«, ich holte tief Luft, »mich gibt es nur mit meinem Beruf.«

Er lächelte jetzt doch wieder ganz leicht. Und auch wenn es nicht seine Augen erreichte, wertete ich es dennoch als positives Zeichen. »Ja, das ist mir mittlerweile klar.« Er griff nach meiner Hand. »Ich werde mich schon daran gewöhnen.«

Überzeugte mich das? Wenn ich ganz ehrlich war, nicht wirklich. Aber vielleicht war ich in diesem Punkt auch einfach zu ungeduldig.

Nach dem Praxisschluss am späten Nachmittag radelte ich nachdenklich nach Hause. Eine schräge Sonne wärmte mir für kurze Zeit den Rücken, dann bog ich in die Straße am Inselwald ab, in dem Vögel sangen.

Mit einer Tasse Tee setzte ich mich im Garten auf die Bank unter dem blühenden Rosenbusch und rief meine Mutter an, die sich erst nach dem fünften Mal Klingeln atemlos meldete: »Du, wir sind gerade erst rein. Deine Tante Bea hat mich fünfmal um den Block gezerrt.«

Ich lachte. »Wie geht es dir?«

»Gut, wirklich. Die Chemo vertrage ich auch bisher gut.

Manchmal bin ich ein bisschen müde, aber es ist schon toll, dass einem heute nicht mehr gleich die Haare ausfallen.«

»Das stimmt.« Ich machte eine kleine Pause, dann erzählte ich ihr von Dr. Bredens Fahrradsturz.

»Der arme Mann! Ich hoffe, es geht ihm gut?«

»Ja, er lässt dich auch grüßen, aber mit seinem Handgelenk kann er natürlich nur eingeschränkt arbeiten. Das heißt, wir können uns am Wochenende wieder nicht sehen – ich muss im Notfall einspringen. Das Wochenende darauf reisen Gäste ab und an. Da geht es auch nicht. Und irgendwann muss ich dann doch mal deine Buchhaltung auf Vordermann bringen. Du fehlst mir langsam.«

»Du mir auch, Clara, aber weißt du, ich kann mich wirklich besser erholen, wenn ich weiß, dass zu Hause alles seine Ordnung hat. Und wenn du dich darum kümmerst, bin ich zufrieden.«

Ich schloss die Augen und genoss die Sonne auf meinem Gesicht. »Ich habe alles im Griff.«

»Und Paul? Wie sieht es da aus?«

Ich öffnete die Augen wieder. »Gut, wir verbringen viel Zeit zusammen. Er ist echt …« Ich suchte nach dem richtigen Wort.

»Na, besonders vom Hocker hat er dich ja nicht gehauen«, stellte meine Mutter trocken fest.

»Darum geht es doch auch gar nicht. Tom hat mich vom Hocker gehauen, und was ist dabei rausgekommen?«

»Immerhin eine stürmische Zeit«, sagte meine Mutter zu meiner Überraschung.

»Du hast ihn ja nie wirklich gemocht!«

»Stimmt, aber zumindest hast du ihn geliebt. Da war Leidenschaft, da war Pfeffer in deiner Stimme, wenn du über ihn gesprochen hast! Paul klingt so einschläfernd wie zwei Seiten aus deinen Fachbüchern.«

»Mama!«

»Ist doch wahr!«, beharrte sie und klang trotzig.

»Du kennst ihn ja gar nicht!«

»Nach allem, was du mir erzählst, brenne ich jetzt auch nicht gerade darauf, ihn kennenzulernen.«

»Das sagst du nur, weil er aus Köln kommt. Schon wieder jemand, der mich nicht an die Insel ketten würde.«

»Eben.« Meine Mutter kicherte. »Ich suche immer noch einen hübschen Zeus für dich, der dich an die Inselfelsen kettet.«

»Sehr hübsch, Mama. Zum Glück bin ich nicht Prometheus und Langeoog ist felsenfrei. Ich lege nun auf. Dir geht es gut, und ich muss mich um die Buchhaltung kümmern.«

»Ruf wieder an!«

»Das überlege ich mir«, sagte ich schnippisch und drückte den roten Hörer auf dem Display.

Das Gespräch mit meiner Mutter hatte mich doch ein wenig verärgert. Sicher, ich konnte verstehen, dass sie mich gern auf der Insel hatte, aber auf der anderen Seite musste es doch in meinem Leben auch darum gehen, was ich gern wollte, oder etwa nicht?

Missmutig ging ich zum Haus zurück, holte meine Windjacke von der Garderobe im Flur und schlenderte dann durch den schmalen Dünenweg zum Meer.

Aufsteigendes Wasser oder Flut war gerade, und der Wind trieb die Wellen auf den Strand. Hier, etwas weiter ab vom Ort, lagen nur vereinzelt ein paar Sonnenanbeter auf ihren Handtüchern und trotzten der sehr kühlen Brise.

Lediglich in den Momenten, in denen der Wind den Atem anhielt, wärmte die Sonne meine Haut.

Ich bummelte ein Stückchen den Strand hinunter. Links von mir die Dünen, rechts das Meer. Links der Blick auf eine kleine Insel, auf der beinahe jeder jeden irgendwie kannte, rechts dagegen die Welt hinter dem Meer.

So hatte ich es immer gesehen. Meine Sehnsucht galt der Welt. Wie sollte sich daran auch etwas ändern?

Früher hatte ich mich an den Gedanken geklammert, dass mein Leben beginnen würde, wenn ich über dieses Meer fahren würde, und jetzt hatte mich die Flut wieder an den Strand gespült, als wäre ich nichts weiter als ein Stückchen Treibholz, der Brandung ausgeliefert.

Meine Lippen schmeckten salzig, als ich sie zusammenpresste. Ich wischte mir über die Augen. Konnte man auch einfach vor Enttäuschung weinen?

Paul, der sein Arbeitspensum, seitdem er mich kannte, etwas vernachlässigt hatte, wie er einräumte, sah ich den ganzen Rest der Woche nicht mehr. Zwar telefonierten wir jeden Abend, und ich gebe zu, es schmeichelte mir, wenn er anrief, aber meist hatte ich nach zehn Minuten Gespräch nichts mehr zu sagen.

Krankheiten, so wie die meiner Mutter, ängstigen ihn, ebenso erging es ihm mit meinem Praxisalltag. Sprach ich darüber, hatte ich schnell das Gefühl, ich würde ihn langweilen oder verstören, also ließ ich es und hörte mir stattdessen an, an welchen Orten auf der Welt Paul noch nicht war und wohin er gern noch fahren würde.

Trotzdem freute ich mich heute auf Paul und auf einen faulen Samstag.

Das Thermometer war in den letzten Tagen stetig nach oben geklettert, und heute erwarteten wir schönstes Strandwetter mit beinahe dreißig Grad.

»Hast du alles?«, fragte ich, und Paul zog das Gartentor hinter sich zu.

Er deutete auf seine Strandtasche, die er neben meine in meinen Fahrradkorb stellte. »Sicher. Sonnenschirm, Sonnenmilch, Wasser für uns, Wasser für Athos, Athos … Athos! Komm!«

Prüfend sah ich auf den Hund, der hinter uns hertrottete. »Er sieht müde aus. Vielleicht sollten wir nächste Woche noch einmal Blut abnehmen.«

»Ach, die letzten Tage war er ganz agil. Ich glaube bloß, er spürt schon, dass es wieder heiß wird. Das mag er nicht.«

»Zum Glück kann er sich im Meer abkühlen oder sich in den Schatten legen.«

Ich schob das Fahrrad durch die Dünen bis zum großen Stellplatz vor dem Hundestrand, auf dem es kaum noch einen freien Flecken gab. Beinahe hundert Drahtesel blitzten in der Sonne.

»Na komm, Athos.« Nur widerwillig setzte sich der Weimaraner-Herr wieder in Bewegung.

»Frisst er denn?«, erkundigte ich mich besorgt.

»Ja, er frisst, Frau Doktor, und jetzt wollen wir uns den Strandtag nicht von Sorgen verderben lassen!«

Paul legte einen Arm um meine Schulter, zog mich zu sich heran und küsste mich. »Ich dachte«, sagte er leise, als er mich schließlich losließ, »wir könnten heute Abend im *Fischtopf* essen und danach vielleicht zu mir gehen?«

»Ja, warum nicht?«, sagte ich leichthin und machte mich rasch los, um die letzten paar Meter zum Strang zu rennen.

So ein Abend sollte das also werden. Ich wusste echt nicht, ob mir das gefiel, und schlagartig wurde mir klar, dass Paul zwar gut aussah und ich ihn irgendwie gern mochte, aber gleichzeitig auch nichts an ihm wirklich anziehend fand. Es war, als wäre der anfängliche Zauber komplett verflogen.

»Hast du was?«, fragte Paul, nachdem wir ein einigermaßen abgeschiedenes Plätzchen gefunden hatten und unsere Handtücher ausbreiteten.

»Nein, natürlich nicht«, gab ich hastig zurück und schob mir meine Sonnenbrille auf die Nase. »Die Woche steckt mir nur in den Knochen. Es war viel los –«

»In der Praxis, ich weiß. Dafür kannst du dich jetzt ordentlich ausruhen.«

Ich ließ mich neben Paul auf das Handtuch fallen. Sollte ich nicht eigentlich völlig verrückt danach sein, den Abend mit ihm zu verbringen? Und vielleicht auch die anschließende Nacht?

Stattdessen sah ich immer wieder heimlich auf mein Smartphone in der Tasche. Es würde mich überhaupt nicht stören, käme nun ein dringender Anruf, ein Notfall, irgendwas. Oder war ich einfach albern und hatte Angst davor, die Liebe zuzulassen? Hatte mich die Trennung von Tom tatsächlich so getroffen, dass ich noch viel mehr Zeit bräuchte?

Konnte ich mich meinen Gefühlen vielleicht gar nicht wirklich stellen?

»Na, Clara, woran denkst du?« Paul drehte sich auf dem Handtuch zu mir und stützte seinen Kopf auf die Hand.

Jetzt wäre der Zeitpunkt, mit ihm darüber zu reden. Aber wie? Ich hatte gerade Luft geholt, als er einfach weitersprach: »Überlegst du nicht auch, ob es schön wäre, mal ein verlängertes Wochenende in diesem Sommer in die Niederlande zu fahren? Weit weg sind wir ja nicht, und ich war schon ganz lange nicht mehr in Amsterdam. Nur wir beide. Was denkst du?«

Ich schloss den Mund wieder und lächelte. Zeitpunkt verpasst. Ja, was dachte ich?

»Ja, das wäre schön«, antwortete ich ausweichend. »Ich habe bloß gerade zwei Jobs. Die Ferienwohnungen meiner Mutter und die –«

»Tierarztpraxis, ich weiß.« Paul legte sich wieder auf den Rücken. »Träumen wird man ja wohl noch dürfen, oder?«

»Natürlich«, beeilte ich mich zu sagen, aber die Stimmung war gekippt, und als hätte sich auf einmal eine Wolke über die Sonne geschoben, war es plötzlich ein paar Grad kühler geworden, aber nur zwischen uns.

Verdammt, Clara! Ich streckte mich ebenfalls auf dem Handtuch aus und blinzelte in die Sonne. »Du wirst doch auch Arbeit haben, oder? Es ist ja bestimmt nicht so leicht, deine Abgabetermine nach hinten zu schieben, oder?«

»Es kommt drauf an. Ich bin charmant, man verzeiht mir vieles.«

»Das glaube ich dir gern«, sagte ich leise.

In die darauffolgende Stille klingelte schließlich vernehmlich mein Smartphone.

»Geh nicht ran, nur einmal, geh nicht ran!« Paul hatte sich aufgerichtet und griff zeitgleich mit mir nach meiner Tasche. Mit einem Ruck jedoch zog ich sie zu mir.

»Paul, das geht nicht. Zum einen könnte das meine Mutter sein, zum anderen ein Notfall.«

Er presste die Lippen aufeinander und sah an mir vorbei aufs Meer.

»Wahlmann?«, meldete ich mich, ohne auf das Display zu sehen.

»Breden hier. Ich bin bei Bauer Schumann. Er hat einen Hexenschuss, und ich kriege mit einer Hand das Kälbchen nicht im Geburtskanal gedreht. Es steckt fest. Ich bräuchte Sie hier, aber zackig.«

»Ich komme«, sagte ich so schnell, dass selbst Dr. Breden nur ein überraschtes »Ach!«, entfuhr, bevor er auflegte.

»Tja, das war dann wohl unser Strandtag.« Paul schob seine Unterlippe nach vorn und sah für einen Moment aus wie ein trotziger kleiner Junge.

Was sollte ich dazu noch sagen? Schweigend sammelte ich meine Sachen ein, stand auf und sah ihn noch einen Moment an, ehe ich mich umdrehte und ging.

Das schöne Wetter hatte alle nach draußen gelockt. Mühsam klingelte ich mich durch den halben Ort, bevor ich endlich in den Melkerpad abbiegen konnte und schließlich den Hof vom alten Schumann erreichte.

Hitze brütete über dem Gehöft, und in der Luft lag eine angespannte Stille, die erst vom Blöken der Kühe durchbrochen wurde, als ich die Stalltür öffnete.

Rund fünfzig Kuhleiber erwärmten die Luft drinnen, und sofort fühlte ich kleine Schweißperlen im Haaransatz.

»Clara.« Der alte Schumann nickte mir zu. Er saß, nein, hing halb über einem alten Melkschemel. »Kam ganz plötzlich und nix geht mehr.«

»Ich versuche es noch einmal …« Ich schob Dr. Breden zur Seite. War es mir gar nicht möglich, etwas von meinem Leben weiterzugeben? Dieses kleine Leben zu retten?

Ich hielt erst inne, als Dr. Breden mich am Arm packte und wegzog, hochzog, bis ich wieder stand. »Ist schon gut«, sagte er leise und streifte seine Schürze ab. »Manchmal soll es nicht sein, und dann gibt es nichts, aber auch gar nichts, was wir tun können.«

Ich weiß ehrlich nicht, ob es seine Worte waren oder die ganze Anstrengung der letzten Tage, nein, seitdem ich auf die Insel gekommen war – jedenfalls fühlte es sich so an, als würden sich Schleusen öffnen, so unvermittelt brach ich in Tränen aus.

Ich hatte alles geschluckt. Die Krankheit meiner Mutter, mein Heimkommen, Pauls Unzufriedenheit mit meinem Beruf, meine Selbstzweifel, meine Unsicherheit und nicht zu vergessen, Dr. Bredens Sticheleien.

Und war es nicht wie eine Ironie des Schicksals, dass jetzt ausgerechnet Dr. Breden mich in seine Arme zog?

So stand ich da und weinte in sein Poloshirt. Sein Geruch nach Stall und Anstrengung, ein bisschen nach Waschmittel und einem herben Aftershave tröstete mich sehr. Dieser Duft lullte mich in ein Gefühl ein, irgendwo zwischen Angekommensein und Aufregung. Hatte ich so ein Gefühl schon einmal gehabt? Ich weiß es nicht.

Fast unwillig trat ich einen Schritt zurück, als er mich losließ. »Sie räumen auf. Ich spreche mit dem alten Schumann.«

Vielleicht hätte ich protestiert, hätte ich mehr Kraft gehabt, hätte darauf bestanden, beides gemeinsam zu erledigen, aber mir wurde klar, dass es mir guttat, die Ampullen im Notfallkoffer zu sortieren, den Müll in eine Tüte zu stopfen und etwas völlig Alltägliches zu tun.

Dr. Breden kam zurück, als ich gerade mit allem fertig war.

»Wie geht's Herrn Schumann?«, fragte ich und lehnte mich gegen die Box.

»Den Umständen entsprechend. Sein Sohn ist auf dem Weg hierher, um ihm zu helfen. Ich habe ihn ins Haus gebracht.«

»Das ist gut. Sollen wir ihm noch einen Arzt rufen?«

Dr. Breden schüttelte den Kopf. »Nein, da ist er stur. Der Hexenschuss kam von allein und wird auch von allein wieder gehen, sagt er.«

Ich lächelte schief und nur so halb. »Das verstehen Sie bestimmt gut.«

Er hob seinen eingegipsten Arm. »Allerdings«, sagte er und ließ ihn wieder sinken. »Kommen Sie, wir haben hier getan, was wir konnten.«

»Ein Kaiserschnitt hätte das Kalb vielleicht gerettet«, sagte ich langsam und sah mich noch einmal kurz zu Bintje um, die erschöpft auf der Seite lag.

Dr. Breden schüttelte ganz leicht den Kopf.

»Vielleicht ist es meine Schuld?« Hilflos hob ich meine Schultern.

»Auf keinen Fall!« Seine Stimme klang entschieden. »Ich bin ja sehr dafür, dass man sein Tun hinterfragt und analysiert, aber Selbstvorwürfe bringen niemandem etwas.« Für einen Moment sah Dr. Breden sehr müde aus, dann jedoch straffte er seine Schultern, und sein Blick streifte meine Strandtasche, die außen an der Box lehnte.

»Ich habe Ihren Strandtag ruiniert, aber es ist noch früh. Sie können zurück.«

Jetzt schüttelte ich den Kopf. »Nein, lassen Sie mal.« Ich legte beide Handflächen auf mein Steißbein und streckte mich. »Mir tut der Rücken weh. Ich glaube, ich muss heim.« Und noch während ich das sagte, erwartete ich eigentlich eine schnippische Bemerkung über Paul und mich, doch Dr. Breden musterte mich bloß sehr genau mit seinen stahlblauen Augen.

Mir war, als könnte er ahnen, dass ich nur allzu gern zu diesem Notfall gekommen war.

»Sie können mit mir dokumentieren, sollten Sie nicht nach Hause wollen. Das *Golf-Eck* ist nicht weit, und ich glaube, wir könnten beide eine Erfrischung gebrauchen.«

Mit dem Handrücken wischte ich mir den Schweiß von der Stirn. »Warum eigentlich nicht?«, hörte ich mich wie von weither sagen, bevor alles schwarz wurde.

»Tja, also jetzt kommen Sie auf jeden Fall mit ins *Golf-Eck*«, hörte ich Dr. Breden sagen, als aus der Schwärze plötzlich wieder Farben wurden.

»Bin ich …« Verwirrt fasste ich mir an den Kopf und stellte zeitgleich fest, dass ich an der Boxenwand, an der ich eben noch lehnte, einfach hinabgeglitten sein musste, denn nun saß ich halb auf dem Boden.

»Jup, ohnmächtig geworden. Wie bei Bella. Großvieh ist nicht Ihres. Oh, und die Hitze hier drin.«

Dr. Breden reichte mir die Wasserflasche aus meiner Strandtasche, und dankbar nahm ich ein paar Schlucke. Allerdings verzog ich das Gesicht.

»Ist warm«, beschwerte ich mich.

Er lachte. »Egal. Jetzt kommen Sie erst recht mit ins *Golf-Eck*, damit ich einen Blick auf Sie habe.« Er streckte mir seine rechte, gesunde Hand hin, und ich griff vorsichtig zu, dann zog er mich schwungvoll hoch, bis ich stand.

»Na, schon besser.«

Im *Golf-Eck* war wenig Betrieb. Drinnen saß niemand, und auf der Terrasse waren nur ein paar Tische besetzt.

Das schöne Wetter hatte alle an den Strand gelockt. Dr. Breden deutete auf einen kleineren Tisch unter einem der großen Sonnenschirme.

»Zwei große, eiskalte Wasser mit Zitrone und zweimal Fish and Chips, bitte«, rief er der Kellnerin im Vorbeigehen zu, die sofort nickte, ihm einen sehnsuchtsvollen Blick nachwarf und mich unter gerunzelten Brauen anstarrte.

»Woher wissen Sie eigentlich, was ich essen und trinken will?«

»Gar nicht.« Er zuckte mit den Schultern und stellte seinen Laptop auf den Tisch. »Ich dachte nur, Sie sind vielleicht noch etwas benommen. Auf dem Fahrrad haben Sie mir keinen sehr sicheren Eindruck gemacht. Ich hoffe, Sie fahren sonst besser.«

»Ach«, sagte ich matt und ließ mich in den Korbstuhl neben ihm fallen, »ich bin wirklich sogar zu erschöpft, um mit Ihnen zu streiten.«

Dr. Breden schob seine Sonnenbrille ein wenig auf der Nase nach unten und sah mich über den oberen Rand an. »Sie werden sehen, wie friedlich es wird, wenn Sie nicht immer so auf Krawall gebürstet sind.«

Fast hätte ich ihn beschimpft, hätte er mir nicht zugezwinkert und ich verstanden, dass er ausnahmsweise mal selbstironisch war.

»Schau an, es gibt Sie also doch in Nett«, stellte ich fest, während er Medikamente und Behandlungen in die Software tippte, und trank mein Glas, das die Kellnerin eben gebracht hatte, fast leer.

»Vielleicht ist da also doch was dran«, murmelte ich und hoffte sofort, er hätte es nicht gehört.

Aber das war Dr. Breden, der da schräg neben mir saß. Ihm entging gar nichts. Ich hätte es wissen müssen und einfach mal meine Klappe halten. Verdammt!

»Wo könnte was dran sein?«

»Nichts.«

»Seien Sie nicht albern, Frau Dr. Wahlmann. Sie stellten fest, dass ich doch gar nicht so schrecklich bin, wie Sie immer behaupten, und aus Ihrem Gemurmel folgere ich, dass Ihnen das offenbar schon mal jemand gesteckt hat, dem Sie allerdings nicht glauben?«

Ich drehte mein Wasserglas auf dem Untersetzer und beobachtete, wie die Kohlensäure an der Zitronenscheibe perlte. Dutzende Bläschen, die platzten, sich neu bildeten und wieder platzten.

»Sie wissen doch, wie das ist. Im Grunde ist die Welt ein Dorf und –«

»Und?«, fragte er scharf.

»Die Bekannte einer Freundin hat mal in München in der –« Ich brach ab und setzte wieder an. »In der Praxis Ihres Vaters gearbeitet und berichtete, dass Sie damals der beliebteste Tierarzt dort waren. Mehr nicht.«

Seltsamerweise wirkte Dr. Breden plötzlich ganz erleichtert. Er klappte den Laptop zu, winkte noch einmal der Kellnerin und deutete auf mein fast leeres Glas.

»Schwer vorstellbar«, murmelte ich wieder schneller, als ich denken konnte, und biss mir auf die Lippen.

»Und natürlich hat Ihnen diese Bekannte den ein oder anderen Klatsch und Tratsch erzählt?«

»Ein bisschen«, räumte ich ein und spürte, dass meine Wangen wieder heiß wurden. »Ich denke, das, was alle wussten über Ihren Vater …«

»… und meine Mutter.«

»So ungefähr.«

Wir schwiegen beide, als die Kellnerin mein Getränk, die Körbchen mit den Pommes und Teller mit dem gebackenen Fisch brachte. Ja, ich hatte einen Bärenhunger. Gierig griff ich nach den Pommes und löffelte dann Remouladensoße auf meinen Teller.

Dr. Breden sah abwesend auf seinen Teller. »Ich wuchs auf in dem Glauben, mein Vater würde als bekannter Tierarzt viel reisen müssen, um Zirkusse und Zoos zu betreuen, und könne deshalb nicht so viel Zeit bei meiner Mutter und mir in Hamburg verbringen. Erst als meine Mutter starb, begriff ich, dass er die ganze Zeit ein Doppelleben geführt hatte. Unter der Woche war er in München, bei seiner ersten Familie, und an den meisten Wochenenden bei uns, während seine erste Familie glaubte, er würde sich in Hamburg um ein sehr wichtiges Forschungsprojekt kümmern.«

»Aber das ist ja schrecklich!«, entfuhr es mir, und ich senkte die Gabel mit dem aufgespießten Fischstückchen wieder.

»Finden Sie?« Dr. Breden hob die Schultern. »Für mich war es damals gar nicht so spektakulär, wie es sich anhört.

Sehr wahrscheinlich hat meine Mutter auch gewusst, dass sie nicht die einzige Frau in seinem Leben ist. Mein Vater ist ein sehr charmanter Mann mit einer unglaublichen Gabe. Jeder fühlt sich in seiner Gegenwart sicher und wohl. Als er mich zu seiner anderen Familie holte, ging für mich keine Welt unter, sondern eine neue öffnete sich.«

»Seine Frau muss bemerkenswert sein oder – « Was war das eigentlich mit Dr. Breden? In seiner Gegenwart schien es mir nur sehr schwer möglich, meine Zunge im Zaun zu halten. Aus mir plätscherte einfach völlig ungefiltert, was mir gerade durch den Kopf ging, während ich mich doch bei anderen Menschen zusammenreißen konnte!

»Oder blind und taub? Oder emotional von ihm abhängig?« Dr. Breden lächelte ganz leicht. »Nein, ich kann leider keine Märchen von der bösen Stiefmutter erzählen. Sie war sehr gut zu mir, nachdem sie sich von dem anfänglichen Schrecken erholt hatte. Würden Sie meinen Vater kennen, Sie wüssten, dass man sich seinem Charme schwer entziehen kann. Meine Stiefmutter liebt ihn sehr, und gleichzeitig ist sie so klug, dass sie ebenfalls ganz genau weiß, worauf sie sich mit ihm einlässt. Und bevor Ihnen wieder etwas herausrutscht, was Sie gar nicht sagen wollten … Nein, ich würde so nicht leben wollen. Ich bin nicht wie mein Vater.«

Fast hätte ich mich an einem Fischstückchen verschluckt. »Nein, nein, ohne Ihnen zu nahe treten zu wollen, aber da fehlt es Ihnen doch ein bisschen an Charme.«

Sein Lächeln wurde gutmütig. »Wenn Sie meinen.«

»Und was hat Sie dann aus Ihrem Münchener Paradies vertrieben, wenn dort alles so harmonisch war?«, fragte ich und schob mir noch mehr Pommes in den Mund.

Und jetzt war es auf einmal so, als hätte es diese Unterhaltung nie gegeben. Auf seiner Stirn tauchte die steile Falte wieder auf, und seine Mundwinkel zogen sich nach unten. »Das geht Sie nun wirklich gar nichts an.«

»Nein, natürlich nicht, ich wollte nur –«

»Sie wollten nur Ihre Neugier befriedigen. Ich verstehe schon. Aber das –«

Das Klingeln seines Smartphones unterbrach ihn. »Breden!«, bellte er in den Hörer. Stille. Und keine weitere Regung auf seinem Gesicht. »Aha, wann?« Wieder lauschte er in den Hörer. »Gut, bringen Sie sie zur Praxis, wir sind gleich da.«

Er steckte das Telefon weg. »Na los, kommen Sie schon«, wandte er sich an mich, zog währenddessen einen Geldschein aus der Hosentasche und klemmte ihn unter sein Wasserglas, »weiter geht es. Die Katze von Frau Baum ist von einer Kutsche angefahren worden.« Ungeduldig wedelte er mit seiner gesunden Hand. »Na los, na los! Kommen Sie!«

»Und, Frau Dr. Wahlmann, was sehen Sie?«

Dr. Breden tippte auf das Röntgenbild der linken Hinterpfote, das er im Computer aufgerufen hatte.

Evelyn stand ebenfalls neben mir und starrte mich an. Dr. Breden hatte sie angerufen, und sie war sofort erschienen. »Geht es Ihnen besser?«, hatte ich mich freundlich erkundigt. »Offensichtlich«, hatte sie bloß schnippisch geantwortet und uns, nachdem Lilja in Narkose lag, aus dem Raum gejagt, um das Röntgenbild zu machen.

»Schrägfraktur Tibia und Fibula ohne Beteiligung der Epi- oder Metaphyse«, betete ich herunter.

»Therapie?« Dr. Breden richtete sich auf und verschränkte die Arme vor der Brust.

»Plattenosteosynthese.« Ich erläuterte das Vorgehen während der Operation, so wie ich es gelernt hatte. Tatsächlich hatte ich eine solche Operation bisher nur einmal gesehen. Ich hielt inne, als ich fertig war, und dann wurde mir schlagartig klar, dass ich diese Katze jetzt operieren musste, denn Dr. Breden tippte sich nachdenklich auf seinen Gips.

»Ja, genau so machen Sie das.«

»Ich …«, stotterte ich, »ich … äh, also nein. Das kann ich nicht.«

»Wäre es nicht besser, wir würden die Katze aufs Festland bringen?«, schlug Evelyn vor. »Wir könnten Dr. Himmel anrufen. Er würde bestimmt –«

Dr. Breden brachte seine langjährige Assistentin mit einem Blick zum Schweigen. »Nein, Dr. Wahlmann wird operieren, und ich werde assistieren. Und Sie wird das gut machen.« Mein Chef nickte kurz in meine Richtung.

Evelyn zog eine Augenbraue weit nach oben in ihre faltige Stirn. »Wie Sie meinen, Dr. Breden.«

»Sie bereiten alles vor, Evelyn, und ich spreche mit Frau Baum.«

»Soll ich nicht lieber mit ihr reden?«, fragte ich rasch.

»Oder so. Dann habe ich noch Zeit für einen Kaffee.« Ohne ein weiteres Wort rauschte er hinaus, und Evelyn sah mich aus zusammengekniffenen Augen an. »Na, wenn das mal gut geht«, murmelte sie.

»Danke für Ihr Mutmachen«, sagte ich zuckersüß, bevor ich auf den Flur trat und noch einmal tief durchatmete. Dann ging ich energisch zu Frau Baum in den Wartebereich, in dem sich inzwischen auch Herr Baum und ihre zehnjährige Tochter Julia eingefunden hatten.

»Wird denn Lilja wieder gesund?« Julia war sofort aufgesprungen, als sie mich gesehen hatte. In allen drei runden Baum-Gesichtern lagen Sorge und Angst.

»Es ist ein einfacher Bruch. Wir müssen eine Platte einsetzen, um die Fragmente zu stabilisieren, damit die Knochen in Ruhe heilen können«, sagte ich und versuchte so beruhigend wie möglich zu klingen. »Sollen wir vorher über die Kosten sprechen?«

Herr Baum schüttelte sehr energisch den Kopf. »Nein, Sie tun, was nötig ist. Lilja gehört zu unserer Familie.« Er legt den Arm um Julias Schultern.

»Gut. Wir behalten Lilja über Nacht da, und wenn sie alles gut überstanden hat, können Sie sie morgen wieder mit nach Hause nehmen. Allerdings braucht sie mehrere Wochen Käfigruhe. Kein Springen, kein Toben, nur Käfig oder Couch.«

»Ja, darum kümmern wir uns.« Frau Baum sah mich an. »Und die Platte, die Sie einsetzen, die wird irgendwann wieder entfernt?«

»Ja, wenn alles gut verheilt ist.«

»Und Lilja kann dann wieder springen?«, erkundigte sich Julia bang.

»Sobald alles verheilt ist, werden Sie keinen Unterschied merken. Und Lilja auch nicht«, fügte ich hinzu und lächelte.

Anderthalb Stunden später hatte ich die letzte Naht geschlossen, hatte Lilja einen ordentlichen Verband und eine Halskrause verpasst und sie gemeinsam mit Evelyn in ein

Körbchen gebettet. Evelyn würde, so wie es auch nach den OP-Tagen tat, in der Praxis bleiben und Lilja auch in der Nacht betreuen.

In der kleinen Schleuse zum OP-Raum lehnte ich mich neben dem Waschbecken an die Wand. »Ich kann nicht mehr«, seufzte ich leise und schloss die Augen.

»Das war sehr gute Arbeit, Frau Kollegin!« Dr. Breden tippte mir auf die Schulter.

Mist! Hatte er meinen Stoßseufzer gehört?

»Danke«, sagte ich matt. »Wie viele solcher Notdienste hatten Sie bereits auf der Insel? Ein totes Kälbchen, eine überfahrene Katze ... und wer weiß, was noch kommt?«

»Nichts wird noch kommen. Das hat man irgendwann im Gefühl, aber wo Sie schon fragen ... das war eher einer der harmlosen Notdienste. Wenn etwas los ist, dann immer gleichzeitig oder kurz nacheinander. Meine Erfahrung.«

Ich fühlte mich von ihm gemustert und drehte mich zu ihm.

»Sie sehen müde aus, Frau Dr. Wahlmann. Ab nach Hause.«

»Nein, ich muss noch den OP-Bericht schreiben.«

»Das könnte ich Ihnen ja abnehmen. Ich bin inzwischen Meister im Drei-Finger-rechts-Tippen.« Stolz präsentierte er seine rechte Hand und blickte beinahe verwundert auf sie.

Gegen meinen Willen musste ich lachen und fuhr mir dann verlegen durch mein verschwitztes Haar.

Dr. Breden war ernst geblieben. »Ihnen geht das Kälbchen nicht aus dem Kopf. Das habe ich während der OP gemerkt.«

Woher zum Teufel wusste dieser Mann, woran ich während der OP gedacht hatte?

Ich wich seinen stahlblauen Augen aus. »Ja, es nimmt mich doch mit.«

»Sie werden sich an den Tod gewöhnen. Manchmal kommt er als Freund und manchmal als Feind.«

Die Neonröhre über dem Waschbecken flackerte und verlosch.

»Dieser blöde Bewegungssensor funktioniert einfach nicht«, fluchte Dr. Breden, und in der völligen Dunkelheit streifte sein Atem meine Wange, als er sich wohl vorbeugte, um den Sensor zu aktivieren. Ich konnte seinen warmen Körper fühlen.

»Na, wir haben uns ja nicht wirklich bewegt.« Seltsam kühl fühlte sich meine Haut an, als er zwei Schritte zurücktrat, und das Licht wieder anging.

Wie konnte das sein? Es hatte mich überhaupt nicht gestört, dass er mir so nahegekommen war. Bedauerte ich es etwa, dass er wieder einen halben Meter von mir weg stand?

Quatsch, Clara, das ist die Müdigkeit!

»Ich gehe jetzt den Bericht schreiben.«

Auch Dr. Breden wirkte verlegen, so wie er sich die Nase rieb. Hatte er auch etwas gefühlt?

»Ich bin in meinem Büro, wenn Sie noch Fragen haben.«

Paul saß am späten Nachmittag vor den Eingangsstufen zum Haus und hielt Athos, der im Sanddornbusch neben dem Weg eifrig schnüffelte, locker an der Leine.

Als er mich vor dem Gartentor sah, sprang er auf und kam mir entgegen. Auch Athos lief begeistert los und sprang an mir hoch.

Ich lehnte das Fahrrad gegen den Zaun und kraulte Athos hinter den Ohren.

»Es tut mir leid, Clara«, sagte Paul mit hängenden Schultern. »Ich … ich bin es einfach nicht gewöhnt, dass jemand einen so anspruchsvollen und wichtigen Job macht. Die meisten meiner Freunde sind Übersetzer oder Künstler und … na ja, unser Lebensgefühl ist einfach anders.« Seltsam hilflos wirkte es, als er sich durch sein Haar fuhr und schief lächelte. »Können wir den heutigen Tag nicht einfach vergessen?«

Müde ließ ich es zu, dass er mich umarmte. Und so schön es auch war, nach einem Tag wie heute auf diese Art gehalten zu werden, so wenig aufregend fand ich Pauls Berührungen und seinen Kuss.

»Du siehst fertig aus. Soll ich mit reinkommen und dir einen Tee kochen?«

Alles nur das nicht, schoss mir durch den Kopf, und ich machte mich los. »Nein, ich brauche eine erfrischende Dusche und sehr viel Schlaf. Ein andermal.«

Er küsste mich noch einmal. »Wir haben alle Zeit der Welt. Ein andermal, Clara.« Zärtlich küsste er mich auf die Wange, und das fand ich dann doch so rührend, dass ich ihn noch einmal zurückzog und den Kopf an seine Brust lehnte.

Jetzt aber! Schweigend wartete ich auf eine Gefühlsexplosion, die mich sicher gleich jeden Moment aus meinen Sandaletten werfen würde, doch es passierte nichts. Ich lehnte eben an Pauls Brust. Erschrocken zuckte ich zusammen. Genau. Es war, als würde ich den Kopf gegen Athos lehnen. Beruhigend und schön, aber eben auch nichts weiter.

»Gute Nacht«, sagte ich leise, küsste seine Wange und ging dann die drei Stufen zum Haus hoch.

»Heute brauche ich deinen Rat, Clara!«

»Ach ja?«, tippte ich müde in mein Smartphone. Und kurz drauf ploppten zwei Fotos auf.

Auf einem trug Ela enge Jeans, atemberaubend hohe Sandaletten und ein weißes Top und auf dem anderen ein dunkelblaues Sommerkleid.

Jetzt drückte ich doch auf *Anrufen,* und eine kichernde Ela meldete sich. »Hast du ein Date?«, fragte ich atemlos ganz ohne Begrüßung.

»Erst sagst du mir, welches Outfit!«

Ich öffnete das Fenster im Wohnzimmer. Warme Luft schwappte träge herein. Diese Beinahe-Windstille war sehr selten auf Langeoog. Im Garten blühte der Sanddorn weißlich gelb und verschwenderisch.

»Das Sommerkleid«, gab ich rasch zurück. »Und, mit wem hast du ein Date?«

»Mit M…«, nuschelte Ela.

»Mit wem?«, fragte ich lauter und aufgeregter nach.

»Mit Markus! So, nun ist es raus.«

»Nein!«

»Doch.« Ela klang beinahe trotzig.

»Na, endlich«, seufzte ich, setzte mich auf das breite Fensterbrett, zog die Füße hinauf und stützte mich auf die Knie.

»Was meinst du?«

»Ihr zwei umschleicht euch schon seit Jahren. Schon seitdem er sich von Sophie getrennt hat. Endlich.«

»Gar nicht wahr. Das ist neu.«

»Ja, für euch vielleicht. Alle anderen werden aufstöhnen und auch sagen: Na, endlich!«

»Das Kleid, sicher?«

»Es steht dir einfach gut. Dunkelblau ist deine Farbe, und sie passt so gut zu deinem braunen Haar und deinen blauen Augen.«

»Danke, Clara. Aber hör mal, wie geht es dir? Was ist mit Paul?«

»Hast du denn noch Zeit?«

»Na, aber. Ich bin viel zu früh dran. Markus hat noch einen Termin mit dem neugeborenen Elefantenbaby, dann holt er mich ab.«

Sie sind ein schönes Paar, dachte ich. Sie sind sich ähnlich genug, damit es funktioniert, und unterschiedlich genug, damit die Beziehung spannend bleibt. Spürte ich da einen Funken Neid? Einen kleinen, gestand ich mir ein.

Ela fuhr fort: »So, und jetzt erzähl, was gibt es bei dir?«

Ich berichtete ihr kurz von meinem Tag. Angefangen vom Strand mit Paul, von der tragischen Kälbchengeburt bis hin zu der Operation der Katze. Auch das Mittagessen mit Dr. Breden ließ ich nicht aus, einzig mein Gefühlschaos in der OP-Schleuse erwähnte ich nicht. Ich hatte keine Ahnung, wie ich das hätte in Worte fassen sollen.

Ela schwieg.

»Es ist nicht so«, erklärte ich mühsam, »dass ich Paul … Er ist toll! Aber ich … ich empfinde nichts. Es ist, als würde ich ein Haustier umarmen, und selbst das würde mich irgendwie emotional mehr befriedigen als ein Kuss von Paul.«

»Du bist eben nicht verliebt. So einfach ist das.«

»Ich will aber verliebt sein, verstehst du? Wir haben so viel gemeinsam.«

»Ach ja?«, fragte Ela trocken. »Was denn?«

»Wir reisen beide gern, wir wollen in die Welt hinaus, wir – « Ich hielt inne. »Mir würde mehr einfallen, wenn ich nicht so müde wäre«, gähnte ich.

»Dir würde auch nichts einfallen, wenn du hellwach wärst. Himmel, du hast mehr mit Dr. Breden gemeinsam als mit Paul!«

»Das ist doch verrückt!«, widersprach ich energisch, und gleichzeitig spürte ich noch immer seinen warmen Atem auf meiner Wange. Ich schloss die Augen.

»Ist wie mit mir und Markus. Alle haben es gesehen, nur wir nicht.«

»Du spinnst!«

»Ja, ja, du, ich muss los. Markus hat gerade geschrieben, dass er gleich da ist.«

»Viel Spaß«, schaffte ich es gerade noch in den Hörer zu rufen, bevor sie aufgelegt hatte.

Alle sind verrückt, dachte ich und sah noch einmal aus dem offenen Fenster und atmete tief in die salzige Meerluft.

Die schwarze Katze der Nachbarn streifte träge in der Abendwärme durch die Dünen, und eine ganz leichte Brise wehte den Duft glühender Grillkohle und brutzelnder Würstchen herein.

Es wäre schön, jetzt hier nicht allein zu sitzen.

Ein alter Freund

Ich hatte Paul am Montagmorgen abgewimmelt, als er mich nach einer gemeinsamen Mittagspause gefragt hatte.

In der Praxis wäre viel zu tun, aber das stimmte nicht wirklich. Der Vormittag plätscherte mit einem kranken Kanarienvogel, einer zahmen Hausratte, die ich mit einer Vitaminspritze aufpäppelte, und einem Hausbesuch bei sechs quirligen Boxerwelpen, die vor acht Wochen geboren wurden und denen ich die erste Impfung ihres Lebens verpasste, dahin.

Dr. Breden hatte mir diesen Hausbesuch bei Franzis Eltern, die den *Fischtopf* führten, vermacht, da er kaum mit nur einer Hand die Junghunde in den Griff bekommen könnte. Ehrlich, ich hatte auch mit zwei Händen meine liebe Not.

Franzi lachte, als sie mir den letzten auf den Schoß setzte. »Ja, das kam auch für uns unverhofft. Als meine Eltern Maxi in Aurich an einer Tankstelle fanden und mitnahmen, wussten wir nicht, dass sie für so eine Überraschung gut sein würde.«

Ich untersuchte den letzten Hund der Truppe. Ein kerngesunder kleiner Rüde, der mir eifrig die Hände leckte, bis ich ebenfalls lachte. »Habt ihr schon für alle ein Zuhause gefunden, wenn es so weit ist?«

»Ja, für alle, bis auf einen. Morten, der kleine Mann auf deinem Schoß, hat leider noch niemanden, der ihn haben will.«

»Er ist so süß, er wird schon noch jemanden finden.«

»Dich vielleicht?« Franzi sah mich bittend an.

»Nein, schau, ich bin ja nur den Sommer über hier und dann … wer soll sich um ihn kümmern?«

»Also kommt er wohl doch zu deinem Chef.« Franzi bückte sich und kraulte den Welpen.

»Zu Dr. Breden?«

»Wie viele Chefs hast du denn?« Um Franzis klare Augen tauchten zarte Lachfältchen auf.

»Streng genommen im Moment noch meine Mutter, aber …«

»Nein, nein. Dr. Breden. Er hat auch die alte Katze vom Jansen genommen, nachdem der gestorben ist, und den Hund, den Touristen einfach hiergelassen haben. Aber mal was anderes. Hast du nicht Lust, am Donnerstag mit Silke und mir im *Fischtopf* zu essen? Meine Mutter kann für mich einspringen.«

»Ja, gern!« Und zu meiner Überraschung freute ich mich wirklich. »Wie in alten Zeiten.«

Franzi nickte. »Nicht, dass wir es gar nicht mehr hinbekommen, und dann ist der Sommer um.«

Leichter Regen hatte eingesetzt, als ich zurück in die Praxis radelte, und ich zog mir die Kapuze über den Kopf. Zwar war es nicht wirklich kalt, aber der Wind war unangenehm und kam von vorn, zumindest bis ich abbog.

Schon von Weitem sah ich Paul mit Athos im Arm vor der noch geschlossenen Praxis.

»Gut, dass du da bist!«, rief er aus. »Athos geht es nicht gut.«

Rasch schob ich das Fahrrad in den Ständer und suchte in meiner Handtasche nach dem Schlüssel. »Was hat er denn?«

»Er ist so matt und … gestern hat er noch ein wenig gefressen, aber heute gar nicht mehr, und raus wollte er auch nicht. Er gefällt mir nicht.«

Drinnen schlüpfte ich schnell aus meiner Regenjacke und hängte sie über die Garderobe. Nelly war noch nicht aus ihrer Pause zurück.

»Komm mit ins Behandlungszimmer.« Ich ging vor durch den Flur, und unsere Schritte klapperten und hallten in den leeren Räumen.

Im Sprechzimmer knipste ich das Licht an, denn draußen hingen schwere dunkle Wolken wie Blei am Himmel.

»Leg ihn auf den Behandlungstisch.«

Rasch griff ich nach einem Stethoskop, das zum Glück auf dem Schreibtisch lag. Meins war noch im Schrank im Umkleideraum.

Athos gefiel mir gar nicht. Sein Atem ging schwer, seine Augen waren glanzlos, genau wie sein Fell.

»Ist es … also ist es so weit?« Die nassen Haare klebten Paul am Kopf, und er tat mir leid. Er stand da, hilflos, wie ein Häufchen Elend.

»Er hat zu wenig getrunken. Ich lege ihm einen Zugang und gebe ihm Flüssigkeit über die Vene, dann sehen wir, ob er sich wieder erholt.«

»Ich … ich kann das nicht sehen, ich geh raus, ja?«

»Sicher«, sagte ich abwesend und griff schon nach der Schale mit den Kanülen, bevor ich einen der Infusionslösungsbeutel aus dem Schrank holte.

»Ist noch was?«, fragte ich, ohne mich umzudrehen, als ich Schritte hinter mir hörte.

»Keine Ahnung? Was sollte sein?« Das war eindeutig Dr. Bredens tiefe Stimme. »Ich hatte Stimmen gehört und dachte, ich sehe mal nach. Immerhin haben wir eigentlich noch geschlossen.«

Er trat neben mich an den blanken Metalltisch und legte eine Hand darauf. Als er sie wieder anhob, blieb sein Abdruck matt darauf zurück. »Ah, der Hund Ihres Verehrers.«

»Sehr witzig.« Ich schloss die Infusion an.

Dr. Breden streckte die Hand aus und nahm mir das Stethoskop vom Hals. »Darf ich?«

»Bitte«, sagte ich säuerlich und trat zur Seite, während er Herz und Lungen des Hundes abhörte, der völlig apathisch auf dem Behandlungstisch lag und in die Gegend stierte. Als Dr. Breden wieder aufsah, runzelte er die Stirn. »Sie haben schon gehört – «

Diesmal unterbrach ich ihn barsch. »Ja, ich habe das Wasser in der Lunge gehört. Trotzdem. Er ist völlig dehydriert und braucht dringend Flüssigkeit.«

»Sie lassen nur seine Lungen volllaufen.«

Ich schüttelte energisch den Kopf. »Ich gebe ihm noch etwas zum Entwässern, und damit schenke ich ihm ein paar Tage.«

»Sie zögern es nur hinaus. Und für wen? Für den Hund? Für Ihren geliebten Paul?«

»Er ist nicht mein geliebter Paul!«, widersprach ich vehement. »Und selbst wenn, es ginge Sie überhaupt nichts an!«

Tatsächlich hob Athos träge den Kopf und sah mich aus herzerweichend traurigen blau-grauen Augen an.

»Sehen Sie lieber zu, dass Ihr Geliebter Paul mal seine Rechnungen zahlt. Das summiert sich hier langsam.«

Kopfschüttelnd drehte sich Dr. Breden um.

Als ich Athos an seiner Leine wieder in den Warteraum führte, machte er tatsächlich einen etwas munteren Eindruck.

»Und?« Paul sah mich hoffnungsfroh an.

»Es geht ihm nicht wirklich gut«, ich holte tief Luft, »vielleicht habe ich ihm jetzt noch ein paar gute Tage verschafft.«

»Du hast gesagt, er hätte noch einen Sommer.« Langsam nahm Paul mir die Leine aus der Hand, hockte sich auf den Boden und kraulte Athos' Kopf.

»Es sieht nicht so gut aus. Seine Nieren arbeiten nicht gut, und sein Herz auch nicht. Ich glaube, das nächste Mal, wenn es ihm schlechter geht, kann ich nichts mehr für ihn tun.«

»Dann nehme ich ihn nun besser mit nach Hause.« Schwerfällig richtete er sich wieder auf. »Sehen wir uns heute noch?«

»Ich denke nicht«, sagte ich ausweichend. »Mal sehen, wann ich heute Feierabend machen kann.«

Paul ging zur Tür und legte seine Hand auf die Klinke. »Schade«, sagte er leise.

Ich sah an ihm vorbei. »Das ist mir jetzt unangenehm,

aber … würdest du … da sind immer noch Rechnungen offen.«

»Sicher«, sagte er kühl und rasch. Dann straffte er den Rücken und verließ die Praxis.

»Ja, es geht mir wirklich gut«, versicherte mir meine Mutter. »So gut, dass ich morgen nach Hause komme.«

»Morgen schon!« Hastig blickte ich mich in der Küche um, und mein Blick fiel auf den Abwasch, den ich vorher dringend würde erledigen müssen, neben staubsaugen und einmal durchwischen.

»Du scheinst dich ja nicht sehr zu freuen.«

»Doch, natürlich! Aber … ich dachte, du willst bei Tante Bea auf den zweiten Chemo-Zyklus warten?«

»Ich habe mit Dr. Drösig auf Langeoog telefoniert.« Sie klang sehr fröhlich. »Weil ich den ersten Zyklus so gut vertragen habe, hat er sich bereit erklärt, mir den zweiten auf der Insel zu verabreichen. In seiner Praxis. Das heißt, ich kann mich zu Hause weiter erholen, und wir können Zeit miteinander verbringen. Wie hört sich das an?«

»Super!«

Meine Mutter lachte laut. »Du dachtest, du hättest noch den ganzen Sommer über sturmfreie Bude, was?«

»So ungefähr.« Ich klemmte das Telefon zwischen Kinn und Schulter und griff nach dem Abwaschschwamm. »Aber ich freu mich wirklich, dass es dir so gut geht!«

»Und ich mich erst.« Sie kicherte. »Und wie sich Tante Bea erst freuen wird, wenn ich wieder weg bin und keinen Dreck mehr mache.«

»Tante Bea! Ach, Mama, wann kommst du denn?«

»Mit der ersten Fähre, und nein, du brauchst mich nicht abzuholen. Martin Baltrus kommt mit der Kutsche und fährt mich mit meinem Gepäck heim.«

»Das ist ja nett!«

»Ja, er sagte, das wäre er mir schuldig, nachdem du Bella gerettet hast. Was war denn da los?«

Ich seufzte. »Das erzähle ich dir in Ruhe. Jetzt muss ich Schluss machen. Ich habe noch ein bisschen was zu tun.«

Meine Mutter lachte laut auf. »Putzen, bevor ich komme?«

»Tschüss, Mama!«

Zwei Stunden später war es draußen dunkel. Ich hatte die Küche auf Vordermann gebracht, das ganze Haus gesaugt und gewischt, das Badezimmer geputzt, das Bett meiner Mutter frisch bezogen, und nun ließ ich mich erschöpft auf die Couch fallen.

Was war eigentlich los mit mir? Paul war großartig. Gut, ein bisschen schusselig vielleicht, aber mir durchaus ähnlich, oder?

Komischerweise schob sich vor sein Gesicht das von Dr. Breden und blieb auch da, egal, wie sehr ich es zu vertreiben suchte. Ich mochte seinen Humor. Kein Wunder, dass er sich gut mit meiner Mutter verstand. Wieder dachte ich an seinen Atem auf der Wange. Wie konnte es sein, dass mich so eine Kleinigkeit völlig aus der Bahn warf? Selbst jetzt, wo ich daran dachte, wurden meine Knie ganz weich und gummiartig. Rasch zog ich meine Beine auf das Polster.

Das Klingeln des Telefons weckte mich, und ich sah

mich verwirrt um. Wo war ich? Im Wohnzimmer auf der Couch, aha. Und warum? Ich musste eingeschlafen sein. Ich rieb mir meine brennenden Augen und sah dann auf mein Smartphone, das unablässig klingelte und dabei aufgeregt über den Wohnzimmertisch vibrierte.

»Dr. Breden ruft an«, tanzte über das Display und darüber: 5 Uhr 45.

Hatte ich wirklich die ganze Nacht auf der Couch verbracht? Mühsam richtete ich mich auf und griff nach dem Telefon. »Ja?«

»Herrje. Ich ruf schon das zweite Mal an!«

»Ach ja?«, schmatzte ich müde ins Telefon und gähnte. »Was ist denn los?«

»Kommen Sie in die Praxis. Ich habe hier einen Hund mit Durchfall. Er braucht eine Infusion, und ich kann mit diesem verflixten Gips überhaupt nichts …« Der Rest seines Satzes ging in wüsten Beschimpfungen seines Armes unter.

»Ist es Athos?«, fragte ich angespannt.

»Nein, hier leben noch mehr Hunde. Ein Labradoodle. Touristen.«

»Ich bin in zwanzig Minuten da.«

»Zehn!«

»Wir werden sehen!« Schnell legte ich auf.

Okay, Clara, Zähne putzen und etwas anziehen.

Tatsächlich saß ich zehn Minuten später auf dem Fahrrad und fuhr quer durch den noch schlafenden Ort.

Nur hier und da begegneten mir Lastenräder und Elektromobile, die Brötchen lieferten und den Müll abholten.

Bevor ich mein Rad in den Ständer vor der Praxis schob, gähnte ich noch einmal. Mein Rücken schmerzte höllisch.

Dr. Breden riss die Glastür auf, ehe ich den Schlüssel ins Schloss stecken konnte.

Einen Moment lang starrte ich ihn verblüfft an und er mich.

»Was ist denn mit Ihnen passiert? Sie sehen aus wie Quasimodo. Und Ihre Haare …«

»Zauberhaft. Ich glaube, das will jede Frau um kurz nach sechs Uhr morgens hören. Wo ist der Hund?«

»In Ihrem Behandlungszimmer. Wahrscheinlich ein Virus. Infusion liegt schon bereit. MCP habe ich schon aufgezogen. Der Hund hat sich zweimal erbrochen, erhöhte Temperatur.« Er klatschte in die Hände. »Und jetzt los, los, los!«

»Ja, ist ja schon gut!«

Tatsächlich hing der arme Labradoodle wie ein Schluck Wasser in der Kurve auf dem Behandlungstisch. »Hallo, ich bin Dr. Clara Wahlmann, gleich wird es …«

Ich sah das nette junge Ehepaar, das mit seinen teuren Outdoor-Parkas und den makellosen Gummistiefeln sehr nach Stadt aussah, freundlich an.

»Elly!«, beeilte sich, die Frau zu sagen. »Elly. Seit gestern geht es ihr schon –«

»Ja, ja«, unterbrach sie Dr. Breden ungeduldig. »Meine Kollegin weiß Bescheid.«

Ich war ihm einen scharfen Blick zu und legte dann einen Zugang in Ellys Pfote, um ihr das Medikament und die Infusionslösung zu geben.

»Bald ist sie wieder auf dem Damm. Wollen Sie bei ihr

bleiben? Das dauert nun ein bisschen. Mein Kollege und ich kommen später wieder!«

Ich schob Dr. Breden vor mir zur Tür hinaus und schräg über den Flur in den Aufenthaltsraum.

»Herrje! Sie können doch nicht alles, was kein Großvieh ist, so behandeln!«

»Wie meinen Sie das?« Verständnislos sah mich Dr. Breden an.

»Sie mögen zwar der einzige Tierarzt auf der Insel sein, aber das heißt doch nicht, dass Sie sich alles erlauben können! Wenn Sie immer so barsch sind, gehen die Leute mit ihren kranken Tieren vielleicht doch aufs Festland.«

»Ich bin nicht unfreundlich, nur … nur … kurz angebunden. So!«

»Wie auch immer Sie das nennen wollen, lassen Sie das!«

Dr. Breden drehte sich zur Kaffeemaschine um, steckte den Stecker in die Steckdose und drückte auf den großen Knopf. »Wie auch immer«, wiederholte er. »Sie und ich, wir brauchen beide Kaffee.«

»Allerdings«, seufzte ich, warf einen Blick auf die Uhr und setzte mich dann auf einen der Stühle am Tisch.

»Und warum sehen Sie aus, als hätten Sie auf der Couch gepennt?« Dr. Bredens Augen verengten sich zu schmalen Schlitzen, und er zuckte zusammen. »Oh, ach so, Sie haben auf der Couch geschlafen.« Er legte einen Finger ans Kinn. »Ist bei Paul kein Platz im Bett?«

Ich rollte mit den Augen und ging dann zum Schrank, um zwei Tassen herauszunehmen. »Kaffee?« Ich hielt ihm eine hin, die er sofort unter die Maschine stellte.

»Mist«, murmelte ich. »Wenn die Infusion durch ist, lohnt es sich ja fast gar nicht mehr, nach Hause zu fahren.«

Schnaubend und prustend lief ein Schwung Kaffee in Dr. Bredens Tasse, bevor der Strahl tröpfelnd versiegte. Statt seine volle Tasse auf den Tisch zu stellen, gab er sie mir und nahm die andere entgegen.

»Sie sind ja umsichtig heute Morgen!«, entfuhr es mir erstaunt.

»Na ja, Sie sind kein Morgenmensch – ich dagegen schon. Wollen Sie duschen?«

Ich zog meine Schultern nach oben. »Gern, aber ich habe keine Lust, nach Hause zu fahren und wieder zurückzukommen.«

»Ich habe eine Dusche bei meinem Büro. Die würde ich Ihnen ausnahmsweise anbieten.«

»Womit habe ich mir denn das verdient?«, fragte ich verblüfft. »Und haben Sie auch ein Handtuch?«

Dr. Breden nahm einen großen Schluck aus seiner Tasse. »Na, Sie haben mir doch gesagt, ich solle freundlicher sein. Jetzt bin ich das, und es ist auch nicht recht.«

»Schon gut, schon gut.« Ich musste lachen. »Ich gehe jetzt mal zu Elly und schaue, ob es ihr besser geht.«

Eine halbe Stunde später hatte ich in dem kleinen Badezimmer, das von Dr. Bredens Büro abging, geduscht und war in frische Praxiskleidung geschlüpft. Das warme Wasser hatte meinem Rücken gutgetan.

Mein Chef sah von seinem Laptop auf, als ich die Badezimmertür öffnete. »Im Aufenthaltsraum steht ein Korb Brötchen, Butter und Marmelade.«

»Wow!«, entfuhr es mir, und ich sah ihn mit aufgerissenen Augen an.

»Was denn jetzt? Zu nett?« Er seufzte.

Rasch schüttelte ich den Kopf. »Nein, nein, also … heute Mittag wären Fish and Chips toll. Von mir aus auch aus der *Ankerklause*. Dann haben Sie es nicht so weit.«

Dr. Breden hob drohend die Hand. »Übertreiben Sie es nicht.«

»Bin schon weg«, gab ich lachend zurück, um mir noch einen Kaffee zu machen und zum ersten Mal seit langer Zeit morgens mit großem Appetit ein Marmeladenbrötchen zu essen.

Meine Mutter stand in der Tür und breitete die Arme aus. So wie früher, so wie immer. Ich stellte das Fahrrad ab und drückte sie kräftig.

Fühlte sie sich an wie immer? Ich hielt sie eine Armlänge weg. Sie sah aus wie immer. Ein bisschen schmaler, ein bisschen blasser vielleicht. Ihre kleinen Wangen waren nicht mehr ganz so prall und ihre blonden Locken wirkten etwas müde, aber sonst gefiel sie mir gut.

»Komm rein! Hast du Hunger?«

»Mama, du sollst nicht kochen!«

»Jetzt sei nicht albern, Clara. Es gibt Spaghetti mit Tomatensoße. Das ist doch kein Kochen!«

»Na gut.« Langsam folgte ich ihr in die Küche, aus der es schon im Flur verführerisch nach frischen Kräutern gerochen hatte.

»Setz dich. Bist du heute gar nicht verabredet?«

»Mit Paul? Nein. Das ist …«

»Vorbei?« Hörte ich da einen hoffnungsfrohen Unterton in ihrer Stimme?

»Nein, Mama, es ist kompliziert.«

»Also so gut wie vorbei.«

Als sie mir den Rücken zudrehte, um die Spaghetti abzugießen, verzog ich das Gesicht und gab der kleinen Schale mit dem geriebenen Parmesan einen kleinen Stoß. »Nein.«

»Na gut, lassen wir das.« Schwungvoll stellte sie die Schüssel mit den dampfenden Spaghetti auf den Tisch.

»Setz dich.« Ich sprang auf. »Ich hole die Soße. Willst du ein Glas Wasser?«

Meine Mutter verdrehte die Augen. »Lieber ein Glas Rotwein. Aber ich soll nicht.«

»Na, dann lassen wir das eben.« Betont fröhlich stellte ich ihr ein volles Glas neben den Teller und dann die Soße neben die Spaghetti.

»Wir!«, äffte sie mich nach und lachte. »Du kannst doch!«

»Nein, schon gut. Ich bin hundemüde. Es ist wirklich fast immer gut zu tun in der Praxis. Das muss auch im Winter ganz schön anstrengend sein. Alle Notdienste allein.«

»Er hat manchmal einen jungen Arzt aus Aurich, der ihm ein Wochenende abnimmt. Kommst du jetzt besser mit Dr. Breden zurecht?«

Die Spaghetti, die ich gerade mühsam auf die Gabel gedreht hatten, rutschten wieder herunter. »Heute ging es. Manchmal geht es gar nicht. Er ist so … launisch.«

»Wenn du wüsstest, was der Mann durchgemacht hat, hättest du mehr Verständnis.« Meine Mutter legte den Kopf schräg und sah mich an. »Er hat ein gutes Herz. Das zählt. Und er denkt nicht nur an Geld. Ullas Katze hat er für einen Appel und ein Ei operiert, als sie damals von dem verrückten Touristen mit dem E-Bike angefahren wurde.«

Noch einmal drehte ich meine Gabel in dem Berg Spaghetti. »Ja, heute glaube ich dir das. Und wenn er morgen wieder wegen irgendeiner Kleinigkeit ausrastet, ist es schwer zu begreifen.« Ich hob das Kinn. »Was hat er denn durchgemacht?«

Meine Mutter schob den Teller zurück. Sie hatte nur eine winzige Portion gegessen. »Das erzählt er dir besser selbst. Ich klatsche nicht.«

»Ist doch kein Klatschen, wenn du es mir erzählst.« Ich sah sie bittend an.

»Nein, Clara, und jetzt iss deinen Teller leer!«

»Mama«, protestierte ich, »ich bin doch keine fünf mehr!«

»Freust du dich, dass ich wieder da bin?« Ein schelmisches Grinsen huschte über ihr Gesicht.

»Ja«, gab ich zurück und lächelte sie an, »trotz allem.«

Es war, als würde eine riesige Welle Erleichterung auf mich zurollen und über mir zusammenschlagen. Sie war auf dem Weg der Besserung. Sie hatte überlebt.

In der Tat waren die nächsten Tage in der Praxis ebenso anstrengend und lang, wie es am Montag schon der Fall gewesen war. Meist kam ich früher, meist ging ich später – Dr. Breden hatte viele Patienten. Unter den Einheimischen genau wie unter den immer zahlreicher anreisenden Inselbesuchern.

Ich behandelte Virusinfektionen, Bindehautentzündungen, Vergiftungen, operierte Fremdkörper aus Pfoten, betreute chronisch kranke Tiere und nicht zu vergessen Dr.

Bredens geliebtes Großvieh. Wir sahen nach Bella, die sich wunderbar erholte und die Dr. Breden für eine Rekonstruktionsoperation auf das Festland geschickt hatte und die jetzt schon wieder halbwegs munter mit Anton auf der Weide stand, ich begutachtete Lamas und Schottische Hochlandrinder, verarztete eine Amsel mit gebrochenem Flügel, die Dr. Breden und ich unterwegs einsammelten.

Es hatte etwas, über die Weiden zu stapfen und dann, mitten im Nichts, schultertief nach einem Kälbchen im Bauch der Mutter zu tasten, während der Wind das Salz des Meeres auf meine Lippen legte.

Hier war es anders als in Berlin. Hier war jeder Sonnenstrahl ein Geschenk, und ich nutzte ihn. Egal, ob ich kurz auf der Weide stehen blieb und mein Gesicht ins Licht hielt – übrigens sehr zu Dr. Bredens Belustigung – oder ich mit Nelly draußen im Hof hinter der Praxis unter der alten Weide meine Kaffeepause verbrachte.

Hatte ich es früher nie wahrgenommen, wie schön das Leben im Takt der Gezeiten war?

Morgens traf ich mich manchmal mit Paul zu einem Spaziergang am Hundestrand, wo Athos matt, aber tapfer hinter uns hertrottete. Schräges Licht leuchtete auf den Wellen oder ließ den weiten Strand glänzen.

Eines Morgens blieb Paul stehen. »Also, ich … das soll jetzt nicht komisch klingen, aber so langsam … würde ich schon gern wissen, was das mit uns ist?«

»Ich auch«, sagte ich leise und hielt die Nase in den Wind.

»Ich habe so ein bisschen das Gefühl, du hältst mich hin.« Zwar lächelte Paul mir zu und seine Stimme klang leicht, aber in seinen Augen spiegelten sich die Frage, die er eben ausgesprochen hatte.

»Wir haben einen ganzen Sommer lang Zeit oder nicht?«

»Natürlich.« Das klang platt und nicht sehr überzeugend.

»Ich muss los!«

»Sehen wir uns heute Abend?«

»Nein, Paul, heute Abend bin ich mit zwei alten Schulfreundinnen im *Fischtopf*.«

»Na, dann.« Paul drehte sich auf dem Absatz um. »Bis bald mal wieder!«, rief er noch im Gehen, ohne mich anzusehen.

»War es das?«, fragte ich Nelly zehn Stunden später und lehnte mich müde gegen den Tresen. Nach den zwei Operationen, die eigentlich für heute auf dem Programm gestanden hatten, musste ich noch einen kleinen Ansturm bewältigen.

Irgendein Virus grassierte wohl auf der Insel, und wir hatten innerhalb kürzester Zeit etliche aufgeregte Hundebesitzer mit ihren Tieren versorgt.

Erstaunlicherweise waren Dr. Breden und ich ein sehr gutes Team geworden. Er übernahm alle Aufgaben, die er mit einem Arm eben erledigen konnte, untersuchte die Hunde, hörte sie ab, tastete ihre Bäuche ab, während Evelyn Pfoten rasierte, damit ich Zugänge legen und Infusionen verabreichen konnte.

Selbst Evelyn gab sichtlich widerwillig zu, dass wir die Patientenwelle gut bewältigt hatten, und schenkte mir ein verkniffenes Lächeln, das ich einfach mal als Zeichen einer beginnenden Zuneigung wertete.

Nelly lächelte und musterte mich genau. »Heute noch was vor? Mit Paul Krämer?«

»Nein«, sagte ich rasch. »Ich treffe mich später mit ein paar alten Freundinnen. Aber jetzt erst mal heim und duschen und –«

Ich unterbrach mich und drehte mich seufzend um, als ich das Glöckchen der Eingangstür hinter mir vernahm.

»Ich glaube, Paul hat andere Pläne. Er –« Nun unterbrach sich auch Nelly, denn Paul trug Athos im Arm.

»Es geht ihm nicht gut«, sagte er, und in seiner Stimme schwang Angst mit. »Er … erbricht sich oft und frisst nicht mehr und …« Er schluckte. »Ich glaube, es geht nicht mehr. Er … Athos quält sich.«

»Komm mit«, sagte ich schnell und ging voraus.

Paul legte einen beinahe bewegungslosen Athos auf den Behandlungstisch, der kaum die Augen öffnete, als ich ihm das Stethoskop auf die Brust drückte.

In den Lungen rasselte das Wasser, und sein Herz schlug nur sehr unregelmäßig. Es war nicht einmal mehr eine Frage von Tagen, eher Stunden. Und unbarmherzig fröhlich und zuversichtlich schien die Sonne durch einen Spalt der Vorhänge hinein, bis ich sie schließlich aussperrte, kam sie mir doch mehr als unpassend vor.

»Und da ist nichts mehr zu machen? Eine Infusion vielleicht? Medikamente? So wie beim letzten Mal?« Ein winziger Rest Hoffnung glimmte in Pauls braunen Augen.

Ich schüttelte bedauernd den Kopf und legte ihm meine Hand auf den Arm. »Es tut mir so leid, Paul.«

Paul holte einmal tief Luft und blickte auf Athos herunter, der sich auf dem Tisch auf die Seite gelegt hatte und mit halb offenem Maul unregelmäßig atmete.

»Du kannst ihn auch auf den Schoß nehmen, wenn es dir lieber ist.« Ich deutete auf den Sessel in der Ecke neben dem Schreibtisch.

»Auf den Schoß?« Paul sah mich verständnislos an. »Was?«

»Während ich ihm die Medikamente gebe«, sagte ich so sanft wie möglich. »Dann kann er in deinen Armen einschlafen.«

Zögerlich blickte Paul zum Sessel und wieder zu mir. »Nein, nein, ich verabschiede mich jetzt, und dann gehe ich.«

Nun war ich verwirrt. »Was?«

Paul schob das Kinn nach vorn und strich sich eine Strähne aus der Stirn, bevor er von einem Bein auf das andere trat.

»Ich … na, das kann ich nicht.«

»Was kannst du nicht?«

»Dabei sein, wenn er … also … wenn –« Er presste die Lippen aufeinander und sah aus wie ein trotziger kleiner Junge. »Das merkt er auch nicht.«

Das Problem war, dass dieser kleine Junge im Körper eines erwachsenen Mannes steckte und ich an diesem Mann plötzlich auch wirklich jedes Interesse verlor. Mir war, als hätte jemand ein Tuch von einer Statue gerissen. Gut verhüllt hatte ich Formen und Konturen gesehen, aber jetzt sah ich alles. Und was ich sah, gefiel mir nicht.

»Er ist dein Freund, Paul.«

Vielleicht hörte er die Fassungslosigkeit in meiner Stimme, denn er wich meinem Blick aus, strich Athos noch einmal über den Kopf und drehte sich dann um. »Schick mir einfach eine Rechnung. Oder gib sie mir, wenn wir uns das nächste Mal sehen.«

»Ich glaube nicht, dass wir uns noch einmal sehen.«

An der Tür wandte er sich um, und diesmal sah er mir in die Augen. »Es hätte eh nicht funktioniert, nicht? Du hättest mich einen Sommer lang am ausgestreckten Arm verhungern lassen, um dann zu sagen, es klappt mit uns nicht, aber Hauptsache, du hattest jemanden, der dich bewundert und dir ein bisschen die Zeit vertrieben hat. Mach's gut, Clara.«

Abwesend legte ich eine Hand auf Athos' Kopf, strich darüber und sah Paul einen Moment nach. Dann hörte ich nur noch seine Schritte auf dem Flur, und er war weg.

Nun schluckte ich, und Athos hob träge den Kopf. »Du und ich. Jetzt sind wir übrig«, sagte ich leise zu dem Tier, dann straffte ich meinen Rücken und ging zum Schrank hinüber, um die Ampullen zu holen und die Medikamente aufzuziehen. Etwas zum Schlafen und etwas zum Sterben.

Es war sehr still, während ich alles vorbereitete. So still, dass ich das Blut in meinen Ohren rauschen hörte, als wäre es das Meer.

»Frau Kollegin, Sie wollen doch nicht schon wieder den Hund –«

Quälen, hatte Dr. Breden wahrscheinlich sagen wollen, aber genau in diesem Moment drehte ich mich um und sein Blick fiel auf die beiden Spritzen in meiner Hand. Dann schaute er stirnrunzelnd auf den Hund, bevor er sich umsah. »Wo ist Herr Krämer?«

Ich räusperte mich. Obwohl Fassungslosigkeit und Wut in mir rangen, biss ich mir auf die Lippen.

»Verstehe«, sagte Dr. Breden leise, ging zum Behandlungstisch und hob Athos auf.

»Aber Ihre Hand!«

»Geht schon.« Schnellen Schrittes ging er zum Sessel, setzte sich mit Athos und legte seine Hand auf Athos' Kopf. »Kein Tier sollte allein sterben. Das ist grausam.«

»Finde ich auch«, sagte ich und hockte mich vor den Sessel. »Bereit?«, fragte ich leise.

»Wann ist man das schon.« In Dr. Bredens Stimme hatte sich ein Hauch Bitterkeit geschlichen.

Athos war so kraftlos, dass er kaum den Kopf hob, als ich ihm das erste Medikament injizierte. Vorsichtig kraulte ich seinen Bauch, dann stand ich auf, zog den kleinen Hocker vom Schreibtisch heran und setzte mich.

Ich war froh, dass wir schwiegen, und ich hatte auch nicht das Gefühl, dass es etwas zu sagen gegeben hätte. Mit jedem Seufzer des Hundes, der ihn tiefer in die Narkose lullte, wurde es stiller im Raum. Es schien, als würde Langeoog ruhig werden, innehalten. So als wüssten alle, dass hier gerade etwas traurig Bedeutsames passierte.

Dr. Breden legte seine gesunde Hand vorsichtig auf Athos' Brustkorb, schließlich nickte er, und ich injizierte das zweite Medikament.

Zwei, drei Atemzüge noch und ein letzter, sehr tiefer.

Dann blieb alles still. Nur die Uhr über der Tür tickte sich ganz leise in mein Bewusstsein.

Ich entsorgte die Spritzen, danach hob ich Athos auf und legte ihn vorsichtig auf dem Behandlungstisch ab.

»Ich will nicht, dass –«

»Er entsorgt wird?«, beendete Dr. Breden meinen Satz.

Ich nickte.

Dr. Breden ging an mir vorbei, nahm ein weißes großes Tuch aus dem Schrank und breitete es über den Hund. »Na, dann. Zu Ihnen oder zu mir?«

»Zu Ihnen. Ich bin noch mit Freundinnen im *Fischtopf* verabredet.« Tief sog ich Luft durch die Nase ein. »Obwohl mir jetzt gar nicht mehr danach ist.«

»Sie werden sich nach einem guten Essen sehnen, wenn Sie das Loch gebuddelt haben.« Er hielt seinen Arm hoch und lächelte ganz leicht. »Ich kann ja schlecht helfen.«

Gegen meinen Willen musste ich grinsen, dann wurde ich wieder ernst. »Verdammt. Das war traurig.« Ich griff an Dr. Breden vorbei, um meine Tasche, die ich vorhin achtlos neben den Tisch gestellt hatte, aufzuheben, während er sich vorbeugte und Athos in das Tuch einschlug. Als ich mich wieder aufrichtete, standen wir sehr dicht voreinander. Und da war er wieder: sein warmer Atem auf meiner Wange.

»Ich hasse Menschen, die ihr Tier in so einem Moment alleinlassen.«

»Ich auch.«

»Dann sollten Sie diesen Idioten einfach vergessen. Das Geld schreiben wir ab. Ich habe keine Lust, dem hinterherzurennen.«

»Ich bezahl das!«

»Auf keinen Fall!«, sagte Dr. Breden energisch.

Weder er noch ich waren auch nur einen Millimeter zurückgewichen.

»Doch, do-och«, stotterte ich, »ich bezahl das aus meiner Tasche. Oder Sie ziehen es mir vom Gehalt ab.«

»Sind Sie irre? Was denken Sie, wie viel Zeit ich habe für solche schwachsinnigen Rechnungen?«

»Sie haben viel Zeit, seitdem Sie Ihren Arm nicht bewegen können. Immerhin mache ich jetzt die ganze Arbeit«, stichelte ich, einfach, weil es mich ablenkte, weil – und das begriff ich in diesem Augenblick –, weil es mir auch ein bisschen Spaß machte, ihn zu ärgern.

»Sie sind doch ohne mich total aufgeschmissen. Ich denke – Sie machen.« Immer noch war sein Gesicht direkt vor meinem. Sein Atem kitzelte jetzt meine Nase.

»Wohl kaum! Sie sind mehr oder weniger nur Deko, während ich Ihnen sage, was ich untersucht habe, damit Sie sich nicht so nutzlos fühlen.«

Aus dem zarten Lächeln, das seine Mundwinkel kitzelte, wurde ein breites Lachen.

»Sie sind unfassbar aufsässig. Das kommt in Ihr Zeugnis.«

»Ich verklag Sie – « *Nach Strich und Faden*, hatte ich sagen wollen, aber ich konnte nicht.

Keine Ahnung, wer wen zuerst geküsst hatte. Vielleicht waren wir beide einfach im gleichen Augenblick ein Stückchen nach vorn geschwankt und es war Zufall, dass sich unsere Lippen trafen. Gab es solche Zufälle? Aber würde man dann nicht sofort geschockt aufhören und sich entschuldigen?

Oder?

Ich für meinen Teil hatte jedenfalls überhaupt keine Lust aufzuhören, denn Dr. Bredens Lippen lagen weich und nachdrücklich zugleich auf meinen. Er hatte seine rechte Hand in meinen Nacken gelegt und mich weiter zu sich herangezogen, während ich meine Hand an seine Brust legte und seinen Herzschlag fühlen konnte.

Ja, verdammt! So küsste man! Nicht dieses komische Hin und Her, dass es mit Paul gegeben hatte, nicht dieses schwammige Küssen, als hätte man einen Oktopus aus dem Meer gefischt und man würde seine Lippen an die nasse kalte Haut pressen, einfach, weil kein Frosch in greifbarer Nähe war.

Das hier war ein Kuss, in dem ich versinken konnte, in dem ich an nichts mehr denken konnte, außer, dass er bitte nicht mehr aufhören sollte und …

Verlegen sah ich zu Boden. Es war Dr. Breden gewesen, der mich losgelassen hatte.

Er trat einen Schritt zurück. »Sie gehen jetzt besser.«

»Was?«, sagte ich etwas atemlos. »Was?«

»Sie haben mich schon verstanden. Sie gehen jetzt besser. Ich kümmere mich um Athos.« Über sein Gesicht hatte sich eine Kälte gelegt, die mich erschauern ließ, aber nicht mehr auf die gute, anregende Weise wie eben, sondern eher bodenlos und haltlos.

War das eben gar nicht passiert? War das nicht real?

»Aber, das schaffen Sie doch gar nicht mit –«

»Gehen Sie!«, herrschte er mich an.

»Du bist so abwesend, Clara, stimmt etwas nicht?« Franzi beugte sich über den Tisch, und Silke musterte mich streng unter den gerunzelten Augenbrauen.

Was sollte ich sagen? Gab es eigentlich etwas zu sagen?

Ich legte den Löffel, mit dem ich eh nur in der Fischsuppe gerührt hatte, neben den Teller. »Nein, nein.« Hoffentlich sah mein Lächeln nicht zu gezwungen aus. »Ich … es war nur ein echt harter Tag.«

Silke nickte mitfühlend, und ihre Stirn entspannte sich.

»Glaube ich dir. Du arbeitest ja für zwei, seitdem Dr. Breden den Arm in Gips hat. Aber …« Sie kicherte. »Also ich finde, ihr seht gut zusammen aus. Neulich habe ich euch über die Felder zu den Rindern von Johannes marschieren sehen. Tolles Paar!«

»Kein Paar! Wir sind –« Ich hob den Löffel wieder auf. »Er ist mein Chef und gut ist es.«

Silke legte sich eine Hand ans Kinn. »Ich wollte dir … Mensch, Clara, das war doch nur ein dummer Witz. Ich habe das nicht böse gemeint.«

»Ich weiß!« Rasch legte ich meine Hand auf ihre. »Ich bin irgendwie … ich weiß auch nicht.«

»Empfindlicher, seitdem du nach Hause gekommen bist?« Franzi sah mich offen an.

Überrascht hob ich den Blick von meiner Fischsuppe. »Ja, das stimmt. Das trifft es gut!«

»Geht mir auch so«, sagte sie leise. »Seitdem ich wieder da bin, habe ich das Gefühl, alle sehen mich an und … und wollen wissen, ob ich nun bleibe, heirate und wenn ja, wen und …« Sie wischte sich über die Stirn. »Das ist anstrengend, wisst ihr? Ich habe ganz vergessen, wie schön es hier ist, und ich habe ganz vergessen, wie seltsam es ist, wenn wieder jeder jeden kennt und alles weiß.«

»Ich weiß genau, was du meinst«, sagte ich leise.

»Und, was willst du machen, Clara? Deine Mutter ist ja wieder da. Gehst du jetzt wieder nach Berlin?« Silke legte ihren Löffel in den leeren Teller.

»Puh …«, ich lehnte mich zurück, »gute Frage. Meine Mutter soll sich noch schonen. Den Sommer über bleibe ich auf jeden Fall, dann bin ich … frei. Berlin, ja. Möglich. Oder ganz woandershin.«

»Also mit anderen Worten, du weißt es nicht«, stellte Silke fest und strich sich über ihren gerundeten Bauch.

»So kann man es auch sehen.«

»Ich habe gehört, dass Dr. Breden wohl jemanden sucht, der langfristig für ihn arbeitet oder in die Praxis mit einsteigt«, sagte Franzi und winkte dem Kellner. »Für mich bitte noch einen Aperol Spritz, und ihr?«

Silke schnitt eine Grimasse. »Kräutertee, bitte.«

»Danke, für mich nichts«, sagte ich rasch und deutete auf mein halb volles Weinglas.

»Na, ihr seid mir ja richtige Partykanonen.« Franzi lachte. »Die eine ist hochschwanger und wackelt alle drei Minuten zur Toilette, die andere ist depressiv, weil sie nicht weiß, wohin sie will, und –«

»Die dritte beklagt sich«, ergänzte ich grinsend. »Ja, was ist denn aus uns geworden?«

»Wisst ihr noch, die Party am Strand? In der neunten Klasse waren wir da, und im Schullandheim war diese Gruppe Jungs … wartet mal, wo kamen die her?«

»Buxtehude. Ich kann mich noch gut erinnern.« Franzi sah aus dem Fenster und zum Meer. »Das Lagerfeuer am Strand, und was haben wir für Ärger bekommen.«

Ich kicherte. »Und Stubenarrest. Drei Wochen lang.«

»Das waren noch Zeiten.« Silke atmete hörbar ein. »Ich fände es schön, wenn ihr beide bleiben könntet. Ihr habt mir nämlich gefehlt.«

Überrascht sah ich sie an.

Sie fuhr fort: »Na, ist doch so. Überlegt mal, unser halbes Leben haben wir zusammen verbracht, und die andere Hälfte? Clara, immer wenn du mal kurz deine Mutter besucht hast, war Saison und so viel zu tun, dass wir uns kaum sehen konnten. Und du, Franzi? Du warst ja echt selten da. Ich meine das gar nicht als Vorwurf, aber … ach verdammt, es ist so schön, mit euch hier zu sitzen! Ich will nicht wieder ein Jahr warten, damit wir das eventuell mal auf die Reihe kriegen.« Trotzig tippte sie mit dem Fingernagel auf das weiße Tischtuch, und zu meiner Verblüffung gestand ich mir ein, dass ich mich gerade wirklich sehr zu Hause auf Langeoog fühlte.

Ich räusperte mich. »Ich muss euch mal was gestehen.«

Beide sahen mich gespannt an.

»Na ja, ich … ich habe mich immer um so ein Treffen gedrückt. Ich habe mir eingeredet, dass ich … nein, dass wir so unterschiedliche Leben führen, dass wir gar keine Gemeinsamkeiten mehr haben, und jetzt? Jetzt sitzen wir hier, und ich könnte heulen, weil … es ist wie früher und weil wir uns immer noch so nah sind. Es geht doch gar nicht um die Insel! Es geht um uns! Ich habe begriffen, dass ich euch, und vor allem dir, Silke, aus dem Weg gegangen bin, da ich Angst hatte. Ich wollte von hier weg, und das Schwerste daran war es, die Menschen, die mir etwas bedeuteten, zurückzulassen. Ich wusste, würde ich mich mit dir treffen, ich … würde Rotz und Wasser heulen, wenn ich wieder fahren müsste.« Ich fühlte, dass meine Augen feucht wurden. »Verdammt!«, murmelte ich. »Und vielleicht – und davor hatte ich Angst – wäre ich eines Tages gar nicht mehr abgefahren, sondern geblieben.«

»Können wir bitte nie wieder so dumme Sachen denken, sondern lieber miteinander reden?« Silke rieb sich die Augenwinkel und beugte sich auf ihrem bedenklich kippelnden Stuhl vor, um mich zu umarmen.

»Ja, das machen wir!«

»Hey, was ist mit mir?«, fragte Franzi gespielt empört.

»Gruppenkuscheln!«, nuschelte ich und streckte ihr meinen Arm hin.

»Ich brauche Sie heute nicht«, sagte Dr. Breden kühl, als ich am Freitagmorgen in den Aufenthaltsraum der Praxis schlenderte. Hatte ich mich darauf gefreut, ihn wiederzusehen?

Nein, ehrlich gesagt, hatte ich die ganze Nacht nicht geschlafen. Ich hatte Elas Anruf am späten Abend weggedrückt und meine Mutter abgewimmelt, die im Wohnzimmer vor dem Fernseher saß und strickte.

Ich hatte mich wie ein Teenager bäuchlings über mein Bett geworfen und mein Kopfkissen umarmt. Das letzte Mal, dass mich so ein Kuss völlig aus der Bahn geworfen hatte, war im Internat kurz vor dem Abi gewesen. Malte, mein Klassenkamerad, in den ich schon seit einem Jahr verliebt war, hatte mich im Windfang zur Sporthalle an die Wand gedrückt und geküsst. Danach war nichts mehr so, wie es war, nein, währenddessen schon nicht. Vor allem aber, als ich herausfand, dass er das nur getan hatte, um seine Ex-Freundin eifersüchtig zu machen. Vier Wochen brauchte ich, um über diesen Kuss hinwegzukommen.

Dr. Bredens Kuss dagegen, da war ich mir ziemlich sicher, über den würde ich nie hinwegkommen. War ich verliebt? Unmöglich! Er war ein grummelnder, unzufriedener Zeitgenosse. Zufällig ein sehr gut aussehender grummelnder, unzufriedener Zeitgenosse, der mich herausforderte, der mich anzog.

Ich hätte gehen können, gleich am ersten Tag, und trotzdem war da etwas in seinem Blick, in seinen stahlblauen Augen, das mich bis ins Mark traf, nicht mehr losließ.

Was sich neckt, das liebt sich? War das richtig? War ich ein ganz kleines bisschen in Dr. Breden verliebt?

War das überhaupt möglich, so, wie er sich benahm? Und warum hatte ich das Gefühl, seine Sticheleien wären ein Ausdruck von Achtung und Zuneigung? War ich komplett verrückt geworden? Ich hatte die Augen geschlossen und diesem Kuss nachgespürt.

Irgendwann hatte sich mein Gedankenkarussell langsamer gedreht, irgendwann war ich eingeschlafen.

»Aber wir sehen heute noch einmal nach Bella und dem Lama mit dem entzündeten –«

Dr. Breden hob wortlos seine linke Hand, die wohl gerade eben erst vom Gips befreit worden war, denn im Gegensatz zu seinem gebräunten rechten Arm wirkte die Haut schrumpelig und weiß, so, als wäre er in der Badewanne eingeschlafen.

»Sie hätten mich auch anrufen können, und ist denn alles wirklich schon gut verheilt? Das sollte doch viel länger dauern!«

»Ich habe vergessen, Sie anzurufen, und der Rest geht Sie gar nichts an.«

Ich holte tief Luft. »Sagen Sie mal, kann es sein, dass wir seit gestern ein zwischenmenschliches Problem haben? Wenn das … also, wenn der Kuss –«

Dr. Breden drehte sich auf dem Absatz um. »Ich diskutiere ganz sicher nicht den einmaligen Ausrutscher zweier Menschen in einer emotional aufgeladenen Situation.«

»Bitte was?«, rief ich ihm nach, doch er war schon längst in seinem Büro verschwunden.

Keine zwei Minuten später, in denen ich wie angewurzelt immer noch dastand und an gar nichts mehr dachte, betrat Evelyn den Aufenthaltsraum, in der Hand die Notdiensttasche, die ich sonst auf mein Fahrrad gehievt hatte.

»Was machen Sie denn hier?«

»Ich arbeite hier!«, entgegnete ich kühl.

»Heute doch nicht«, sagte sie betont sanft und grinste ein wenig hämisch.

Eigentlich wollte ich etwas Kluges sagen, etwas Geistreiches, Schlagfertiges, aber mir fiel nichts ein. Deshalb starrte ich sie nur eine Sekunde lang mit offenem Mund an und stürmte dann an ihr vorbei hinaus.

Toller Abgang, Clara! Null Punkte für dich.

»Du siehst ein bisschen …« Meine Mutter blieb stehen. »… du siehst schlechter aus als ich. Ich bin hier die Krebskranke. Schon vergessen? Wo kommen wir denn hin, wenn ich im Gegensatz zu dir aussehe wie das blühende Leben? Was sollen denn die Leute denken?«

»Sehr witzig!« Ich blieb ebenfalls stehen und bohrte meine nackten Zehen in den Sand. Den ganzen Tag über hatte es geregnet, aber jetzt am Abend hatte die Sonne ihren Kampf gegen die Wolken gewonnen und strahlte hell und schräg an einem unverschämt blauen Himmel über ein unverschämt blaues, gut gelauntes Meer, das in zarten Wellen mit einigen weißen Krönchen an den Strand rollte.

»Jetzt mal ehrlich, Clara, was ist denn los? Du stocherst nur in deinem Essen, du bist abwesend, einsilbig und schweigsam. Ist es dieser Paul?«

Eine Welle spülte kühl über meine Füße.

»Paul? Was? Ach, nein.«

»Also nicht Paul …« Meine Mutter zog sich das dünne Tuch von ihrem Hals, weil die Sonne warm unsere Haut küsste.

Küssen. Vier Wochen war der Kuss nun her.

Aus einem Frühsommer war Sommer geworden, aus meinen Gefühlen dagegen Chaos. In der Praxis umschlichen wir uns. Nein, eigentlich ging Dr. Breden mir so sehr aus dem Weg, dass selbst Nelly anfing, sich zu wundern.

Bestenfalls im OP wechselten wir noch ein paar Worte, aber rein professionell, rein fachlich. Eben das, was gesagt werden musste. Mehr nicht.

»… und willst du nicht mit mir reden?«

Mist, ich hatte den Anfang ihres Satzes gar nicht gehört. »Was? Worüber reden?«

»Was mit dir los ist!« Meine Mutter schüttelte den Kopf, und ihre blonden Locken flogen hin und her. »Mensch, Erde an Clara!«

Eine größere Welle rollte auf uns zu, und ich sprang einen Schritt zurück. »Mir geht es einfach nicht gut«, gab ich widerwillig zu.

Jetzt wurde die Stimme meiner Mutter sanfter. »Das sehe ich, aber … ich kann dir doch nicht helfen, wenn ich nicht weiß, was los ist!«

»Ich weiß. Ich …« Eine Windbö riss mir meine Worte aus dem Mund. Ich wartete, bis es wieder ruhiger wurde und die Möwe, die kreischend kreiste, Richtung Wasser flog, und wiederholte dann: »Ich weiß einfach nicht, was ich mit meinem Leben anfangen soll, und ich habe mich verliebt und ich weiß, das wird nichts.«

Meine Mutter nickte, hakte mich unter und zog mich weiter. »Das habe ich mir alles schon gedacht. Und nun erzähl von Anfang an.«

Es tat gut, zuzugeben, dass ich nicht wirklich etwas im Griff hatte, außer meinem Beruf, keine Ahnung hatte, was ich anfangen sollte. Nur bei der Sache mit Dr. Breden zögerte ich. »Ja, ein Kuss. Aber seit wann bedeutet ein Kuss gar nichts?« Tief sog ich die salzige Luft ein, bevor wir umkehrten und am Strand zurückschlenderten. »Ich hatte von Anfang an das Gefühl, dass er … dass er es mochte, dass ich mir von ihm nicht die Butter vom Brot nehmen lasse, dass ich nicht kusche und klein beigebe wie die, die vor mir da waren. Das hast du mir immerhin beigebracht, nicht?«

»Aber ja!«, sagte meine Mutter energisch.

»Und dann waren ihm meine Verabredungen mit Paul so offensichtlich ein Dorn im Auge … Das alles fügte sich mit diesem Kuss plötzlich zusammen. Und es war, als könnte ich auf einmal etwas sehen, das mir vorher nie aufgefallen war. Ich hatte das Gefühl, er wäre in mich verliebt und ich war … mich hat das aus den Socken gehauen, weil ich begriff, dass ich gern in seiner Nähe war, dass ich mich mit ihm wohlfühle und gleichzeitig immer aufgeregt bin. Weißt du, was ich meine?«

»Das muss aber ein langer Kuss gewesen sein.« Meine Mutter lachte.

»Der längste und der kürzeste«, sagte ich düster. »Und gleichzeitig … Tom hat mir damals so das Herz gebrochen. Ich dachte, Paul könnte es wieder zusammenfügen, dabei hatte Dr. Breden längst Mörtel und Spachtel in der Hand und …«

»Mörtel und Spachtel. Soso. Bin mir nicht ganz sicher, ob du nicht eine Kelle meinst, aber –«

»Mama, jetzt sei nicht so kleinkariert!« Ich zog an ihrem Arm.

»Weißt du, Clara, mit deinem Vater ist es mir ähnlich gegangen. Ich habe mir ganz lange nicht eingestanden, dass ich verliebt bin. Genau wie du hielt ich Verliebtsein für eine Schwäche –«

»Das denke ich doch gar nicht!«, unterbrach ich sie, und meine Mutter schwieg.

Vor uns am Strand spielten ein paar Kinder in einer Sandburg, und irgendwo über uns zog ein Papierdrachen einsam seine Bahnen.

»Du hast recht«, gab ich zu.

»Natürlich. Ich bin deine Mutter. Ich habe immer recht. Wenn du eigene Kinder hast, kannst du die damit nerven, aber bis dahin … Weißt du, Clara, Verliebtheit, na, besser Liebe ist eine große Stärke. Sie macht uns weicher. Uns selbst gegenüber und den Menschen, die wir lieben. Und jetzt gönn dir das Gefühl doch einfach und warte, was daraus entsteht. Du bist ja kein Teenager mehr, der in Dr. Bredens Gegenwart anfängt zu stottern, sondern eine Frau, die schon einiges erlebt hat.«

Zweifelnd sah ich sie an. »Wäre es nicht besser, wenn ich Dr. Breden vergessen würde?«

»Hat er dich geküsst?«

»Ich weiß nicht, wer da wen …«

»Na also.« Meine Mutter schmatzte zufrieden. »Manche Menschen brauchen Zeit, Clara. Du kannst nicht nach

Langeoog kommen, über die Insel fegen und alles wollen. Und schlimmer noch: beleidigt abdampfen, wenn dir alles nicht schnell genug geht. Hab Geduld.«

Ich nickte. Da war etwas dran. »Weise alte Eule«, sagte ich und griff nach ihrer Hand.

»Ja, das bin ich.« Zufrieden blinzelte meine Mutter in die Sonne.

Nelly hob die Hand, als ich gerade am Tresen vorbeiging und mir meine Tasche über die Schulter schob. »Halt, Dr. Breden braucht Sie in seinem Sprechzimmer.«

»Mich?«, fragte ich überrascht.

Nelly nickte. »Ja, ich weiß auch nicht, was los ist, er hat eben angerufen und gefragt, ob Sie schon weg sind. Ich meine, er hätte auch einfach in die Umkleide schauen können, oder?« Nelly verdrehte die Augen.

»Ich sehe mal nach.« Ich drehte mich auf dem Absatz um. Keimte da so etwas wie Hoffnung auf? Das Wartezimmer war leer. Hatte er es sich anders überlegt und wollte jetzt doch mit mir reden?

Ich gestehe, mein Herz fing an, etwas schneller zu klopfen. Beschleunigte sich deshalb mein Schritt?

Umso enttäuschter war ich, als in Dr. Bredens Sprechzimmer außer ihm noch ein Mann mittleren Alters stand. Beide beugten sich über einen Transportkorb.

»Sie wollten mich sprechen, Dr. Breden?«

Er fuhr herum, als hätte ihn meine Stimme erschreckt. Für einen Moment starrte ich ihn an. War ich so schrecklich?

Auch der Mann neben ihm drehte sich um, und nun erkannte ich ihn als unseren Inselblumenhändler.

»Mensch, Stefan, was ist denn los?«

»Ach, Clara!« Er sah erleichtert aus. »Dein Kollege kennt sich nicht so gut mit Schlangen aus. Und ich habe Elsa, die Königspython meines Sohnes Karl, in Pflege, weil er in den Urlaub gefahren ist.«

»Karl hat eine Königspython?«, fragte ich verdattert.

Stefan lachte. »Ja, als er endlich bei uns ausgezogen ist, hat er sich die angeschafft. Wir waren ja immer dagegen.«

Ich trat neben ihn und bewunderte das große Tier mit der schwarz-goldenen Haut. »Und was hat Elsa?«

Stefan sah mich mit traurigen Augen an, unter denen dicke Tränensäcke von zu wenig Schlaf und großer Sorge sprachen. »Sie frisst nicht. Karl hat mir eingeschärft, ich müsste sie nur einmal füttern während seiner Abwesenheit. Vorgestern. Sie wollte die Maus nicht. Gestern auch nicht und … ich mache mir Sorgen. Wie lange können die denn ohne Nahrung auskommen?«

Ich lächelte ihm beruhigend zu, griff das Tier vorsichtig hinter dem Kopf und weiter hinten am Körper und nahm sie auf den Arm. »Länger als wir, Stefan.«

Ein schönes Tier, dachte ich, während ich über ihren Körper strich und mir dann ihre Augen ganz genau ansah. »Ich habe eine gute Nachricht, Elsa ist nicht krank. Sie häutet sich. Sieh mal, ihre Augen, ihre Brille ist ganz trüb.«

Stefan und auch Dr. Breden beugten sich über Elsa, die müde blinzelte. Rasch legte ich sie zurück in ihre Transportkiste.

»Bring sie heim und lass sie einfach in Ruhe. Hat sie einen rauen Ast in ihrem Terrarium?«

Stefan nickte. »O ja. Und es ist nichts Schlimmes?«

»Aber nein. Das dauert jetzt ungefähr zwei Wochen. Du musst die Luftfeuchtigkeit etwas erhöhen. Wenn ihre Augen wieder klar sind, ist alles vorbei.«

»Gut, puh, da bin ich aber erleichtert.«

»Wenn etwas ist, kannst du auch anrufen, dann komme ich auf dem Heimweg mal bei dir vorbei.«

»Danke, Clara! Das ist wirklich lieb.«

Ich wartete, bis er mit Elsa in der Box, die sich sofort wieder zusammengerollt hatte, Dr. Bredens Sprechzimmer verließ, und drehte mich dann zu meinem Chef um. »Und das wussten Sie nicht? Dass die Häutung beginnt, wenn die Brille trüb ist und der Bauch rosa?«

Dr. Breden runzelte die Stirn. Sah er etwas blasser aus als sonst oder täuschte ich mich?

»Man kann sich nicht mit jedem Tier auskennen. Das wissen Sie doch am besten, Frau Dr. Wahlmann!« Er stieß Luft durch die Nase hörbar aus. »Und danke, das wäre alles.«

Ich schloss für einen Moment die Augen, öffnete sie wieder und nahm meinen ganzen Mut zusammen: »Sind Sie sicher, dass wir nicht doch noch einmal reden wollen? Sie können mir ja sagen, dass das ein Missverständnis war, aber es hat sich nicht so angefühlt.« Mir gefiel der flehende Unterton in meiner Stimme nicht. »Das hast du doch auch gespürt?«

Für den Bruchteil einer Sekunde wurde sein Gesicht so weich und so freundlich, dass mein Herz ganz kurz aussetzte, dann jedoch schien es sich wieder zu straffen und seine Züge verhärteten sich. »Das war ein bedauerliches Missverständnis, für das ich mich in aller Form entschuldigen möchte. Ist das jetzt ein für alle Mal vom Tisch?« Er hob eine Augenbraue und sah ganz knapp an mir vorbei. Warum konnte er mir nicht in die Augen sehen und das sagen?

»Es hat sich nicht so angefühlt«, wiederholte ich trotzig. »Ich dachte –«

»Und nun gehen Sie lieber. Unsere berufliche Diskussion ist beendet. Ich habe noch ein Telefonat zu führen.«

Rasch drehte er mir den Rücken zu und ging hinüber zum Schreibtisch, blieb dann aber stehen und bewegte sich keinen Millimeter mehr.

»Sie waren doch schon einmal beinahe nett zu mir«, sagte ich leise. »Und was ist dann geschehen? Was ist denn mit Ihnen passiert, dass Sie so ein Mensch geworden sind?«

Einen kurzen Moment noch bohrte ich meinen Blick in seinen Rücken, dann drehte ich mich um und warf die Tür hinter mir zu.

»Alles in Ordnung?«, fragte mich Nelly besorgt am Empfang.

»Alles gut«, sagte ich leichthin. »Es war windig. Die Tür ist zugefallen.«

Sie warf mir einen spitzen Blick zu. »Alle Sprechzimmer sind klimatisiert. Da ist nie ein Fenster auf.«

»Heute schon«, murmelte ich und floh aus der Praxis.

Mein Buch lag halb gelesen auf der Bank neben mir. Ein heißer Sonntag neigte sich dem Abend zu.

Meine Mutter hatte sich mit Freundinnen im *Strandcafé* verabredet, und ich hatte den Tag mit Franzi am Strand verbracht, bevor sie abends wieder ins Restaurant musste. Das hatte ich mir eindeutig verdient, nachdem ich am Samstag Feriengäste verabschiedet, zwei Wohnung geputzt, sechs Betten bezogen und zwischendurch noch unserer Nachbarin Ilse ein Medikament gegen die Harnsteine ihrer Katze gebracht hatte, ehe ich abends einem Urlaubshund ein ordentliches Büschel Strandhafer aus dem Allerwertesten gezogen hatte.

Das Telefon klingelte sich in mein süßes Nichtstun, und ich hoffte sehr, dass ich nicht in die Praxis gerufen wurde.

»Wahlmann«, meldete ich mich und streckte träge die Beine aus.

»Hier ist Markus.«

»Ach, wie gut! Ich dachte schon, es wäre ein Notfall.«

»Ist es auch.« Er klang angespannt.

»Was?« Mit einem Schlag war jede Mattheit von mir abgefallen, und ich richtete mich auf. »Was ist los?«

»Zwei Sachen. Zum einen muss ich für Ela absagen. Sie kann dich nicht besuchen.«

»Nein! Was ist passiert?«

»Sie liegt im Krankenhaus. Gestern haben sie ihr den Blinddarm entfernt!«

»Nein! Ach, die Arme. Das ist ja übel. Wie geht es ihr?«

Markus seufzte. »Du kennst sie ja. Gestern war sie noch ganz still und leidend, heute terrorisiert sie mich im Zweistundentakt und will tausend Sachen haben.«

Ich lachte. »Gott sei Dank!«, rief ich aus.

»Ja, es geht ihr gut, aber es war ein ganz schöner Schreck. Wenn alles gut läuft, kann sie in ein paar Tagen nach Hause, aber ich glaube, Reisen ist nicht.«

»Das verstehe ich. Schade! Hat sie ihr Handy dabei?«

»Ja, hat sie, sie wollte dich selbst anrufen, aber ich hielt das für keine gute Idee. Ich habe gesagt, ich rufe alle an und sage Bescheid, damit sie sich erholen kann.«

»Vernünftig. Meinst du, es ist okay, wenn ich mich morgen mal bei ihr melde?«

»Sicher. Und, Clara?«

»Ja.« Mir fiel der zweite Notfall ein, und mein Herz rutschte wieder eine Etage tiefer. »Was ist denn noch?«

»Hör mal. Willst du immer noch gern im Zoo arbeiten?«

»Machst du Witze? Na, und ob!«

Ich hörte es im Hintergrund rauschen und knacken. »Markus, bist du noch da?«

Die Verbindung wurde wieder besser. »Ja, ja, bin da. Eine der Tierärztinnen ist schwanger geworden und fällt ab sofort aus. Sie muss viel liegen oder so. Jedenfalls«, ich hörte, wie er sich seinen Bart kratzte, »jedenfalls brauchen wir spätestens in sechs Wochen eine Vertretung für sie. Und wenn sie später zurückkommt, finden wir schon einen Weg. Vielleicht könnt ihr euch die Stelle teilen? Ich habe meinem Chef von dir erzählt und … er will dich gerne kennenlernen. Wenn es geht, irgendwann in der nächsten Woche noch. Kriegst du das hin?«

»Und ob ich das hinkriege!« Mein Herz begann schneller zu schlagen. Eine Stelle im Zoo war eine phantastische Chance. Wie ich das hinkriegen sollte? Keine Ahnung. In meinem Kopf purzelte alles durcheinander. »Nur, ich weiß nicht, ob meine Mutter in sechs Wochen schon so okay ist, dass ich sie allein lassen kann. Ich muss mit ihr reden, und ob Dr. Breden mich aus meinem Vertrag lässt?«

Genau daran hatte ich so meine Zweifel.

»Dann telefonieren wir … äh, warte mal, ich ruf dich Dienstag wieder an wegen eines Termins? Wir müssen das offiziell machen, es ist … Na, du kennst das ja, solche Stellen sind rar.«

»Ich weiß.« Mein Herz überschlug sich fast. »Und danke, dass du an mich gedacht hast!«

»Na klar! Du bist eine phantastische Tierärztin.«

»Danke! Ach … Wahnsinn, kann ich noch gar nicht glauben. Fährst du heute noch zu Ela?«

»Ja, bin fast schon auf dem Weg.«

»Sag ihr ganz liebe Grüße und gute Besserung.«

Den ganzen Montag über grübelte ich. Zum Glück war die Sprechstunde heute nicht gut besucht.

Die meiste Zeit hatte mich ein vermeintlich männliches Meerschweinchen plus seine junge Halterin gekostet, das sich nicht als krank, aber als hochschwangeres Weibchen herausstellte. Die Überraschung war vor allem für die Mutter der Halterin nicht nur positiv.

»Und wie viele … also ich meine«, sie warf ihrer elfjährigen Tochter einen müden Blick zu, »wie viele Jungen können das werden?«

»Ein bis vier, maximal sechs«, antwortete ich vorsichtig. »Meist ist es beim ersten Wurf aber nur ein Junges.«

»Sechs?« Die Stimme der Mutter klang schwach.

»Sechs!« Die Augen der Tochter leuchteten.

»Ja, aber wohin mit den allen?« Die Mutter ließ sich auf den Stuhl fallen. »Ich bin selbst schwanger!«

»Ja, eben! Das ist doch toll. Aber Berti braucht jetzt einen neuen Namen.«

»Unbedingt!«, pflichtete ich der Tochter bei und freute mich einen Moment lang, dass das nicht mein Problem war. »Wenn noch etwas ist, kommen Sie gern her.«

»Sicher«, sagte die Mutter, während ihre Tochter Berti liebevoll wieder in die Transportbox setzte.

Ich winkte den dreien, als sie das Sprechzimmer verließen.

Letzter Patient. Das war es. Seit Markus' Anruf grübelte ich. Sollte ich erst mit Dr. Breden sprechen und fragen, ob er mich aus meinem Vertrag entlassen würde? Sollte ich erst mit meiner Mutter sprechen?

Wäre sie noch zu schwach, bräuchte ich den Job bei Dr. Breden. Würde Dr. Breden mich nicht entlassen, bräuchte ich meine Mutter gar nicht erst zu behelligen.

Und wollte ich diesen Job im Zoo eigentlich wirklich? So eine Stelle hatte ich immer für völlig unerreichbar gehalten, bis Markus sie ergatterte. Ich hatte mich nie im Zoo gesehen, sondern eigentlich immer in meiner eigenen kleinen Praxis, irgendwann. Aber anders als Dr. Breden, der nicht eben aus einer armen Familie kam, wusste ich, dass eine Praxis für mich relativ unerreichbar war, es sei denn, ich wollte mich tief verschulden.

Vielleicht, und das wäre realistisch, würde ich für einen Tierarzt arbeiten, Geld beiseitelegen und ihm, wenn er eines Tages in den Ruhestand geben wollte, die Praxis abkaufen.

Andererseits würde ich im Zoo Tiere betreuen, die ich sonst niemals zu Gesicht bekommen würde.

Für einen Moment vergrub ich mein Gesicht in den Händen.

Denk nach, Clara! Vor welchem der beiden Gespräche fürchtest du dich am meisten?

Die Antwort war natürlich Dr. Breden.

Nachdem ich in meinem Sprechzimmer eine Weile auf und ab gegangen war, straffte ich den Rücken, atmete tief durch und klopfte schließlich an Dr. Bredens Tür.

»Herein!«

Ich musste mich dazu zwingen, die Klinke herunterzudrücken. Dr. Breden saß an seinem Schreibtisch und sah nur einmal kurz auf. Es war, als hätte sich ein Schatten über sein Gesicht gelegt, als er sah, dass ich es war.

War ich ihm so unangenehm? Das bestürzte mich. Hatte ich mich so verrannt? War ich ihm vielleicht doch von Anfang an eine große Last gewesen? Hatte nur ich dieses Kitzeln und Prickeln zwischen uns gefühlt?

»Wollen Sie etwas? Oder wollen Sie dastehen und mir beim Tippen zusehen?«

Ich räusperte mich. »Ich wollte eigentlich mit Ihnen reden.«

»Kommt drauf an, worüber. Wenn Sie wieder einen Aufguss –«

»Nein, nein«, beeilte ich mich zu sagen und schluckte. Mein Hals war ganz trocken. »Nein, es geht um meine Stelle hier.«

Er rollte mit seinem Stuhl ein wenig nach hinten und deutete wortlos auf den Hocker vor seinem Schreibtisch. Wie die ganze letzte Zeit über sah er ganz knapp an mir vorbei, als ich mich zögerlich setzte.

»Ein alter Freund von mir hat mich angerufen und mir eine Stelle im Berliner Zoo angeboten. Sie suchen dort rasch jemanden für eine Vertretung, und das ist –« Ich hielt inne.

War das das Bedauern, was durch seinen Blick huschte? Oder war ich einfach überempfindlich geworden und begann, in alles etwas hineinzuinterpretieren?

»Das ist eine großartige Chance für Sie. Das verstehe ich«, sagte er leise.

»Ja, das ist es ... ich ... würde gern zusagen, aber das hängt auch ein wenig davon ab, ob ich meine Mutter schon allein lassen kann, und natürlich auch davon, ob ... ob Sie mich aus meinem Vertrag lassen würden, wenn ich die Stelle bekäme.«

»Und ich nehme an, Sie haben vorher noch ein Vorstellungsgespräch?« Dr. Bredens Stimme klang belegt.

»Ja, natürlich und ... mit meiner Mutter muss ich auch noch reden.«

Dr. Breden stützte sich mit beiden Händen auf die Tischplatte, stand auf und ging zum Fenster. Es schien ihm deutlich lieber zu sein, mir den Rücken zuzudrehen, als weiterhin an mir vorbei zu starren.

»Und Sie kommen zuerst zu mir? Das erstaunt mich.«

»Ich habe einen Vertrag unterschrieben. Ich stehe zu meiner Unterschrift. Würden Sie Nein sagen, könnte ich ganz unabhängig von meiner Mutter nicht hier weg.«

Er schwieg eine ganze Weile und sagte dann: »Es erstaunt mich gar nicht, dass Sie so pflichtbewusst sind. Das ...« Was auch immer er sagen wollte, ich weiß es nicht. »Ich mache Ihnen einen Auflösungsvertrag fertig, wenn Sie die Stelle bekommen.«

»Danke«, sagte ich schlicht und erhob mich wieder. Als ich schon fast an der Tür war, drehte sich Dr. Breden um.

»Ihnen reicht mein Wort?«

Ich holte tief Luft. »Sie haben mir ganz schön zugesetzt in meiner Zeit hier, aber belogen haben Sie mich, meines Wissens nach jedenfalls, noch nie.« Ich öffnete die Tür. »Fänden Sie es eigentlich schade, wenn ich die Stelle bekäme?«

Dr. Breden drehte sich wortlos wieder um, doch kurz bevor ich hinaustrat, hörte ich ihn etwas murmeln, das klang wie: »Mehr als Sie ahnen.«

Hatte ich mich verhört? Bestimmt.

Später half ich meiner Mutter im Garten. Gemeinsam krochen wir durch das Blumenbeet und zupften Unkraut, als mir klar wurde, dass ich jetzt mit ihr über meine Zukunft sprechen musste. Und zwar, ehe Markus anrief.

»Pause?«, bat ich, richtete mich auf und drückte meine Hände in mein schmerzendes Kreuz.

»Weißt du was? Ich mache uns mal eine schöne Kanne Tee.« Energisch stützte sich meine Mutter auf ihr Knie und stemmte sich hoch.

»Nein, ich mache das!«

»Sei nicht albern, Clara, ich muss eh aus der Sonne. Und du setzt dich auch lieber mal in den Schatten.«

Mein Rücken schmerzte von der ungewohnten Arbeit, und tatsächlich fühlte es sich gut an, im Schatten der mit Rosen berankten Pergola zu sitzen und die Füße hochzulegen.

Ich lehnte den Kopf zurück und schloss die Augen. Alle Blumen im Garten umwehten mich mit ihren zarten Düften und über allem immer das Meer. Über allem immer Salz und Tang. So war es immer gewesen, hier auf Langeoog. So lange ich denken konnte.

Ich öffnete die Lider erst, als ich meine Mutter hörte, nein, das Klimpern von Porzellan auf dem Tablett. Rasch stand ich auf und ging ihr entgegen. Doch sie ließ es sich nicht aus der Hand nehmen. »Nein, nein, du setzt dich hin. Und ich schenke ein.«

Knisternd löste sich das Stück Kluntje in der Tasse. Noch

ein Wölkchen Sahne dazu und fertig war unser Allheilmittel. Für das Gehen, für das Bleiben, für das Herzeleid und alles, was im Leben dazwischen passierte.

Vorsichtig blies ich in den noch heißen Tee und nippte dann ein Schlückchen. »Du«, ich unterbrach mich und rutschte auf dem Holzstuhl hin und her. *Los jetzt, Clara!* »Du, ich habe ein ganz tolles Stellenangebot. In Berlin, im Zoo. Und … ich habe das Gefühl, wie ich dich auch frage, es ist unfair und ich weiß nicht, ob du mir die Wahrheit sagen wirst. Aber ich gehe nur, wenn du wirklich allein zurechtkommst!«

Sie griff nach meiner Hand. »Das weiß ich«, sagte sie und drückte meine Hand ganz fest, bevor sie sie losließ und sich wieder zurücklehnte. »Ist es das, was du wirklich willst?«

»Ja«, antwortete ich schnell. Zu schnell? Es klang so wenig überzeugend. Selbst für meine Ohren.

»Lisbeth, du weißt schon –«

»Die mit dem Zeitungsladen?«

»Genau, den hat sie jetzt an ihren Sohn abgegeben. Sie hat schon angeboten, mir beim Putzen unter die Arme zu greifen. Und sonst? Du siehst doch. Ich bin Ostfriesin, ich kann Tee kochen. Das reicht.« Sie nickte. »Geh, wohin dein Herz dich trägt.« Sie kicherte, und ich rollte mit den Augen. »War das nicht ein Buch oder ein Film? Egal, Clara, werde glücklich, nein, sei glücklich.«

Dann wurde sie wieder ernst, rührte gedankenverloren in ihrer Tasse und legte den Löffel zur Seite. »Weißt du, ich habe jetzt lange darüber nachgedacht, habe aber das Gefühl, es wäre … nein, es ist doch richtig, dir alles zu erzählen, damit du deine Entscheidung treffen kannst und alle Karten auf dem Tisch liegen.«

»Ich verstehe nur Bahnhof.« Vorsichtig stellte ich die noch volle Tasse auf die Untertasse. »Was meinst du?«

»Es gibt etwas über Dr. Breden, was du nicht weißt. Was, glaube ich, auf dieser Insel wahrscheinlich auch niemand weiß, außer Evelyn und mir.« Sie schob die Schüssel mit den Keksen näher zu mir, doch ich schüttelte den Kopf. »Ich habe dir ja gesagt, Clara, manchmal richtet es die Zeit.«

Entschieden schüttelte ich den Kopf. »Ich empfinde mehr für ihn. So einfach ist das. Ich will nicht betteln, dass mich jemand liebt, oder Jahre warten.«

Zu meiner Überraschung nickte meine Mutter so heftig, dass ihre kurzen Löckchen eifrig wackelten. »Das verstehe ich, aber hör mich an. Und dann kannst du entscheiden.« Sie wartete einen Moment und fuhr dann fort: »Bevor Dr. Breden hierherkam, lebte er in München, war verheiratet und hatte eine kleine Tochter namens Emma. Sie war zwei, als sie im Gartenteich ertrank. Dr. Breden war in der Praxis arbeiten, und seine Frau telefonierte mit einem Handwerker. Seine Frau hat alles versucht. Sie ist Ärztin. Emma starb zwei Tage später im Krankenhaus. Seine Ehe zerbrach daran. Er hat seiner Frau nie die Schuld gegeben. Aber in der Trauer haben sie sich voneinander entfernt. Ein Jahr haben sie es noch versucht, dann hat er die Scheidung eingereicht, hat in München, dort, wo ihn alles an glücklichere Jahre erinnert hat, seine Zelte abgebrochen und ist nach Langeoog gekommen.« Meine Mutter knetete ihre Hände im Schoß. »Ich habe mich lange gefragt, was hinter seinem Zynismus steckt, hinter seiner Unnahbarkeit und hinter seiner Eigenbrötlerei. Und eines Tages, als wir uns auf einer gemeinsamen Fahrt nach Aurich unterhielten, hat er es mir erzählt. Ich glaube, du bist die einzige Frau, an der er nach langer Zeit Interesse gezeigt hat. Und ich kann mir vorstellen, wie schwer das für ihn ist. Deshalb habe ich das mit der Zeit erwähnt. Deshalb habe ich gehofft, du bleibst doch länger, damit ihr eine Chance habt. Weil …« Sie nahm einen Schluck aus ihrer Teetasse, »weil ihr gut zusammenpasst, weil wir alle über die gleichen Dinge lachen können, und das ist so wichtig. Ich mag ihn. Er ist ein feiner Mensch. Das Leben hat bei ihm nur ordentlich Zutrauen abgehobelt.«

Ich schwieg eine ganze Weile und ließ meine Gedanken so durch mein Gemüt ziehen. Keinen davon konnte ich festhalten, keiner blieb lange, aber über allen lag eine Traurigkeit, die mich erschütterte.

»Das ist ja furchtbar«, sagte ich schließlich leise. »So viel verstehe ich jetzt besser.« Zum Beispiel, warum er das tote Kälbchen so angesehen hatte, warum ihn das so erschütterte. »So schrecklich.«

»Er hat seinen Frieden damit gefunden, wenn das irgendwie geht, aber … Ich dachte, das solltest du wissen.«

»Die Frage ist nur, was mache ich jetzt?« Ich kam mir vor wie eine Spielfigur. Zurück auf Start.

»Vielleicht wäre es ganz gut, wenn du ihm sagst, was du empfindest.«

»Vielleicht«, sagte ich zögernd und griff nach meiner Teetasse.

Aber was dann? Was, wenn er mich abwies?

In meinen Gedanken fühlte es sich gerade sehr viel schlimmer an, abgewiesen zu werden, als in Ungewissheit zu leben. Doch stimmte das tatsächlich?

Und wo war eigentlich die Gebrauchsanleitung für das Leben, verdammt nochmal?

Alte Heimat – neue Heimat

Laut und verdammt voll, war mein erster Gedanke gewesen, als ich vor zwei Stunden am Bahnhof Zoo aus der S-Bahn gestiegen war. Laut, voll und heiß. Nein, stickig.

Kein frischer Seewind kühlte hier meinen Schweiß.

Und selbst jetzt, als ich neben Ela auf der Couch in meiner alten Wohnung saß, perlte Schweiß in meinem Nacken. Über dreißig Grad, und das schon seit Tagen.

»Mach dir keinen Kopf!« Ela klopfte auf mein Bein. »Das Gespräch ist bestimmt gut gelaufen.«

»Ja«, ich presste die Flasche Wasser, die ich mir gerade aus dem Kühlschrank geholt hatte, an meine Wange, »das hat Markus auch gesagt, aber sie haben so viele Bewerber … Das macht mir Angst.«

Draußen fuhr eine Feuerwehr vorbei, und ich zuckte zusammen, als sie die Sirene direkt unter dem Fenster anschalteten.

»Du bist die Großstadt wohl nicht mehr gewöhnt«, spöttelte Ela und schüttelte den Kopf.

»Nein, ich … Langeoog ist echt still. Vor allem abends. Nachts.«

»Ja, still ist hier nichts. Aber du wolltest ja raus aus der Stille.«

Ich nahm einen großen Schluck. »Mehr als je zuvor.«

Ela klopfte mir mitleidig auf den Oberarm. »Wir müssen dir wirklich einen netten Mann suchen.«

Ich starrte hinüber zu den hellen Vorhängen, die Ela angebracht hatte, und beobachtete sie, wie sie sich jetzt in einer kleinen Brise blähten. Eigentlich sah es so aus, als würde mir jemand eine gigantische Zunge herausstrecken und sagen: *Siehst du! Du magst ja gut im Job sein, aber Liebe ist eben nicht für jeden.*

Liebe ist nicht für mich. »Ich komme mir irgendwie vor wie ein … ich weiß auch nicht … liebeskranker Teenager, der irgendeinen Sänger aus einer Boygroup anhimmelt und in jede Regung etwas hineininterpretiert und … Es wäre irgendwie auszuhalten, wenn ich wüsste, dass er mich nicht mögen würde, aber ich weiß, dass es anders ist, verstehst du? So küsst niemand, der kein Interesse hat. Das ist kein *Oh, ich bin versehentlich über Ihre Lippen gestolpert*-Kuss.«

»Was auch immer ihn davon abhält, sich dir zu öffnen, du kannst es nicht ändern. Lieber ein Ende mit Schrecken, als … im Zweifel jahrelang auf der Insel zu sitzen und zu hoffen, dass er dich irgendwann erhört.«

»Da ist was dran. Aber das Verliebtsein nervt, weißt du?«

»Klar.« Ela seufzte. »Ist wie ein lästiger Hautausschlag. Dauert ewig, keiner kann dir helfen, und am Ende geht er trotz Tausender Cremes, die nicht helfen, von alleine weg.«

Jetzt musste ich doch lachen. »Na, du hast ja deinen Markus.«

»Hat auch lange genug gedauert.« Ela lächelte so zufrieden, wie eine Katze, die sich an einem warmen Plätzchen zusammenrollt. »Aber sag mal, musst du heute wirklich schon wieder fahren?«

»Leider.« Ich schnitt eine Grimasse und sah dann auf mein Smartphone. »Ja, muss gleich los, damit ich heute Abend in Bensersiel bin und morgen mit der ersten Fähre auf die Insel fahren kann. Morgen ist OP-Tag.«

»Steht etwas Spannendes an?«

»Nicht wirklich. Zwei Kastrationen, ein kleiner Hauttumor bei einem Labrador. Nichts Aufregendes.«

Ela schüttelte den Kopf. »Ich bewundere dein Pflichtbewusstsein.«

Ich lachte bitter auf. »Ich auch.«

Meine Mutter stand am Anleger und winkte schon, als ich noch auf der Fähre stand und nachdenklich auf Langeoog sah.

Eine Insel. Meine Insel.

Grün lag sie vor mir, mitten im blauen Meer. Ein Sommertraum vieler Menschen, für mich dagegen Alltag. Trotzdem atmete ich auf. Selbst hier auf der Fähre, mit all denen, die zu ihren Arbeitsstellen auf der Insel pendelten, war es ruhig. Viel, viel ruhiger als in Berlin. Und was gefiel mir nun besser?

Ich wusste es nicht. Ich wollte es nicht wissen.

Ein paar Minuten später küsste ich meine Mutter auf die Wange. »Was machst du hier? Um diese Uhrzeit?«

Entrüstet sah sie mich an. »Na, ich wollte wissen, ob du die Stelle hast! Was denkst du denn?«

Seitdem sie mir mehrmals wortreich versichert hatte, dass Lisbeth ihr in allen Lebenslagen zur Seite stehen würde, spürte ich bei meiner Mutter eine seltsame Anspannung und Aufregung. Vor allem aber den Wunsch, ab jetzt so viel Zeit wie möglich mit mir zu verbringen. Das hatte mich in der letzten Woche doch sehr irritiert, schließlich hatte sie mich von der Arbeit abgeholt und jeden Tag zu einem langen Strandspaziergang genötigt.

»Du musst auf andere Gedanken kommen!«, hatte sie gesagt, und ich wünschte, das hätte auch nur ansatzweise funktioniert.

»Mama, da waren noch mindestens fünfzig andere Bewerber vor mir schon da. Ob ich die Stelle habe oder nicht, entscheidet sich erst in den nächsten Tagen.«

»Ach so, schade.«

Gemeinsam gingen wir in Richtung Inselbahn. »Willst du nicht nach Hause?«

»Ich habe gleich um halb acht einen Termin beim Arzt zur Blutentnahme für die nächste Chemo. Und da dachte ich, ich bring dich zur Arbeit und laufe dann gleich weiter.«

»Das ist aber lieb!« Ich drückte ihren Arm, und wir stiegen in den kleinen Zug, der fast jeden, der nach Langeoog reiste, vom Hafen in den Ort brachte.

»Ja, und ich hatte ein wenig Angst, dass du … schon bald abreist.«

»Nein, es sind noch Wochen.«

»Die gehen schnell rum!«

Ich seufzte. »So schnell bin ich nicht weg. Du hattest gehofft, ich würde hierherkommen und bleiben, nicht wahr?«

Sie lächelte verschmitzt. »Das war der ganze Plan. Deshalb habe ich Krebs bekommen. Damit du endlich heimkommst.«

»Mama!«, rief ich empört. »Manchmal bist du einfach –« Mir fiel kein passendes Wort ein.

»Unerhört«, sagte sie jedoch zufrieden, strich sich eine blonde Locke aus der Stirn und lehnte sich zufrieden zurück. »Ich weiß.«

Vor der Praxis liefen wir direkt Dr. Breden in die Arme. Was zum Henker machte er so früh schon hier? Die erste OP hatte er für acht Uhr angesetzt, und ich hatte gehofft, in Ruhe noch einen Kaffee trinken zu können.

Zu spät, um umzudrehen, und mit meiner Mutter am Arm auch völlig unmöglich.

»Mark!«, zwitscherte sie, und ich musterte sie stirnrunzelnd von der Seite. Mark? Sie duzte ihn?

»Oh, guten Morgen, Brigitte! Das ist ja schön, dich zu sehen. Wie geht's dir?«

Was? Waaaas? In meiner ganzen Zeit hatte ich Dr. Breden noch niemals so entspannt und freundlich lachen sehen. Ja, sicher, meine Mutter hatte diese Gabe, dass sich in ihrer Gegenwart die Menschen einfach wohlfühlten, aber das? Das war … Ich war fassungslos.

»Besser. Sehr viel besser.«

Ich traute meinen Augen nicht. Dr. Breden, halt, nein, Mark, beugte sich vor und küsste meine Mutter auf die Wange. Ich war gerade ganz froh, dass keiner der beiden mir Beachtung schenkte, denn wahrscheinlich stand mein Mund so weit offen, dass Möwen darin hätten brüten können.

»Du siehst sehr gut aus«, sagte Dr. Breden anerkennend und musterte sie von oben bis unten.

Eine zarte Röte legte sich über die Wangen meiner Mutter. »Ach, nein, ich bin immer noch blass, aber lieb, dass du das sagst.« Dann wandte sie sich an mich. »Du kannst schon mal reingehen, Clara, ich plaudere noch ein bisschen mit Mark.«

»Du, würde ich gern, aber ich kann mich gerade nicht bewegen«, gab ich matt zurück.

Wurde sein Lächeln noch ein wenig breiter?

Meine Mutter legte ihre Hand an meine Schulter und schob mich Richtung Praxistür. »Bis später, Clara!«

Drinnen saß Nelly hinter dem Tresen. Normalerweise hatte sie donnerstags frei. Aber was sollte mich heute schon wundern?

»Morgen!«, brummte ich und drehte mich noch einmal um, sah, wie meine Mutter und Dr. Breden hinter der Glastür lachten.

»Morgen, Dr. Wahlmann, hat Dr. Breden jetzt endlich eine Freundin?« Ihr Pferdeschwanz wippte bedenklich auf ihrem Kopf.

Ich zuckte mit den Schultern. »Das ist meine Mutter, aber wer weiß.«

»Oh, das tut mir –«

»Nein, nein, schon gut.« Ich sah sehnsüchtig in Richtung Flur, in Richtung Aufenthaltsraum. »Ist der Kaffee schon fertig?«

»Die Maschine ist kaputt«, entgegnete Nelly.

»Was? Ist nicht Ihr Ernst!«

»Leider ja. Es rattert, es knattert, und dann passiert nix. Hatten wir schon mal.« Sie stieß mit dem Fuß gegen einen großen Karton, der halb unter ihrem Schreibtisch stand. »Ich schicke sie nachher ein.«

»Und Kaffee?«, fragte ich bittend und kleinlaut.

»Steht trotzdem hinten in der Thermoskanne. Ich habe welchen aus der Bäckerei geholt.«

»Sie sind ein Engel! Wäre es an mir, Sie bekämen eine Gehaltserhöhung.«

Nelly beugte sich vor und sah mich plötzlich mit großen Augen an. »Sagen Sie mal, stimmt das? Haben Sie gekündigt? Evelyn hat so was erzählt.« Sie sah sich verschwörerisch um. »Nein, keine Sorge, Evelyn ist noch nicht da.«

»Vielleicht«, sagte ich vorsichtig. War doch klar, dass Evelyn es kaum erwarten konnte, wenn ich ging. Sie mochte mich ohnehin nicht. »Vielleicht bekomme ich eine Stelle als Tierärztin im Zoo in Berlin. Aber das ist alles andere als sicher.«

»Oh.« Nelly wischte über ihre Nase. »Das ist ja schade.«

»Ja, Sie werden mir auch fehlen.« Und es stimmte. Auch Nelly war mir sehr ans Herz gewachsen.

»Ja, Sie mir auch!«, sagte sie und lächelte mir zu. »Und nicht nur, weil Sie Evelyn ab und an mal die Meinung gesagt haben. Und Dr. Breden auch. Und er wird Sie auch vermissen.«

»Wie kommen Sie denn darauf?«

»Na, also …«, Nelly rieb sich wieder die Nase, »ich sehe doch, wie er Sie ansieht, wie er Ihnen nachguckt. Sie haben ihn ganz schön aufgemischt. Ich glaube, das hat ihm gefallen.«

Ich musste schlucken und daran denken, was meine Mutter mir erzählt hatte. Dann drehte ich mich um und ging den Flur hinunter.

Am Tag darauf half ich gerade meiner Mutter beim Putzen. Ich kniete vor dem Herd und scheuerte den Backofen, als mein Telefon klingelte und ich die Zusage für die Stelle im Zoo bekam. In drei Wochen sollte ich anfangen.

Ich verharrte für einen Moment bewegungslos, die eine Hand an der Backofentür, in der anderen hielt ich mein Smartphone.

Das war es. Mein Schicksal quasi.

Sollte ich nicht Luftsprünge machen? Sollte ich nicht vor Freude überschnappen? Stattdessen kniete ich ganz still auf den breiten Holzdielen. Irgendwo draußen im Sanddornbusch sang eine Amsel durch das offene Küchenfenster.

»Du hast die Stelle, nicht wahr?«, rief meine Mutter aus dem Wohnzimmer. »Und du bist gar nicht glücklich?«

»Doch, sehr!«, gab ich rasch zurück. Und versicherte es damit nicht nur ihr. Auch mir.

Erst langsam begriff ich, dass jetzt meine Tage auf der Insel gezählt waren.

Ich dachte an meine Stippvisite in Berlin vorgestern. Es kam mir vor, als wäre es Jahre her und mein Leben dort Jahrzehnte. Laut und voll und stickig. Nichts lag in der Luft, außer dem Duft der großen, weiten Stadt, bestehend aus dem Fett alter Imbissbuden, Autoabgasen und frischem Hundekot.

Hatte mir das gefehlt?

Nicht wirklich.

»Und, hast du mit Dr. Breden gesprochen?«

»Nein«, rief ich zurück. »Was soll ich denn sagen? Meine Mutter hat mir von Ihrem Schicksal erzählt und ich bin Sie verliebt?«

Ich hörte, wie sie mit dem Staubsauger hantierte. »Na, also, Clara, wie alt bist du? Vielleicht nur der letzte Satz? Wäre das nicht eine Option?«

»Und wenn er mir sagt, er hasst mich?«

Einen Moment war Stille, dann sagte meine Mutter laut: »Glaube ich nicht, aber na ja, dann hast du es versucht und weißt, woran du bist, und fragst dich nicht immer, was wäre gewesen wenn?«

Am frühen Abend schob ich mein Fahrrad durch das Gartentor und radelte los. Am Wald entlang, quer durch den Ort in Richtung Friedhof. Bis zu dem alten kleinen Haus, in dem früher mal meine Großtante gewohnt hatte, und bremste in einiger Entfernung.

Hatte meine Mutter recht? Hatte ich etwas zu verlieren?

Ich stieg ab, schob mein Rad bis zum Gartentor und lehnte es gegen die niedrige Steinmauer, vor der Stockrosen blühten.

Nichts hatte ich zu verlieren. In drei Wochen wäre ich weg. Und vielleicht läge mein Weg klarer vor mir, wenn er mir sagen würde, dass er mich nicht liebte und alles nur ein Missverständnis war.

Möglich, oder?

Das Tor quietsche leise, als ich es aufstieß. Noch immer wiegte sich im Garten das Schilf im Wind.

Es war schon länger her, dass ich das letzte Mal hier gewesen war. Als Jugendliche musste das gewesen sein. Ich erinnerte mich an eine verzogene alte Holztür. Jetzt hatte man diese Tür aufgearbeitet und in einem kräftigen Dunkelblau gestrichen.

Zögernd hob ich die Hand. Es dauerte ein paar Sekunden, bis ich schließlich doch den Mut zusammenhatte, um zu klopfen. Einmal, zweimal, dann ließ ich meinen Arm wieder sinken und trat einen Schritt zurück.

Vielleicht war er gar nicht da. Beinahe erleichtert wollte ich mich schon umdrehen, als sich die Tür doch noch öffnete und Dr. Breden in Jogginghose und Poloshirt vor mir stand. Er sah mich nur kurz an und sagte dann: »Sie haben die Stelle also. Herzlichen Glückwunsch! Aber das hätten Sie mir auch am Montag in der Praxis mitteilen können.«

»Es tut mir leid, dass ich Sie privat störe, aber …« Das war schwer. Ich trat von einem Bein auf das andere, und er zog eine Augenbraue weit in die Stirn. »… aber ich wollte Sie fragen, ob Sie vielleicht einen Blick auf meine Mutter haben können, wenn ich nicht mehr da bin.«

Er öffnete die Tür ein Stückchen weiter, so weit, dass ich fast glaubte, er würde mich hereinbitten, doch stattdessen lehnte er sich nur in den Türrahmen und verschränkte die Hände vor der Brust. »Natürlich. Ich mag Ihre Mutter sehr gern. Übrigens, Sie können auch einfach ab nächster Woche zu Hause bleiben. Ich finde schon jemanden für die Praxis. Es ging vorher auch allein.« Seine Stimme klang müde.

»Ich wollte eigentlich … Also, ich habe mich gefragt, ob Sie mich nicht bitten wollen zu bleiben?« Das war das Äußerste. Mehr und deutlicher konnte ich nicht werden. Wenn ich schon nach Berlin zurückging, dann erhobenen Hauptes. Nicht mit den Worten im Ohr, dass er nichts für mich empfand.

Er musterte mich für einen Moment sehr genau aus seinen stahlblauen Augen. »Ah«, sagte er schließlich leise, »Ihre Mutter hat Ihnen alles erzählt.«

»Sie glaubte –«, setzte ich an.

»Sie brauchen sie nicht in Schutz zu nehmen. Das ist schon in Ordnung.« Er schluckte. »Aber genau deshalb kann ich Sie nicht bitten zu bleiben.«

Ohne darüber nachzudenken, streckte ich meine Hand aus und legte sie auf seinen Arm. »Wollen Sie den Rest Ihres Lebens in Angst leben? In Angst davor, noch einmal jemanden zu lieben? Noch einmal jemanden in Ihr Leben zu lassen?«

Er sah einen Moment sehr nachdenklich auf meine Hand, dann nahm er sie, drückte sie sehr kurz und warm und ließ sie los. »Das ist bedauerlicherweise keine Wahl, die ich habe. Wollen reicht manchmal einfach nicht. Vielleicht verstehen Sie das eines Tages.«

Da war sie wieder, diese Finsternis, die durch seine Augen zog. Wie eine schwere Wolke an einem sonnigen Tag.

»Und selbst wenn ich wollte, wie könnte ich das einem Menschen zumuten?«

»Versuchen Sie es doch einfach!«, rief ich, »verdammt nochmal, für mich steht hier auch etwas auf dem Spiel! Und ich würde trotzdem alles hinwerfen und mich darauf einlassen, egal, was dabei herauskommt.«

Langsam löste er sich aus seiner Starrheit, trat einen Schritt vor und küsste mich mit warmen Lippen auf die Wange. Ich schloss die Augen. Für immer so. Mit seinen Lippen auf meiner Haut.

»Mach's gut, Clara.«

Als ich die Augen wieder öffnete, stand ich allein vor dem Haus, vor der geschlossenen Tür.

Ich stand da, während die Abendsonne durch den großen Baum im Vorgarten goldene Kringel auf den Kiesweg malte.

Alles

Ich kehrte nur noch einmal in die Praxis zurück. Sehr spät am Abend, wie ein Dieb in der Nacht. So kam es mir vor. Ich räumte meinen Schrank leer, packte mein Stethoskop in die Tasche und griff neugierig nach dem Umschlag, der an der Innenseite der Tür klemmte.

»Dr. Wahlmann« stand darauf. Dr. Bredens Handschrift. Ich riss ihn auf und überflog ein hervorragendes Arbeitszeugnis, das mir hätte Türen und Tore öffnen können, stünden sie nicht schon sperrangelweit offen. Sonst nichts. Keine Ahnung, was ich mir da erhofft hatte.

Meine Mutter wartete draußen auf mich. Wie eine Komplizin. Ich schloss ab und warf den Schlüssel dann in den Briefkasten.

»Er wusste, dass ich nicht mehr wiederkomme«, sagte ich und hielt meiner Mutter den Umschlag hin, während wir durch den Ort bummelten. »Das gibt ein Getratsche, weil ich nicht mehr in der Praxis bin«, seufzte ich, und wir grüßten Jörg, den Eisdielenbesitzer, im Vorbeigehen.

»Unsinn«, sagte meine Mutter entschieden. »Jeder weiß, dass du im Zoo anfängst und dir noch Überstunden und Urlaub zustehen.«

»Hast du das erzählt?« Ich sah sie schräg an.

»Natürlich! Was denkst du denn.« Sie lächelte ganz

leicht. »Und er hat dir ja angeboten, nicht wiederzukommen. Er wird nichts anderes sagen, wenn man ihn fragt.«

Ich seufzte noch einmal. »Noch drei Wochen.«

»Das klingt wie noch drei Wochen im Knast.«

Ich lachte. »Nein, natürlich nicht, aber drei Wochen, in denen ich ihm aus dem Weg gehen muss.«

Eine Woche später begegnete ich allerdings erst einmal jemandem am Strand, auf den ich auch hätte verzichten können.

Aber ich hatte vor mich hingeträumt, war einfach so losgelaufen, nachdem ich mich von Franzi und Silke, mit denen ich essen war, verabschiedet hatte, und war so halb mit ihm zusammengestoßen.

»Clara!«

»Paul«, sagte ich überrascht.

Er lächelte und trat einen Schritt zurück. »Wie geht es dir?«

»Gut, gut. Ich reise bald ab.«

»Ach!« Er hob eine Hand auf den Kopf, fuhr sich halb durchs Haar und lächelte dann schief. »Nicht zufällig nach Köln, oder?«

»Nein«, sagte ich kühl. »Nach Berlin. Und … ich muss jetzt los.«

»Weißt du«, er zupfte an meinem Jackenärmel, »ich finde es immer noch schade, dass das mit uns … Vielleicht können wir uns ja trotzdem eine Chance geben?« Er sah mich mit schräg gelegtem Kopf an. »Weißt du, das war ja alles sehr … also sehr schwierig, aber wir könnten es noch mal versuchen?«

Ich zögerte einen Moment, dann sagte ich ehrlich: »Nein, Paul. Ich hätte bei dir irgendwie immer Angst, dass du mich mal so im Stich lassen würdest wie Athos, als er dich wirklich gebraucht hat.«

Er öffnete den Mund, schloss ihn nicht mehr und sagte auch nichts mehr.

»Leb wohl, Paul!« Ich stapfte schnurstracks an ihm vorbei und dann Richtung Dünen, Richtung nach Hause.

Nachts lag ich lange wach und stand morgens früh auf.

Meine Tage verbrachte ich mit Fachbüchern im Garten oder am Strand. Natürlich half ich meiner Mutter, so gut ich konnte, aber im Grunde war ich froh, wenn ich allein mit meinen Büchern war, denn Lernen hatte mich bisher von allem immer am bestens abgelenkt. Die Nase tief in ein Buch vergraben.

Geweint hatte ich nur einmal, als ich von Mark zurückkam. Meine Mutter hatte auf mich gewartet und mich wortlos in den Arm genommen. Sie hatte nichts gefragt, sie hatte mich schluchzen lassen. Erst ein paar Tage später habe ich ihr alles erzählt, und sie hatte bedauernd den Kopf geschüttelt. »Mehr kannst du nicht tun«, hatte sie gesagt und Apfelkuchen für uns gebacken.

Danach hatte ich irgendwie das Gefühl, ich wäre taub. Ich lächelte Menschen auf der Straße zu, ich unterhielt mich mit Nachbarn, auch mit Franzi und Silke, aber es war, als hätte jemand ein Teil meines Herzens mit Flatterband und dem Schild »Nicht in Betrieb!« abgesperrt.

Und irgendwann waren die drei Wochen rum.

»Bist du aufgeregt?«, fragte Ela mich am Abend vor meiner Abreise am Telefon.

Ich hob die Schultern und schnitt eine Grimasse in die Kamera. »Aufgeregt. Ein bisschen vielleicht. Wie ist das Wetter bei euch?«

Ela beugte sich ein wenig vor. Sie saß im Schneidersitz auf der Couch in meiner alten Wohnung und hob ihr Wasserglas.

»Ehrlich jetzt? Du fragst mich, wie das Wetter bei mir ist? Clara! Wir … wir sind noch nicht so alt, um uns zu fragen, wie das Wetter da ist, wo wir sind.« Missbilligend schüttelte sie den Kopf.

Ich lachte. »Na schön, wie du meinst.«

»Sag mir lieber, ob der Schlüssel für Markus' alte Wohnung gut bei dir angekommen ist.«

Ich hob den schmale Schlüsselbund auf und hielt ihn vor die Kamera des Telefons. »Wunderbar, danke! Und ihr seid sicher, dass ihr zusammenziehen wollt?«

Ela lachte glücklich. »Ganz sicher. Wir sind auf jeden Fall aufgeregt.«

Wir plauderten noch eine ganze Weile, dann legte ich auf und sortierte die restliche Kleidung aus dem Schrank in meinen großen Rollenkoffer.

Nur das, was ich am nächsten Tag anziehen wollte, hängte ich über den Stuhl. Danach ging ich zum Fenster, öffnete es weit und sog tief die Stille und die frische Luft in meine Lungen. Langeoog.

Die Insel war mir ans Herz gewachsen. Ich hatte eine Ahnung davon bekommen, wie es wäre, hier zu leben. Als erwachsener Mensch, nicht als Teenager, der endlich nur wegwollte. Ich würde es vermissen. So viel stand fest. Beinahe tägliche Strandspaziergänge. Das Meer, der Himmel, die Wolken. In Berlin sah man das Meer natürlich nicht,

aber auch Wolken oder Himmel nur durch die Straßen-
schluchten.

War es das, was ich wollte?

Der Himmel über Langeoog

Ich war ganz froh, dass sich der Himmel am Tag meiner Abreise in dunkle Wolken hüllte, so, als würde er sagen wollen: Gehen Sie bitte weiter, hier gibt es nichts zu sehen.

Schade nur, dass Langeoog trotzdem schön war. Nicht im Sinne von Meer, Strand, Sonne, sondern rau und ungezähmt. Ein bisschen so wie im Winter, wenn wir die Insel beinahe für uns hatten. Hatte ich *wir* gedacht?

Meine Mutter hatte mich am Gartenzaun verabschiedet. Ich wollte keine Abschiedsszene am Bahnhof, und jetzt stand ich also ganz allein mit meinem Rollkoffer und meiner Reisetasche über dem Arm.

Und mir war hundeelend.

Ich wollte weg, und ich wollte überhaupt nicht weg. Ich wollte, dass der Zug die Türen öffnete, und ich wollte, dass er es nie tat.

Seit Wochen redete ich mir nun ein, dass ich mich über die Stelle im Zoo schon freuen würde, wenn ich erst mal da wäre. Natürlich hatte ich mein Lebtag von Elefanten geträumt, von Makaken und Flamingos.

Von Tigern und Löwen allerdings eher nicht. Mulmig war mir also doch.

Und Krokodile? Ich schloss die Augen.

Und außerdem war ich viel zu früh dran, weil ich ja unbedingt zu Fuß hatte gehen wollen und weil ich meinen Rollkoffer den ganzen Weg hinter mir her gezuckelt hatte, tat mir der Arm weh.

Ich lehnte mich gegen mein Gepäckstück und schloss die Augen. Rauer Wind kitzelte mir das Meer in die Nase, und das Salz brannte in meinen Augen.

War es das Salz? Ich weiß es nicht.

Kein Taschentuch. Nicht in meiner Jackentasche, nicht in meiner Hosentasche, nicht in meiner Handtasche. Verdammt!

Ich sah auf, als etwas Weißes direkt vor meinen Augen auftauchte.

»Ich dachte, das könnte helfen.«

Ich kannte die Stimme, trotzdem traute ich mich nicht, mich umzudrehen. »Ja, danke«, nuschelte ich, nahm es ihm aus der Hand und tupfte mir die Augen ab. »Und jetzt geh. Dich kann ich hier nicht sehen.«

»Weil du sonst vielleicht nicht abfährst?«, sagte Mark hinter mir. Beinahe schwer lag seine Hand auf meiner Schulter. Ich wollte mich nicht umdrehen, denn wenn ich es täte und alles war nur eingebildet, dann … Nein, das könnte ich nicht ertragen.

»Genau«, entgegnete ich knapp und schniefte.

»Vielleicht«, sagte seine Stimme jetzt dicht an meinem Ohr, »vielleicht würde ich dich ja auch begleiten, wenn du mich mitnimmst.«

Nun drehte ich mich doch um und starrte fassungslos in das Gesicht, das mir in wenigen Monaten so vertraut und gleichzeitig so fremd geworden war. »Wie … begleiten?«

Er senkte den Blick. »Schau, ich … ich glaube einfach

nicht an Fernbeziehungen. Das funktioniert für mich nicht. Wenn der Job im Zoo dein Traum ist und du das willst, dann komme ich mit. Ich find schon eine Stelle in Berlin.«

Ich lachte, schniefte und fühle mich völlig zerfasert. »Was?«

»Ja, sicher«, jetzt hob er den Kopf, »ich würde mitkommen, also nachkommen. So schnell kann ich aber nicht packen.« Er nickte dem Zug zu, der eben die Türen öffnete.

»Ich steig da nicht ein!«, sagte ich energisch und stemmte die Füße auf den Boden. »Und wieso willst du nach Berlin?«

Mark schüttelte den Kopf. »Aber ich will doch gar nicht nach Berlin. Ich will …« Er holte tief Luft. »Ich will bei dir sein.«

»Und ich will da nicht einsteigen! Ach, verdammt.« Schon wieder rollten Tränen über meine Wangen, und ich hatte keine Ahnung, warum eigentlich. Freude, Glück? Oder war ich doch traurig, weil ich nicht nach Berlin fuhr? Nein, das ganz sicher nicht.

Zum ersten Mal in meinem Leben wusste ich, was ich wollte und wohin ich gehörte. »Ich will hierbleiben.«

Mark legte eine Hand an meine Wange. Sie war warm, und ich schmiegte mich daran, als wäre es Nahrung und ich halb verhungert.

»Nein, Mark, ich will hierbleiben. Bei dir.«

»Ich kann dir nichts versprechen, Clara.«

»Ich will doch auch gar keine Versprechungen. Ich will, dass du mich so küsst wie … wie beim ersten Mal.«

Er lachte leise. »Also das bekomme ich hin.«

Es war ein Kuss, der mich sehr leicht machte, der eine Last von meinen Schultern nahm. Und er war das Versprechen, für das Mark keine Worte finden konnte. Es war alles, wonach ich mich gesehnt hatte. Niemals zuvor war mir die Welt so einfach und so klar erschienen als in diesem einen Augenblick.

So ein Kuss war das.

Wir lösten uns erst atemlos, als der Zug schon abfuhr. Ohne mich. Menschen waren eingestiegen. Ich war nicht dabei.

Ich blieb hier, wo ich hingehörte.

Zu Mark.

Auf Langeoog.

Ende